開化鉄道探偵

山本巧次

JN090099

明治12年晩夏。鉄道局技手見習の小野寺乙松は、局長・井上勝の命を受け、元八丁堀同心の草壁賢吾を訪れる。「京都—大津間で鉄道を建設中だが、その逢坂山トンネルの工事現場で不審な事件が続発している。それを調査する探偵として雇いたい」という井上の依頼を伝え、面談の約束を取りつけるためだった。井上の熱意にほだされ、草壁は引き受けることに。逢坂山へ向かった小野寺たちだったが、到着早々、工事関係者の転落死の報が……。「このミステリーがすごい！2018」トップ10にランクインした、時代×鉄道ミステリの傑作、待望の文庫化。

登場人物

小野寺乙松……工部省鉄道局の技手見習
草壁賢吾……元八丁堀同心
井上勝……工部省鉄道局長。長州五傑の一人
国枝喜一郎……逢坂山トンネル工事の総監督
宮園一誠……十等技手。国枝の補佐
田所勝佑……同
藤田伝三郎……藤田商店社長。関西実業界の大立者
江口辰由……藤田商店の社員
矢島桂蔵……同
延谷新平……同
稲村庄吉……線路工夫の束《たば》ね。藤田商店の下請け
北山市助……工夫の組頭《くみがしら》
植木伊之助……生野銀山の坑夫頭
平田徳三……元舟問屋《ふなどんや》

瀬田権治……………………………徳三の仲間。馬子
川上六輔……………………………同。元船頭
おまつ………………………………居酒屋「峠屋」の女将
野山吉兵衛…………………………元庄屋。徳三の舅《しゅうと》
有村正武……………………………大津警察署十等警部
村内保輔……………………………大谷駅長
ウィリアム・カートライト……お雇い機関士
久保田………………………………火夫《かふ》。カートライトの部下
和田山………………………………山科駅の出改札掛《がかり》
入江…………………………………車掌

開化鉄道探偵

山本巧次

創元推理文庫

THE DETECTIVE of MEIJI PERIOD RAILWAY

by

Koji Yamamoto

2017

目次

開化鉄道探偵

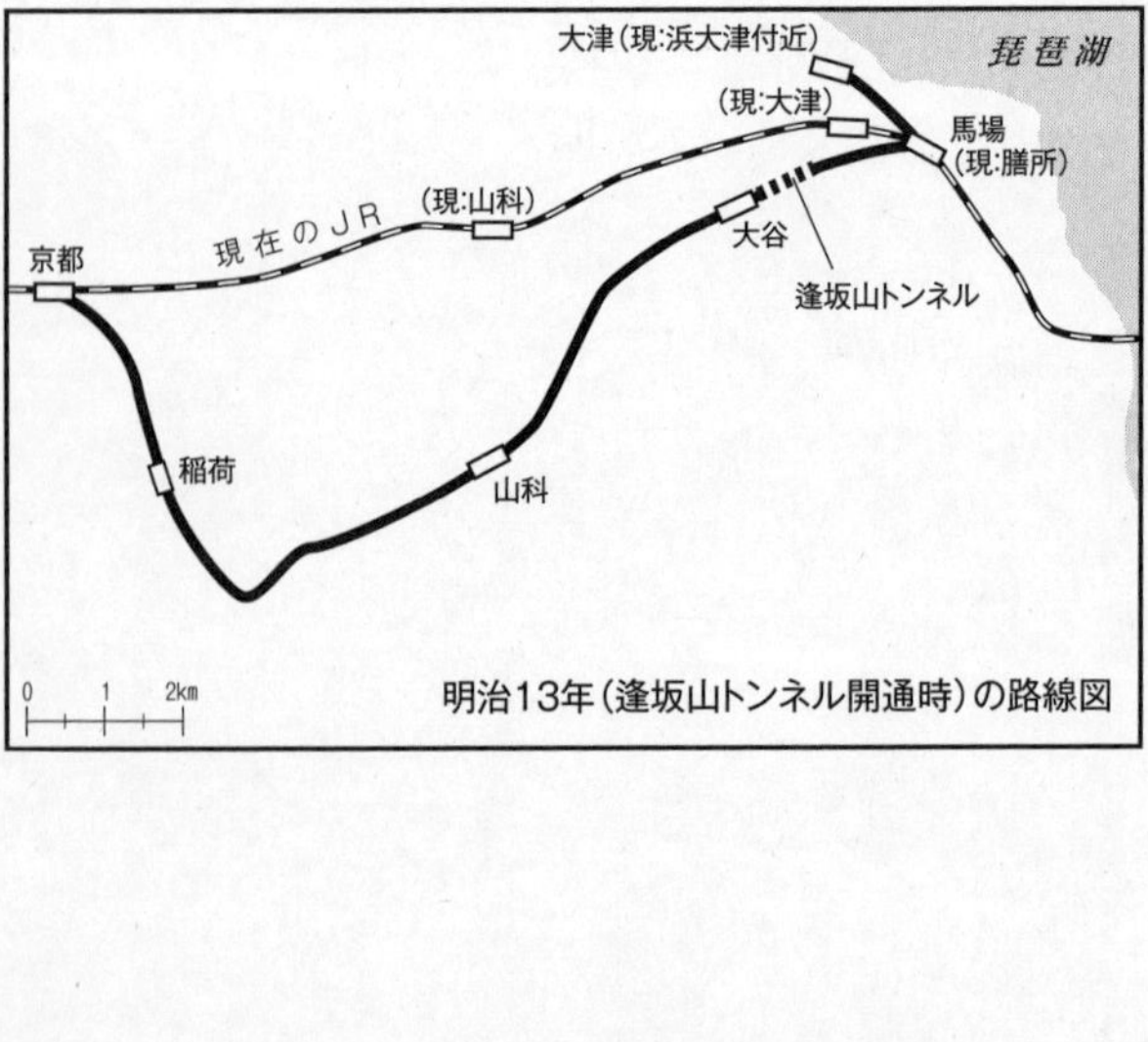
大津（現：浜大津付近）
琵琶湖
（現：大津）
馬場
（現：膳所）
（現：山科）
現在のＪＲ
京都
大谷
逢坂山トンネル
稲荷
山科
0 1 2km
明治13年（逢坂山トンネル開通時）の路線図

第一章　最後の八丁堀

窓の外でボオーッと汽笛が響き、縦長の窓硝子《ガラス》を震わせた。小野寺乙松《おのでらおとまつ》は、反射的に部屋の大時計に目をやった。十時十五分。おそらく東京中で最も正確な時計の一つであるその大時計は、優雅な飾り文字と重厚な二本の針で己《おのれ》の権威を主張しているかのようだ。

小野寺は、目の前に座る男が自分と同じように大時計に目を向けているのを見て、ふっと笑みをこぼした。下り横浜《よこはま》行き第七列車が定時で発車したことを、ついつい確認していたのだ。客人と大事な話の最中というのに、自分もこのお方も、地位の差こそあれ鉄道人としての性《さが》がすっかり染み込んでいるようだ。

その男は小野寺の浮かべた笑みに気付いたのだろう、「何だ」という風にじろりと睨《にら》んできた。小野寺は慌てて顔を引き締めた。無礼があってはならない。彼の名は井上勝《いのうえまさる》、小野寺の最上位の上司たる工部省鉄道局長を務める人物である。威圧するほど大柄でもなく、偉ぶった髭《ひげ》も生やしてはいないが、精悍《せいかん》とも言える風貌と鋭い目は、相手が居住まいを正さざるを得ないような何かを感じさせる。まだ三十六の若さにして、既に政府高官としての貫禄《かんろく》を充分に身に付けていた。

（しかし、客人の方はまったく好対照だな）

小野寺は横目で客人を見た。今この部屋、つまり新橋《しんばし》駅駅長室に居るのは、安楽椅子に座って卓を囲んでいる井上、小野寺と客人の三人だけだった。本来の主《ぬし》である駅長は、井上に言われて部屋を明け渡し、照りつける日差しの中、駅構内を巡回している。明治十二年、暦は七月から八月に変わり、季節は盛夏から晩夏へと移ろうとしていた。

井上とほぼ同年輩の客人は、汽車の発車などにはほとんど関心を示さぬまま安楽椅子に身を沈めている。井上と小野寺が洋装なのに対して、着古した麻の着物に擦《す》り切れた羽織という飾らない格好だ。一応髭も剃《そ》って身綺麗にはしているが、座っている姿勢と着こなしを見ると、何とも気負いのない、悪く言えば投げやりな印象を受ける。それでいて決していい加減な人間とも見えないのは、時折りその目が井上と同様の鋭い光を発するからだろう。

（本当に、噂通りの切れ者なんだろうか）

その噂のために彼はこうしてここに居るわけだが、小野寺にはこの摑みどころのなさそうな男がどれほどの器量なのか、今一つ測りかねていた。男の名は草壁賢吾《くさかべけんご》。神田《かんだ》相生町《あいおいちょう》の長屋に住んでいる。昨日、小野寺自身が井上に命じられて草壁の長屋へ訪ねて行ったのだ。

昨日の十一時頃であった。井上から渡された住所を訪ねた小野寺は、長屋の木戸の前でしばし啞然とし、何度も住所が間違っていないか確かめた。そこは江戸の町そのままの、何の変哲もない貧乏長屋だった。御一新《ごいっしん》から十二年経ってはいるが、東京のどこであれ長屋に一歩入れば、ちょんまげがザンギリ頭に変わった以外、ここと同様、江戸と何ら変わらない暮らしが営まれている。だがしかし、そこがこれから訪ねる草壁という人物の住まいとして、ふさわしいものかどうかは別の話である。

小野寺はようやく間違っていないと確信すると、長屋の一番奥に向かった。亭主たちは仕事に、子供たちは学校に出て、この時間に長屋に居るのはおかみさんたちと幼児だけだ。一番奥の住人を除けば。

井戸端に集まっているおかみさんたちに軽く会釈《えしやく》すると、びっくりしたような顔を一斉に向けられた。無理もない。洋装でこそないが小野寺の書生風の袴《はかま》姿は、長屋の中では明らかに場違いであった。背中が好奇の視線で熱くなりそうなのを感じつつ、小野寺は一番奥の家の障子を叩いた。

「すみません、草壁さんは居《お》られますか。工部省から使いで来ました」

寝ているかもと強めに数度叩いたが、そんな気遣いは無用だった。いきなり障子が引き開けられ、小野寺は障子の代わりに出て来た男の顔を叩きそうになった。

「あっ、あの……失礼しました。草壁さんでしょうか」

「ああ。工部省だって？　工部省のどこだ」

「鉄道局です。私は井上局長の使いで参りました、小野寺と言います」

「鉄道局だと？」

草壁は眉間に皺《しわ》を寄せた。よほど意外だったと見える。まあ、無理もないだろう。小野寺自身も最初に聞いたときは、えっと思った。それほどこの男の経歴は、鉄道とはおよそ縁のないものだったのだ。

「あのう、入ってもよろしいでしょうか」

そう問われて、草壁は初めて気付いたかのような顔で頷《うなず》き、背を向けて内へ引っ込んだ。小野寺は「失礼します」と言ってその背に続いた。

六畳一間に流しが付いたごく普通の長屋の一室は、夜具が敷きっぱなしで、使った皿や脱ぎ捨てた着物が乱雑に散らかり、すえた臭いも漂っていた。部屋の主である草壁は、部屋の畳と同じくらいくたびれた着物姿で、顔には無精髭が浮いている。彫りが深く鼻筋の通った顔は、身綺麗にすればなかなかの男前だろうが、髪もぼさぼさでいかにもうらぶれた男やもめという風情だ。本当にこの男で間違いないのかと、小野寺は不安になった。

「俺が役人嫌いだってことぐらいは、聞いてるだろう」

どう切り出したものかと小野寺が考えていると、草壁の方から先に口を開いた。

「え？　はあ、聞いています。東京府庁や内務省の誘いを何度も断られているとか。でも、何故《なぜ》なんです。かつて八丁堀《はっちょうぼり》にその人ありと言われたお役人だったあなたが」

お役人だった、との言葉を聞いて、草壁の顔が歪《ゆが》んだ。しまった、余計なことを言ったかと思ったがもう遅い。それに話の都合上、そこに触れないわけにはいかなかった。

「ああ、確かに役人だった。だがとっくにお払い箱になってる。今さら薩長《さっちょう》の新政府に仕える気はない。宮仕えなんぞ、もう真っ平だ。俺は好きに生きてるし、それで困ることは別にない」

不機嫌な顔でぶっきら棒に言って、腕組みをした。文句があるなら言ってみろ、という構えだ。勿体《もったい》ない話だな、と小野寺は思った。

草壁賢吾は、御一新まで北町《きたまち》奉行所の定廻《じょうまわ》り同心だった。若いのに腕利き、という評判で、戊辰《ぼしん》の戦が江戸に及びかけて巷《ちまた》が騒然とする中、市中を落ち着かせるため奔走《ほんそう》していたと聞き及ぶ。御一新の後、奉行所の与力同心たちは一旦解職となったものの、請われて東京府などの役職に就いていた。江戸の行政を担っていたのはこれら奉行所の役人たちであり、江戸の町を知り尽くした彼らの手腕がなければ、東京府の仕事は立ち行かなかったのである。

もちろん草壁にも声はかかった。しかし、何度誘われても固辞していた。新政府の役所で働くよりも、長屋の浪人暮らしを選んだのである。若いのに頑固者だとか、二君に仕えるを良しとせずの忠義者だとか、様々な言われ方をした。だが当人はどう言われようと気にする様子もなく、警察の世話になりたがらない近隣の人々の厄介事を片付けては、いくばくかの礼を得る暮らしを続けている。周りからは、今も八丁堀の頃と同様、「草壁の旦那《だんな》」と呼ばれていた。

だが、決して世捨て人ではないな、と小野寺は思っている。それが証拠に、部屋の隅には何十冊もの本が山積みになっていた。福沢諭吉《ふくざわゆきち》の『西洋事情』もある。こんな暮らしの中でも最新の知識を追い求める姿勢が垣間見えていた。井上局長が直々《じきじき》に呼びたいと思った人物だ。そうでなくては困る。

「で、鉄道局が俺に何の用なんだ。まさか雇いたいってわけじゃあるまい」

草壁が苛立《いらだ》ったように問いかけてきた。小野寺は急いで答えた。

「いえ、そのまさかです。あなたを雇いたい、と言いますか、お力をお借りしたい、ということで」

「何だとォ?」

草壁は、鳩が豆鉄砲を食ったような顔になった。

「馬鹿言え。俺が鉄道のテの字も知らんことくらい、そっちもとっくに承知してるだろう。俺が何の役に立つってんだ」

「わかってます。何もあなたに、線路を敷いたり汽車を動かしたりしてもらおうなどと思ってるわけじゃありません」

「じゃあ、いったい何なんだ」

眉間に皺を寄せたまま困惑している草壁を見て、小野寺は内心ほっとした。草壁は好奇心をそそられている。けんもほろろに追い出されることはなさそうだ。

「実は、元八丁堀同心としての腕を見込んでのお願いです」

小野寺はようやく本題に入った。草壁は眉間の皺をますます深くした。

「解《げ》せんな。内務省じゃなく鉄道局で、八丁堀に何の用がある」

「鉄道工事の現場で、事件が起こったのです」

「事件? それなら警察に言え。俺なんぞの出る幕じゃあるまい」

「はあ、それがその……」小野寺は頭を掻いた。

「大きな声では言えませんが、局長は、この件に関しては警察をあまり信用しておられないようで……」

「ほう。何でだ」

草壁が眉を上げた。そう聞かれるのは当然だが、ここでは答えられない。

「そのことも含めまして、何をお願いしたいかという詳しい話は、局長から直《じか》にさせていただきたいとのことです。迎えを寄越しますので、明日十時に新橋駅の方まで御足労願えませんか」

小野寺はそう告げて草壁の顔を見た。鉄道局長と言えば工部省の最上級の官吏《かんり》で、普通なら長屋暮らしの浪人者が会える相手ではない。その高官が是非直に会いたいと言ってきているのだ。少しは恐れ入るかと思いきや、相手の浪人者は最初の不機嫌面《づら》に戻って言った。

「断る」

「え？　どうしてでしょうか」

小野寺は戸惑った。さっきまでは興味を引かれかけている様子だったのに。

「内務省だろうが鉄道局だろうが、俺は新政府の役人は嫌いだ。あんたのところの局長は、確か長州《ちょうしゅう》だな。警察は薩摩《さつま》閥《ばつ》だ。西南《せいなん》の役《えき》からこっち、薩長の間での権力争いがずいぶんとあからさまになってるじゃないか。おおかた、井上局長は薩摩に牛耳《ぎゅうじ》られてる警察が気に入らないんだろう。俺はそんなつまらん揉め事に巻き込まれるのはご免だ」

そうまくし立てられて、小野寺はむっとするより感心した。この男、世の流れを充分に読んでいるじゃないか。やはり八丁堀の看板は伊達《だて》ではない。

「薩長のつばぜり合いについては、否定はしませんが」

小野寺はそう言いながら背筋を伸ばした。

「局長のお考えは、そういうことではありません。この厄介な事件がうまく解決できなければ、この国の将来に禍根《かこん》を残しかねない、とご心配なのです」

「どうだかな」

草壁は肩を竦《すく》めた。だが、小野寺が真剣な目でじっと睨んでいると、落ち着かなくなったようだ。睨み返すようにして聞いてきた。

「で、お前さんは長州なのかい」

「いいえ。私は江戸の生まれです」

あえて東京と言わず江戸と言った。

「私の父は、徳川《とくがわ》の御家人《ごけにん》でした」

草壁が、ほう、という目で小野寺を見た。悪い反応ではないな、と小野寺は思った。旧幕臣の家に生まれて新政府に出仕している自分を草壁がどう見るか、少し心配したのだが、その必要はなかったようだ。

「御家人の倅《せがれ》が、何で鉄道に勤めようと思ったんだ」

「何で、と言われましても……私は、その、御一新になった以上、新しい世の中のために何か役に立つ仕事を、と思っただけです。それで工部大学校を目指したんですが……」

「落ちたのか」草壁が楽しげに言ったので、小野寺はちょっと苛立った。

「まあ、そうです。ですが、ある程度の教育は受けていますから、教授の方に頼み込んだところ、ちょうど鉄道の方では人手が足りないから、そっちへ行って実地に技手の見習をしたらどうかと紹介されまして」

「ふうん……」

草壁は首を捻《ひね》るような仕草をしてから、唐突に聞いた。

「で、お前さん、鉄道の仕事は好きなのかい」

「えっ」

小野寺は急に言われて戸惑ったが、真《ま》っ直《す》ぐに草壁を見てはっきりと言った。

「はい、好きです。知れば知るほど、やりがいのある仕事だと思うようになりました。いまこの日本が少しでも西洋に追いつこうとするなら、船や機械、それを作る鉄、あらゆるものを産業として育て上げなくてはなりません。しかし、それらがばらばらであってはなりません。材料も作った品物も、互いに利用できるように運ばなくては。そのために必要なのが鉄道です。鉄道という、互いを繋ぐものがなければ産業は成り立たないのです」

滔々《とうとう》とそこまで喋《しゃべ》って、やっと気付いた小野寺は口をつぐんだ。今日はこんな話をしに来たのではない。見ると、草壁はニヤニヤ笑っているではないか。つい乗せられたようで、小野寺は顔が赤くなるのが自分でもわかった。

「まあ、続きは演説会ででもやってくれ」

「あ、いや、それよりもですねえ」

本筋に戻ろうとする小野寺を遮《さえぎ》って、草壁が言った。

「そうかい。お前さん、江戸もんかい」

顎《あご》を掻きながら思案顔をして見せたが、やがて頷いた。

「ま、話だけでも聞いてやるか」

「え、本当ですか」

勢い込んで身を乗り出した小野寺を、草壁は手で制した。

「話を聞くだけだ。話の中身次第では、すぐに帰るぞ」

「それで結構です。ありがとうございます。では明日、よろしくお願いします」

深く頭を下げる小野寺に鷹揚《おうよう》に頷くと、用は済んだとばかり草壁は横を向いてしまった。やはりぶっきら棒だが、とにかくこれで使いの役目は果たせた。小野寺が辞去するため戸を開けると、そこに群がっていた野次馬の住人たちが、一斉に飛びのいた。

来たときの倍以上の好奇の視線に送られて長屋を出た小野寺は、大きく安堵《あんど》の溜息をついた。新政府嫌いの草壁に相手にされなかったらどうしようかと思ったのだが、彼が嫌いなのは薩長で、御一新の何もかもが嫌いというのではないらしい。小野寺が江戸生まれの御家人の倅と聞いて、明らかに態度が変わった。やはり八丁堀の矜持《きょうじ》とでも言うのか、江戸で暮らしていた人々に対しては、彼なりの思い入れがあるのだろう。もしや井上局長は、それを見越して自分を使いに選んだのではないか。だとすると、局長もなかなかの策士だ。

そんなことを考えながら、小野寺は報告のため局長宅に向かった。明日の会合で話を聞いた草壁は、どんな態度に出るだろうか。正直、簡単な話ではない。草壁が席を蹴って出て行っても、全然おかしくはない。だが、何故か小野寺は、きっとそうはならないと思っていた。


「さて……草壁君、今日はよう来てくれた」

相手を窺《うかが》うようにしばし無言で向き合っていた井上が、ようやく口火を切り、小野寺は我に返った。同様に安楽椅子に座りながら自分からは口を開かなかった草壁は、ただひと言、

「どうも」と応じただけだった。

小野寺は、ヒヤリとした。一介の浪人者が政府高官に対する態度としては、不遜《ふそん》の極みだ。草壁は安楽椅子に背を預け、悠然と構えている。見ようによっては、人を苛立たせるほどだ。井上の方は、短気で知られている。数年前には上司で当時工部少輔《しょうゆう》だった山尾庸三《やまおようぞう》と喧嘩《けんか》して辞職し、後日、同じ長州の伊藤博文《いとうひろぶみ》に説得されて復職したという前科の持ち主だ。草壁の態度に怒って爆発してもおかしくはなかった。

「君のことは、東京府の原木《はらき》君から聞いちょる。八丁堀では、相当な腕だったそうじゃの」

小野寺の心配をよそに、井上は動じた風もなく続けた。

「ああ」草壁は納得したように一人で頷いた。

「私のことをどうやって知ったかと思っていたが、原木善五郎《ぜんごろう》さんですか。なるほど、原木

さんもお節介なことをしてくれる」

草壁はそう言って笑った。ますます不遜なその様子に、小野寺は慌てて井上の顔色を窺った。だが、やはり井上は不快そうには見えない。それどころか、うっすら笑みを浮かべた。

「お節介かどうかは知らんが、君のことは大いに褒めちょった。当てにできる男じゃ、ちゅうてな。南北両奉行所の廻《まわ》り方《かた》同心の中では、抜きん出ておったと」

「これはまた、ずいぶん持ち上げてくれたものだ」

草壁は苦笑した。井上は面白がるようにその顔を覗き込んだ。

「一応、他の者《もん》にも確かめた。評判に間違いはなさそうじゃの」

草壁は、肩を竦めた。原木善五郎は、北町奉行所で与力を務めていた人物だ。御一新後に東京府に誘われて奉職し、中堅どころの地位にある。実務家として有能であり、井上が人を介して、元八丁堀の廻り方同心でこれはという人物はいないかと問い合わせたところ、草壁ならばと回答を寄越したのだ。少なくとも、小野寺はそう聞いている。仲介した人物は、ちょっと偏屈という噂もあるが、原木が推薦するなら腕は確かだろうと言うので、井上も、ならば呼んでみようという気になったらしい。

「まあ、いいでしょう。それで、元八丁堀の食い詰め者に何をやらせたいんです。そこの若いのにも言ったが、私はレールも担げないし機関車にも触《さわ》れませんよ」

単刀直入に草壁が言った。それを聞いた井上と小野寺は、眉を上げた。言い方が気に食わなかったのではない。草壁がさりげなく「レール」と「機関車」と言ったのを聞き逃さなかったのだ。どちらも、鉄道に縁のない一般の人間が知る語ではない。どうやら昨日小野寺が訪問してから、ざっと勉強したらしい。やはりこの男、ただの偏屈ではない。

「わかっとるよ。そんなことを頼む気はない。君の八丁堀同心としての腕を借りたいんじゃ」

井上は、ぐっと身を乗り出した。どうやら草壁が気に入ったらしい。いよいよ本題に入ると見て、小野寺も身を硬くした。

「いま、神戸《こうべ》と京都の間に敷いた鉄道を、大津《おおつ》まで延ばす工事中じゃ。そのことは知っとるかの」

草壁は、軽く頷いた。

「新聞で読んだので。何か、峠の下に穴を掘って鉄道を通すとか、そんなことが書いてあったような」

「おお、それそれ」

井上が嬉しそうに笑った。そしてすぐ、眉間に皺を寄せた。

「実はその工事で、ちぃと心配事があっての」

「心配事、ですか」

草壁は鸚鵡《おうむ》返しに言った。関心を持ったのかそうでないのか、表情や口調からは読み取れない。井上は、構わず続けた。

「儂《わし》らはいま、君が言うたように逢坂山《おうさかやま》にトンネルを掘っちょる」

井上はそう言ってから草壁の反応を見た。草壁はまた、軽く頷いた。トンネルという用語を知っているか確かめたのだろうが、草壁はどうやら、鉄道用語の基礎の基礎ぐらいは理解しているらしい。井上は安心したように頷き返した。

「そのトンネルの現場で、どうも妙なことばかり起きての。工事に差し障りが出ちょるんじゃ」

「妙なこと、とは？」

ここで初めて、草壁は興味らしきものを示した。思惑通りと思ったか、井上の口元にまた一瞬、笑みが浮かんだ。

「最初は、測量の狂いじゃ。測量のための標《しるし》に細工された形跡があるんじゃ。しかもその後、きっちり測量して書きとめたはずが、いざ図面に落とすと数字が狂っておって、そのままじゃと線路が真っ直ぐにならん。言うちょることはわかるかのう」

「わかりますよ。測量という仕事がどんな手順を踏むのか知らんが、要するに下手な大工が図面を書き間違ったようなことになったわけだ。細工云々《うんぬん》はともかくとして、数字の方は、測量とやらをやった者の腕が悪かっただけでしょう」

井上が苦い顔になった。

「ふむ、そう考えるのはもっともじゃ。しかしな、測量をやった技手が言うには、書き込まれた数字は自分が測量したものとは違《ちご》うちょる、と言うんじゃ。つまり、誰かが書き換えた、とな」

「書き換えた？」

「うむ。早めに気付いたから良かったものの、そのまま工事を続けておったらトンネルは掘り直しになるところじゃ。それだけではないぞ。三月《みつき》ほど前には、トンネルの坑口《こうこう》近くで落石があって、トンネル掘りの坑夫が二人、足を折った。それからひと月の間にあと二回、落石があって、さらに怪我人《けがにん》が二人出た」

「落石ねえ」草壁はせっかくの関心が萎《しぼ》んだような声で言った。

「そんなもの、山の中で普請《ふしん》をしていればいつでもありそうだ」

「まあそれももっともだが、落石のありそうな場所なんぞは、いつでも気を付けとる。ありそうにない場所で起きたわけじゃ」

「ふうん。で、まだ他にもあるんですか」

幾分《いくぶん》、揶揄《やゆ》を含んだような言い方で草壁が促《うなが》した。ここまでの話は、およそ深刻には受け止めていないように見える。井上は怒りもせず先へ進んだ。

「あるとも。資材置場に積んであった材木が崩れた。傍《そば》に居った技手の一人は、すんでのところで身をかわして打ち身で済んだが、まともに食らっておりゃ、死んどったかも知れん。積み方が悪かったのかと調べたら、崩れ止めの楔《くさび》が抜かれとった。その次は、トンネルの坑口に組んであった足場が崩れて、石積み職人が落ちて腕を折った。これも何で崩れたのか調べたら、足場の材木を縛っておった縄に切れ目が入っとった」

そこまで黙って聞いていた草壁の眉が、わずかに上がった。

「全部、事故ではないとおっしゃりたいので？」

井上は、大きく頷いた。

「誰か、工事を邪魔しちょる奴が居る」

草壁は、そう言い切った井上の顔を、まじまじと見た。

「なるほど。それがこの小野寺君の言っていた事件ですか。では伺《うかが》いましょう。なぜ、警察でなく私を使おうとなさるんです」

「警察は、当てにならん」

「これはまた。政府のお偉方であるあなたが、同じ政府の警察を信用できんとおっしゃる」

草壁はわざとらしく苦笑して見せた。井上がまた、苦虫を嚙み潰したような顔になった。

「もちろん、警察にはちゃんと言うた。管轄《かんかつ》の大津警察署まで出向いて、署長に話をした。で、警部を現場に寄越したまでは良かったが、あいつら、お座なりに調べて単なる事故じゃと抜かしよる。そんなはずはない、といくら言うても、聞きよらん。そればかりか、言葉は慇懃《いんぎん》丁寧《ていねい》じゃが、こっちが工事を焦《あせ》るあまり居りもせん幽霊を見ちょるように言いよった。無礼《ぶれい》にもほどがある。だいたい、あの薩摩もんは……」

思い出してカッとしかけたのを抑えたか、井上は言葉を切って息を吐いた。

「ほう、薩摩もん、ですか」

草壁はそう言って、ほうら見ろ、という目を小野寺に向けてきた。やっぱり薩長の喧嘩じゃないか、と言いたいのだとわかって、小野寺は目を逸《そ》らした。

「薩長の争いの巻き添えは、願い下げですよ」

「ああ？　そりゃあ違うぞ。確かに署長とその警部は薩摩じゃが、他の警官はみんな地元の近江《おうみ》のもんじゃ。要するに、警察は忙しいんで事件かどうかもわからん話に人手は割《さ》けん、ちゅうことじゃ」

「内務卿の伊藤閣下にお願いすればよろしいのでは？　お親しいのでしょう」

よく知っているじゃないか、と小野寺はまた感心した。伊藤博文内務卿は、共に長州藩から密航で英国に留学した仲間で、井上の後ろ盾でもある。しかし、井上は首を横に振った。

「内務卿を煩《わずら》わしても、現場で動くのは大津警察じゃからな。結局同じことじゃ。それより自分で何とかした方が余程いい」

「それで、その何とかする方法がこの私、というわけですか」

「その通り」井上がしたり顔で肯定した。

「つまり、私に近江まで行って、その事件かどうかわからないことを調べて、居るのか居ないのかわからない犯人を捜しだせ、というわけですな」

「ずいぶんな言い方をするのう」

井上が呆《あき》れたような声を出し、小野寺はまた冷や汗をかいた。

「どうじゃ。やってくれんか。もちろん報酬は充分に用意させてもらう。費用の心配もいらんし、必要な便宜は図《はか》る」

草壁の皮肉っぽい態度を咎《とが》める風もなく、井上は畳みかけるように言った。だが、草壁は切り返すように問うた。

「初めに言ったが、私は鉄道には全くの素人《しろうと》だ。そんな私が鉄道の現場で起きたことを調べても、何が正しくて何が間違っているのかさえわからない。どうしろと言われるんです」

「心配要らん。現場の技手連中には、君にあらゆる手を貸すようちゃんと言うておく。それに、この小野寺を君の助手に付ける。疑問に思ったことは、何でも聞いてくれりゃいい」

何？　小野寺は仰天して井上を見つめた。そんな話は聞いていない。抗議しようとしたが、井上にじろりと睨まれた。駄目だ。逆らえそうにない。どうも局長は、自分を使いに出す前からそのつもりでいたようだ。してやられた。

「それよりも、ですよ」

この手厚い処遇にも草壁は感じ入った様子を見せず、さらに尋ねた。

「鉄道の工事現場なら、お雇い外国人の技手が居るでしょう。外国人なら中立の公平な目でこの事件を見られるはずだ。彼らはどう言ってるんです」

「外国人は、居らん」

井上は、あっさりと言った。草壁は怪訝《けげん》な顔をした。

「居ない？　休みでも取っているんですか」

「いいや。この逢坂山の現場は、外国人抜きで工事しちょる。正真正銘、測量も何もかんも、全部日本人だけでやっちょるんじゃ」

「日本人だけで鉄道のトンネルを掘ってると言われるんですか」

草壁は目を丸くした。小野寺は、少しばかり痛快だった。鉄道は丸ごと外国の技術を入れて作ったもので、その工事も運行も、外国人の指導監督がなければ到底覚束《おぼつか》ない、というのが今の常識である。さすがの草壁も、考えの外であったらしい。

「そんなに驚くことでもあるまい。豊前《ぶぜん》の青の洞門《どうもん》を知っちょるか。あれを掘るのに英国人技師は呼ばんかったろうが」

悪戯《いたずら》っぽく言う井上に、草壁はさらに目を白黒させた。

「それはまた、ずいぶんな冒険だ……」

呟《つぶや》くように草壁が言った。小野寺は、眉をひそめた。その呟きに、そんな無理をするから事故が相次いでいるのではないか、という響きが感じられたからだ。井上もそれに気付いたらしい。ふいに話の方向を変えた。

「草壁君、君は汽車に乗ったことがあるか」

唐突に聞かれて、草壁は少なからず当惑したようだ。

「は？　はあ、一度きりですが。去年、横浜に用事ができて行き帰りに乗りました。それが何か？」

「乗って、どう思った」

「どう思ったか、ですと」当惑がさらに増した様子だ。

「まあその……日帰りで用事が済んだので、なかなか便利だとは思いましたが……」

「それよ、それ」

井上は満足の笑みを浮かべた。声が大きくなった。

「君は横浜まで日帰りできて便利になったと言うた。じゃが、この鉄道がここから京都、大阪まで繋がったらどうじゃ。一日で大阪まで行ける。横浜まで日帰りするより、ずっと値打ちがあるじゃろ」

「ええ、それは確かにそうですが」

「人の行き来だけやない。物が動く。物が、今まで遠すぎて届けられんかったところへ、人や馬じゃ到底運べんほど大量に届く。上州《じょうしゅう》の生糸《きいと》は一日で横浜の港に持って来られる。海から遠い村でも、干し魚でない魚が食える。奥州《おうしゅう》が飢饉《ききん》になっても、大阪からすぐ米を届けられる。そんな日が、もう間近に来ちょるんじゃ」

井上の弁舌は、さらに続く。草壁は、わけのわからない様子で明らかに気圧《けお》されていた。

「そうやって人や物が動かせるようになれば、どこにでも産業を興《おこ》せる。これまでろくに作物も穫れんかったような寒村でも、鉄道が通ればいろんなことができる。内陸の、奥の方の村も豊かになる道が開けるんじゃ」

いつの間にか、井上は立ち上がっていた。草壁は黙って見上げている。

「また逆の言い方をすればじゃ、日本のあちこちに産業を興そうとしても、鉄道でそれを結んでやらにゃあ、材料は届かんし産物は送り出せん。鉄道ちゅう手段が無《の》うては、近代の産業は前へ進めんのじゃ」

ここで草壁がくすりと笑った。

「うん？　何じゃ。何か可笑《おか》しいか」

咎める井上に、草壁は小野寺の方へ顎をしゃくって見せた。

「いや、実は昨日、彼から同じ説法を聞きましてね」

井上が小野寺の方を振り向き、小野寺は思わず目を伏せた。だが、有難いことに井上は破顔した。

「ははっ、そうか。二度も聞かされては堪《たま》らんかの」

豪快に笑ってから、すぐ真顔に戻った。

「我々は殖産興業と喧《やかま》しゅう旗を振っちょるが、近代国家として生きることを選んだ以上、それしか道はないんじゃ。造船にせよ紡績にせよ農業にせよ、産業ちゅうのは人の体に譬《たと》えたら、筋肉であり臓腑じゃ。筋肉も臓腑も、血管を通して血が流れんかったら、忽《たちま》ち止まってしまう。止まれば、人は死ぬ。産業が止まれば、国は死ぬ。鉄道ちゅうのは、まさしく国を生かすための血管であり、血流なんじゃ」

井上は、どうだわかるか、と迫るように草壁の目を覗き込んだ。草壁が応じて頷いた。

「よし。では聞くが、君は自分の血管を他人に任せようなどと思うかの」

「いや……思いませんね」

草壁は井上の言いたいことを理解したようだ。井上が頷き返した。

「そうじゃろ。確かに鉄道は英国人の発明した技術じゃが、フランスもアメリカもプロシャも、みんな鉄道の技術を自分のものにして、自分らなりに生かしちょる。鉄道の値打ちを知っちょるからじゃ。日本にそれができん、ちゅう法はない。いや、何が何でもやらにゃいけん。外国人に首根っこを掴まれたままでは、儂らの思うた通りに鉄道を延ばしていくことはできん。外国にゃあ、いろんな思惑がある。悪気のない連中も居るが、どうしても儂らとは物差しが違うんでの」

「つまりあなたは、鉄道そのものを早々に日本人のものにしなければ、この国は自力で立って行けない、とおっしゃりたいわけですな」

「ああ、そうじゃ。この国が独り立ちするには、軍艦の建造も条約改正も大事じゃが、儂は鉄道のことしか知らん。じゃから、儂にとってはこれこそが国家の一大事なんじゃ」

草壁は、前より深く頷いた。井上は笑みを返し、安楽椅子に座り直した。

「それにな、もっと下世話な問題もあるんじゃ」

「ほう？　もしや、金ですか」

草壁の指摘に、井上はニヤリとした。

「慧眼《けいがん》じゃのう。そう、お雇い外国人ちゅうのは、金がかかってのう。何せ下《した》っ端《ぱ》の書記でも月の給金が五、六十円、建築師長ともなると、千円も取りよる。それが百人から居るんじゃ。しかも全部が全部、優秀とは限らんと来とる」

顔をしかめて見せる井上に、今度は草壁が笑みを返した。

「技手養成のために大阪に工技生《こうぎせい》養成所を作ったが、そこでもう使える連中が育っちょる。じゃから、逢坂山の工事はその連中に任せて外国人を締め出したんじゃ。連中の給金は外国人の何分の一かじゃから、ずいぶんと助かるわ」

冗談めかす井上に、草壁は幾《いく》らか心配げに言った。

「しかし、まだ早いと反対する向きもあったのでは？」

井上は、ふっと笑って首を振った。

「ああ、あったとも。しかし、押し切った。外国人連中は、面と向かっては言わんが裏でいろいろ言うちょるらしい。ま、向こうは首がかかっちょるから、しゃあないがの」

気楽そうに言っているが、相当な抵抗があったことは小野寺も知っている。井上はこれを手始めに、お雇い外国人に大ナタを振るっていくつもりのようだが、更なる軋轢《あつれき》は当然に予想された。

「では……そういう中に、工事を邪魔している者が居るのでは、とお考えですか」

草壁は、ようやく井上の懸念が納得できたらしい。井上は安堵《あんど》したように息を吐いた。

「まあ正直、何もわからん。じゃがなあ、そんな事情があるんで、この工事はどうしても成功させにゃならんのじゃ。しくじったらいろんな奴らが、嵩《かさ》にかかって攻め立ててくる」

驚いたことに、井上はここで深々と頭を下げた。

「草壁君、何とか引き受けてくれ。逢坂山で国の将来に禍根を残すわけにゃあ、いけんのじゃ。よろしく頼む」

草壁の顔が強張《こわば》った。最後の思案だな、と小野寺は思った。

「井上さん、一つだけ。なぜ、原木さんの推薦とは言え初対面の私をそこまで信用するんです」

井上が顔を上げ、口元を緩めた。

「実はな、警察の尻を叩いてもらう代わりに、伊藤内務卿に誰か頼れる者は居らんかと聞いた。原木君に話を持って行ったのは、伊藤さんじゃ。伊藤さんは、原木は信頼できる男だと言った。その原木君が、君を推した。儂には、それで充分じゃ」

小野寺は驚いた。原木のことは聞いていたが、仲介したのが伊藤内務卿だとは今の今まで知らなかったのだ。

草壁は、安楽椅子の背に頭を預けると、ふう―っと大きな溜息をついた。それから頭を戻すと、井上に言った。

「いつから始めます?」

井上の満面に、笑みが広がった。

「明後日《あさって》、儂は現場へ行く。一緒に来てくれ」

「明後日ですか」草壁が、さもびっくりしたように言った。

「なあに、君は身軽な独身者《ひとりもん》じゃろ。要りそうなものは、用意しておく」

待てよ。ということは、僕も明後日、出発しなきゃならないのか。小野寺は恨めしそうに井上を見た。が、こちらの都合などは気にもかけていないようだ。

「せっかちですなあ」

草壁が苦笑する。

「よく言われるよ」

井上がまた、ニヤリとした。

第二章　逢坂山

　大阪に着いたのは、出発してから三日後の夕刻だった。新橋から横浜まで汽車、横浜から神戸まで蒸気船、神戸から大阪までまた汽車という面倒な行程だが、江戸から大阪まで十五、六日もかかっていたことを考えれば、贅沢《ぜいたく》は言えない。しかも、局長の随行なので汽車は上等、船は二等が用意された快適な旅である。

「これで東京から大阪まで鉄道が通じれば、本当に一日で来られるのか」

　船の中で草壁が半信半疑といった様子で聞いてきた。小野寺は「来られますとも」と力強く言った。

「新橋から横浜まで汽車で一時間足らず、東京から大阪までの距離はその二十倍くらいですから、丸一日あれば充分です。人間や馬と違って、機関車は石炭と水さえやっておけば、寝ないで走りますからねえ」

「ふうん」草壁は肩を竦めた。

「大阪まで一日。だとすると、九州まで鉄道が延びれば二日ぐらいか。日本中どこへでも二、三日あれば着けるようになったら、この世の中、どう変わっていくのかねえ」

草壁は遠く前方に見えてきた六甲《ろっこう》の山並みを見つめながら、そんなことを言った。抑揚《よくよう》のない言い方からは、彼がその変化を望ましく思っているのか疎《うと》ましく思っているのか、窺い知れなかった。

大阪で一泊し、翌日井上と共に大阪堂島《どうじま》にある鉄道局庁舎に出向いた。本来は東京葵坂《あおいざか》の工部省内にあるのだが、神戸―京都間鉄道の建設に当たってこちらに移って来た仮住まいである。

ここで草壁は、井上から「臨時鐵道《テツドウ》工事監察方ニ任ズ」という辞令を受けた。こんな仰々しいことは嫌だと草壁は抗議したが、工事現場で自由に動き回るにはどうしても肩書が必要だと説得され、渋々承知したのだ。どのみち正規の職制にある役職ではなく、即席のでっち上げである。

「まるで猿芝居だな、これは」

辞令と、これも即席で作った鑑札を受け取った草壁は、小野寺にぼやいた。

「監察方《カンサツガタ》の鑑札《カンサツ》って何だ。駄洒落《だじゃれ》か」

「政府の仕事は押し出しが肝心ですから。これで草壁さんは、局長直属のお偉方ということになります」

「利いた風なことを言うなよ。現場に居る連中は、俺のことを知ってるのか」

「総監督の国枝《くにえだ》さんは、全部を知っています。その他の技手の人たちは、事故が多いので局長からお目付役を命じられた文官、くらいに思っています。工夫頭《がしら》とかそれ以外の人たちは……」

言いかけて小野寺は、自分もわからないのに気付いて頭を掻いた。

「ま、行ってみればわかるでしょう」

草壁は、鼻を鳴らしただけだった。

逢坂山の工事現場には、その日の午後のうちに向かった。有難いことに先ごろ、逢坂山トンネル西口のところに大谷《おおたに》駅が仮開業し、列車はそこまで走っていた。京都から東海道《とうかいどう》を歩いて行かずに済むのである。

井上、小野寺と共に大阪駅のホームに出た草壁は、先頭の機関車を見て首を傾げた。

「どうも、横浜まで乗った汽車の機関車よりずいぶんと大きいような気がしますが」

井上が、おっ、という顔をした。

「わかるか。こいつはテンダー式機関車と言うての。運転台の後ろに繋いだ箱形のテンダーちゅう車に、石炭と水を積み込んじょる。東京の方で使っちょるのはタンク式ちゅうて、ボイラの両脇に振り分け荷物みたいに石炭と水を抱えちょるんで、こっちのはテンダーの分、だいぶ大きゅう見えるんじゃ。馬力もあるぞ。高い買い物じゃが、こっちの鉄道は距離が長いからな。大いに役立っちょる」

「はあ……そうですか」

いきなり滔々と喋りだした井上に、草壁は機関車の話を振ったことを後悔しているようだ。小野寺は二人を見て吹き出しそうになった。機関車について熱く語っても、草壁は半分も理解していないだろう。だが井上はお構いなしだった。

「こいつは英国のシャアプ・スチュワートちゅう会社から買《こ》うた四号じゃが、東京から大阪まで鉄道が繋がれば、もっと強力な機関車が何十台も要る。線路を敷くだけではいけん、この先、機関車も儂らが自分で作れるようにせにゃ、外国の会社が儲《もう》かるばっかりじゃ。じゃから、儂はいずれ機関車を作る会社をこの日本で立ち上げて……」

「あの、局長。発車時刻です」

小野寺が咳払《せきばら》いして井上の弁舌を止めた。草壁は、明らかにほっとしていた。

「おう、そうか」井上は鷹揚に頷き、送りに出ていた駅長に目礼した。

「続きは、汽車ん中にしよう」

草壁が見てわかるほどげんなりし、小野寺は堪らず吹き出した。

大阪駅を午後一時二十三分に出て、京都で乗り継いだ。京都から先は仮開業で、乗客も少なく勾配もきついため、列車は神戸―京都間とは別仕立てである。客車は中等車一両と下等車五両だけの短い編成で、機関車も新橋―横浜間のものと同じ、タンク式だ。大谷駅には転《てん》車台《しゃだい》がなくて機関車の向きを変えられないので、帰りは後ろ向きの運転になり、そういう場合はテンダーのない方が好都合なのだ、と井上はわざわざ草壁に説明した。草壁は相槌《あいづち》を打っているものの、一割も聞いていないようだった。

三時四十一分に大谷に着いた。真新しいプラットホームでは、着任して間もない大谷駅長、村内保輔《むらうちやすすけ》が姿勢を正して立っており、中等車から降りてくる井上に、恭《うやうや》しく敬礼した。

「局長閣下、度々の御来訪、誠に恐縮であります」

井上は、ああ、いいからいいからと手を振った。井上は先日、この駅の仮開業に立ち会ったばかりだ。

「村内駅長、初めまして。技手見習の小野寺です。こちらは、このたび臨時鉄道工事監察方に任ぜられました草壁さんです」

「ご苦労様です」

村内はきびきびと敬礼を返したが、草壁の風体《ふうてい》を見て眉を上げた。仕方あるまい、と小野寺は思う。草壁は、さすがに着流しではなく袴を着けているものの、純然たる和装で、現場では洋装が普通の鉄道職員としては、変に目立った。

「どうも、草壁です」

駅長の疑念など全く気にかけていない風に、草壁は軽く礼をした。

「しばらく滞在されるとのことで、泊まれるところは用意してあります。助役用に建てた官舎ですが、まだ空《あ》いてますので」

村内は駅舎のすぐ先の、真新しい家屋を指して言った。

「え、官舎に。それは大変有難いです」

工事現場での寝泊まりを覚悟していた小野寺としては、御《おん》の字である。だが村内は急に難しい顔になり、声を低めた。

「官舎へご案内する前に、皆さんの耳にお入れしておかねばならないことがあるんです。駅長室の方へどうぞ」

村内はそう言って、駅舎を示した。井上は勝手を知っているので、先に立って駅長室の扉を開けようとしている。気付いた村内が、慌てて駆け寄った。

小野寺と草壁は、顔を見合わせた。駅長の顔つきから察するに、楽しい話ではなさそうだ。到着早々いったい何を聞かされるのか、小野寺は早くも先行きが憂鬱《ゆううつ》になった。

「乗客が転落死？　何じゃそれは。儂ゃあ、聞いちょらんぞ」

いきなり予想外の話が出て、井上は声を荒らげた。

「は、申し訳ありません。昨夜の下り終列車での出来事で、詳しいことが判明してから局長のご到着を待ってご報告した方が良いかと考えまして……」

駅長は首を竦めた。ラシャの制服に身を包んだ村内駅長は、井上局長より明らかに年上で背も高い。立派な髭も生やして見かけは立派なのだが、つとに有名な井上の雷を恐れてか冷や汗をかきっぱなしのところを見ると、存外小心者であるらしい。

「死亡事故なんじゃろうが。何を愚図愚図《ぐずぐず》しちょる。運輸長には報告したんか」

「はい、朝になって状況が摑めましたので、十一時頃に電信で」

小野寺は考えを巡らした。十一時にはまだ井上も自分たちも大阪の本局に居た。しかし運輸長は英国人だ。彼が勝手に大したことではないと判断すれば、本局への報告は遅くなる。恐らく行き違いになったのだろう。

「事故はどこで起きた。判明したのはいつじゃ」

「は、京都に到着した終列車の、二両目に繋いだ下等車で扉が一カ所開いているのを、到着前に車掌が発見しまして。調べるとその車には乗客は居らず、もしや転落したのではないかと、京都駅から連絡が来ました。実は当駅から該当の下等車に、乗客一名が乗っておりまして、車掌も確認しております」

「どこで落ちたか、わかっちょるんか」

「鴨川《かもがわ》です。明るくなってからすぐ、駅員と線路工夫が総出で線路際を捜したんですが、鴨川橋《きようりよう》梁のすぐ下の河原で見つかりました。頭を河原の石にぶつけたらしく、既に亡くなっておりまして……」

「何？ それじゃ、七時か八時頃には見つかっとったんじゃないのか。何で報告が十一時頃になったんじゃ」

井上の顔が赤くなった。雷の気配を感じたらしい村内駅長の額に、汗が吹き出した。

「は、それでありますが、国枝技手と相談をいたしまして、この件は慎重に扱った方がいいということで……」

「国枝に相談？」井上の目が吊り上がった。

「何で国枝なんじゃ！　あいつはトンネル工事の責任者で、運輸には関わりなかろうが。ここでの運輸の責任者は君ではないか。君の判断で運輸長に直《ただ》ちに報告すればいい話じゃ。何で工事監督に相談せにゃいけんのじゃ」

井上の指摘はもっともだ。村内の顔が引きつっている。

「は、そ、それが……死亡した乗客が、工事に大きく関わりのある者でして」

「何、工事に関わり？　珍しくもなかろう。今のこの駅の乗客は、大方が工事に関わりある者ではないか」

大谷駅があるのは、山間《やまあい》の小さな集落の外れで、住民で汽車に乗る用事のある者は多くない。大津以遠《いえん》から東海道を歩いて来てここから汽車に乗る客と、トンネル工事の工夫や資材を運ぶのが主な役目の駅である。

「実は……その人は藤田《ふじた》商店の社員でして、国枝技手がよくご存知の江口《えぐち》辰由《たつよし》という人です」

「藤田商店の社員？」

藤田商店は逢坂山トンネル周辺の鉄道工事を請け負った民間の会社で、井上と同じ長州出身の藤田伝三郎《でんざぶろう》が興し、建設業を主軸に手広く事業を行っている。この現場に居る工夫は、ほとんど藤田商店が集めて送り込んできた者だ。だが、本社員となるとそう頻繁《ひんぱん》に現場には来ないはずである。

「どんな用事で来ておったんじゃ。国枝が慎重に扱え、と言うのは、何か考えがあってのことなんか」

「さあ、それは。国枝技手は、江口さんが死んだと聞いて顔色を変えておられました。しかし私は詳しいことは何も聞いておりませんので……」

井上は憮然《ぶぜん》として黙り込んだ。矛先《ほこさき》が逸れつつあるのを感じたらしく、村内駅長の緊張が緩み始めた。そこへ突然、草壁の声が割り込んだ。

「車掌はどうしてたんです」

「えっ？」

急に問われて、村内は一瞬、ぽかんとした。井上局長の機嫌を気にするあまり、草壁と小野寺が居るのを忘れていたようだ。

「終列車の車掌です。その江口とかいう人が鴨川に落ちたとき、列車の一番後ろに乗っていた車掌は、何も気付かなかったんですか」

「あ、ああ。車掌ですか。ええ、気付かなかったそうで。後方監視と言って、後ろを見てましたから。しかし何か気配は感じたようで、橋梁を渡っているとき、何かが落ちていったような気がする、とは言っていました。暗くて確かめようもなく、京都駅が近付いたので前方確認に窓から顔を出したところ、駅手前の左カーブで下等車の扉が開いているのが目に入ったそうです」

「それまでは、異状はなかったんですか」

「ええ。稲荷《いなり》を発車して前方を確認したときは、異状はなかったとのことです」

「ふむ。そんなら、鴨川橋梁を通過中に落ちたのは間違いないようじゃの」

井上が口を挟んだ。草壁は構わず質問を続けた。

「その客車に、他に客は居なかったんですか」

「大谷を出たときは確かに一人しか乗っていませんでした。京都駅に着いたときは空《から》っぽでしたし、車掌は途中駅で誰も降りていないと言っております」

草壁は頷いてから、もう一つ肝心の疑問を口にした。

「いったいなぜ、走っている汽車の扉を開けたりしたんでしょうな」

それを聞いて村内が、あっ、しまったという表情になった。

「申し訳ありません。失念しておりました。さっき、京都駅長から警察が調べた結果について、電信が届いておりました」

「電信？　おい、それを早く言わんか」

井上に叱られ、村内は大慌てで引き出しを開けて電文を取り出すと、そのまま井上に渡した。井上が電文の書かれた紙を広げ、草壁と小野寺は後ろから覗き込んだ。

「ふうん。『京都警察署ハ、転落死ノ状況ニツキ、当人ガ小用ノ為メ自《タ》ラ車室ノ扉ヲ開ケ、誤リテ転落セシモノト断ズ。車掌ノ注意懈怠《カイタイ》ニツイテハ、不可抗力ト見做《ミナ》シタル模様』か。その江口 某《なにがし》が、勝手に扉を開けて落ちたと見とるようじゃの。鉄道の責任ではない、と」

「小便をするために扉を開けたと言うんですか」

草壁は首を捻った。

「そういうことは、よくあるんですか」

「列車には厠《かわや》は付いとらんからのう。辛抱《しんぼう》堪らんで扉を開けたり、窓から放尿する奴がたまに居る。それでしくじって、落ちる者も居らんことはない」

「そうですか……」草壁はまだ首を捻っている。

「鴨川の橋ってのは、さっき来るとき、京都駅を出てすぐに渡ったやつだよな」

草壁は小野寺に確かめた。

「ええ、あれです。他に大きな橋はありません」

「京都からここまでは、四十分くらいだったな」

「所定で四十一分です。下り京都行きは三十五分ですが」

村内が訂正した。草壁は、そうですかと応じて何やら考え込んだ。

「さて、ここから鴨川までは三十二、三分かそこら。橋を渡れば、京都駅は目と鼻の先だ。そんな短い時間の中で、無理に扉を開けるほど小便が我慢できなくなる、なんてことがありますかねえ」

「うむ。いかにも妙な感じじゃな」

井上が腕組みして、ゆっくり頷いた。村内はどう応じたものかと、草壁と井上に交互に目をやっている。

「駅長殿、その下等車はどこにあります？」

「切り離して、京都駅に置いてあります。警察の調べは終わったので、明日の列車に繋いでときと違い、鋭い光を放っている。どうやら八丁堀の本能が呼び覚まされたようだと思い、小野寺は心中で笑みを浮かべた。

「ええ、そのようにお願いします」

そう返事する草壁の目は、大阪からここまでの車中で井上局長の長広舌《ちょうこうぜつ》を聞かされていた

こっちへ回送させましょう」

あてがわれた官舎は六畳と四畳半の二間で、台所と厠も付いていた。夜具も用意されており、草壁と二人で使うには充分な仮住まいだ。荷物、と言ってもそれぞれ鞄《かばん》一つだが、それを置いてから二人は工事事務所に向かった。総監督で事情を全部知っている国枝技手が、そこで待っているはずだ。

工事事務所は、駅から延びた線路に沿って建つ平屋の建物だった。大きめの小屋ぐらいのものだが、窓にはきちんと硝子がはめられている。少し先の線路の反対側には竹矢来《たけやらい》で囲んだ資材置場があり、さらに奥には、丸太を組んだ足場で囲われたトンネルの坑口が見えた。その間を数十人の工夫が動き回り、トロッコが線路上に何台も停められていた。

「失礼します。東京から来ました、監察方の草壁と技手見習の小野寺です」

そう声をかけながら、小野寺が戸を開けた。入って正面に大きな卓があり、三人の技手が卓を囲んでいる。奥側の椅子には井上が、でんと座っていた。

「おう、先に来とったぞ。官舎はどうじゃ」

「ええ、私の住まいよりはだいぶ上等ですな」

草壁は軽口を返し、卓についている技手たちを見た。一番年嵩《としかさ》に見える、ぼさぼさ髪で痩《や》せた眼鏡《めがね》の男が立ち上がった。

「ああ、どうも。局長から聞いています。遠路ご苦労様です。ここの監督の、国枝喜一郎《きいちろう》です」

国枝は草壁に向かって丁寧に言うと、小野寺の方を向いた。

「おう、小野寺君だったな。久しぶりだな。頑張っとるか」

「はい、覚えていただきありがとうございます。おかげさまで、何とかやっています」

「いま、技手はいくら居ても足らん。早く見習を解いてもらって、しっかり手伝ってもらわないとな」

「はい、そのつもりで精進します」

国枝は気さくに、頼むぜ、と言って笑った。基礎だけで正式に工学を終了しないまま実地修行している小野寺には、工技生養成所を出た国枝が、やはり眩《まぶ》しく見える。

国枝に続いて、二人の技手が挨拶《あいさつ》した。一人は二十四、五の若い優男《やさおとこ》で、宮園一誠《みやぞのかずまさ》と名乗った。もう一人は宮園と対照的に、柔術家のような見かけの無骨そうな男で、田所勝佑《たどころしょうすけ》と言った。二人とも十等技手で、八等技手の国枝の補佐をしている。

まだ見習扱いで二人の技手より格下の小野寺は、とりあえず丁重に挨拶した。草壁の方は、もっと鷹揚だった。国枝はともかく宮園と田所は、聞き慣れない肩書の草壁にどう接したものか、考えている様子であった。

「まあ座って下さい。逢坂山の工事について、ざっとお話ししておきましょう」

国枝は卓の前の空いている椅子を示した。草壁と小野寺が座ると、正面の壁にトンネルの図面が貼ってあるのがまず目に入った。国枝はその図面をまず指した。

「逢坂山トンネルは、全長二千百八十一フィート、高さと幅は各々十四フィートです。和式の言い方をすれば、だいたい長さ三百五十六間《けん》余り、高さと幅は二間半ほどです。山に掘るトンネルとしては、我が国で最初のものです」

メートル法では六百六十四・八メートルと四・二メートルだ、と小野寺は頭の中で換算した。三百五十間と言われて、草壁は実感できただろうか。

「昨年の十月に大津側の東口から、十二月にこちらの西口から掘り始め、既に八割がた掘削《くっさく》しています。遅くともあと二月《ふたつき》足らずで貫通するはずです」

国枝はそれから三十分ほどかけて、逢坂山トンネルのあらましを説明した。こういうことには慣れていると見え、立て板に水だったが、全くの素人《しろうと》である草壁にどの程度理解されたかは何とも言えない。国枝の話の途中で何度か草壁の顔を見たが、車中で井上の話を聞かされていたときと同じような目付きになっていた。理解のほどはちょっと怪しいな、と小野寺は思った。

「うむ、よくわかりました、ありがとう。で、そろそろお伺いしたいのですが。この現場で相次いでいるという不審事についてです。詳しくお願いできますか」

国枝がこれを聞いて、井上を見た。井上は黙って頷いた。宮園と田所は、顔を見合わせた。

「いいでしょう。技術上の話も交じりますが、そこはなるだけ簡略に」

国枝は壁に貼った図面の前に立った。

「まず最初は、掘削、つまり坑道を掘り始める直前です。三角測量の詳細などは省略させてもらいますが、トンネルを真っ直ぐ掘るためには、地図上で直線を引いて、その線上に当たるところを測量して基準杭《くい》という標《しるし》を打ち込み、測量機で見てトンネルが基準杭から真っ直ぐ掘られているか確認します。ところが、その基準杭、と言っても単なる木杭ですが、それがずらされていたのです」

「ずらされた？　それはつまり、その木杭が離れた場所に打ち替えられていた、ということですか」

自分の理解が間違っていないか確かめるように、草壁が聞いた。国枝が頷く。

「そうです。左に四尺ほどずれた位置に移されていました。幸い、見てわかるほどずれていたので気付きましたが、もっとわずかなずれだとすぐには気付かなかったかも知れません」

「そのまま掘っていれば、トンネルは違う方向に向かっていたんですか」

「まあ、程度の問題ですが。それでも、トンネルの中間点まで百八十間くらいあるわけですから、基準が四尺もずれればかなりの差が出ます。東口から掘っている坑道とうまく嚙み合わなければ、トンネルがくの字に曲がってしまう。修正するためにずいぶんと手戻りをしなけりゃならんでしょうな」

「ふうむ」草壁は目を天井に向けて腕組みした。今の話を咀嚼《そしゃく》しているらしい。やがて得心したらしく目を国枝に戻すと、先を促した。

「それが最初ということですな。次は」

「次は、図面に書き込む数字です。図面は何種類もあるんですが、図面に数字を書き写すもとになる測量結果の表の、地面の高さを示した数字が幾つか書き換えられていました。線路を敷く地面の高低差が、実際よりかなり小さくされていたんです」

「それは……その数字に従うと、敷いた線路が思ったよりずっと急な坂になってしまう、ということですか」

自信なさそうに確かめる草壁に、国枝は笑みを向けた。

「呑み込みが早いですな。幸い数字が極端でバラバラだったので、変だと思ってよく見たら、消して書き換えた跡がありまして。すぐに悪さをされたとわかったので、念のため高低測量をやり直して事なきを得ました。もっと丁寧に改ざんされていたら、実際に工事してみるまで気付かなかったでしょう。これまた大きな手戻りです」

「仕事が雑だったので助かった、というところですか」

「おっしゃる通りです」

「その、改ざんされた表はどうなりました」

「ああ、正しい数字に書き直しました。改ざんされていた表は、すみません、よく考えずに捨ててしまいまして」

草壁はほんの一瞬、渋い表情になったが、すぐ元の顔に戻った。

「いや、気にせんでください。さて、局長が言われるには、それ以外にもっと直に害が及んだ話があったそうですが。工夫が怪我をしたとか」

「ああ、はい。それもあります。ただ正直なところ、事故か故意かは見方が分かれるかも知れません」

国枝は頷きながら、横目でちらりと井上を見た。井上は泰然と座ったまま黙している。

「三月近く前ですが、仕事を終えて坑道から出て来た坑夫たちに、坑口の北側の斜面から一抱えほどもある石が幾つか落ちて来まして。逃げ遅れた坑夫の足に当たり、二人が足を折りました。当たり所が悪ければ、命に関わるところでした」

「今までに、そのあたりで石が落ちてきたことは？」

「私の記憶では、ありません。初めてのことでした」

「雨で斜面が緩んでいたとか、そういうこともなかったんですか」

「ええ。そもそも、斜面の上に落ちそうな石があることにも気付いていませんでした」

「斜面の上に、誰か居たということはないですか」

「いやあ、誰もそんな方に行く用事はないんで、見てもいませんでした」

「そうですか……で、それが何度か続いたと」

「そうなんです。その十日後と、さらに二週間ほど後の一度ずつ。それでまた坑夫が二人怪我しました。幸い軽傷ですが。状況は最初のときと同じです」

もし井上局長の心配どおり故意だったとしても、証明するのは難しそうだ。

「それでは次ですが、材木が崩れたとか」

「ええ。それは二月前です。この裏の資材置場に積んであった材木が、突然崩れまして。この宮園君が、危うく材木の下敷きになるところでした」

国枝が宮園を手で示し、宮園が頷いて前に出た。

「そうなんです。その日の作業が終わってから資材の点検に回っていたのですが、材木の横を通ったとき何やら気配を感じて、ふっと振り向いたらちょうど、材木の山がこちらに雪崩《なだれ》落ちるところでして。慌てて逃げましたが、気付くのが遅れたら大変でした」

「かなりの高さに積んでたんですか」

「後で見てもらえばわかりますが、支保工《しほこう》と言って掘ったトンネルの周りを支える材木ですから、大量に用意しています。人の背の倍ぐらい積んでますよ」

「そんなに崩れやすい積み方だったんですか」

「いえ、材木と言ってもそこに積んでたのはほとんど丸太でして、普通に山を作って積んでたんですが、一番下の丸太が転がって山が崩れないよう、楔で留めてあったんです。それがどうも、外れてしまったようで」

「なるほど。その場には、あなたの他に誰か居ませんでしたか」

「いえ、私の他は誰も居なかったと思うんですが」

宮園の言い方は、幾分自信なさそうである。

「作業が終わった後の六時半頃で、まだ薄明るかったんですが、後ろからこっそり近付いて来られたら、気付けなかったかも知れません」

宮園は、草壁の顔色を窺うようにして続けた。

「あなたはやはり、誰かの仕業《しわざ》とお考えですか」

草壁は曖昧《あいまい》な表情で目を泳がせた。

「さあ、どうでしょうか。まあ私は、そのつもりで疑ってみるのが役目ですからな。資材置場とその楔を見てみるまで、何とも言えませんが」

「そちらへは、トンネルの現場と併せて明日、ご案内しましょう」

国枝がそう言ったので、小野寺は懐中時計を見た。五時五分前だ。いつの間にか、だいぶ時間が経っていた。

「わかりました。で、あと一つですな」

「ああ、足場の件ですね。あれは先月です。あれが一番、深刻と言えば深刻でした」

国枝の顔が曇った。

「他のことと違って、工事そのものでの不始末ですからね。坑口では周りの土を削って整えたうえで、石積みをして全体を仕上げるために、足場を組んで作業しています。その足場の一部が、職人の一人が足を乗せた途端に崩れまして。その職人は三間ほどの高さから落ちて左腕を折りました」

「局長のお話では、足場の材木を縛っていた縄に切れ目が入れられていたとか」

「そうなんです。確かに刃物で切ったもののように見えます」

「その縄はとってありますか」

「ええ、ありますよ」

国枝はそう言うと、部屋の端にある戸棚のところへ行った。下半分がたくさんの引き出しになっている西洋家具だ。国枝はその引き出しの一つを開けた。そして首を傾げると、その周囲の引き出しを順に開けていった。そうやって十個の引き出しを開け、俯《うつむ》いて一つ一つ覗き込んでから、体を起こしてもう一度首を傾げた。

「おかしいな、ここに入れといたはずなんだが」

「あ、いや、見つからなければ結構です」

草壁が声をかけると、国枝は振り返って頭を掻いた。

「すみません、片付けが悪くて。また捜しておきます」

ちょうどそのとき外で、カン、カンと鐘を叩く音がした。

「五時です。作業が終わります」

言われて小野寺は外を見た。こちらは東京より日暮れが遅いので、まだ昼間と同じだ。窓の外では、早くも何人かの工夫が帰り始めていた。一方、室内の国枝たちは、机を片付ける気配はない。暗くなるまで、あるいは暗くなっても仕事を続けるのだろう。

「よし、今日のところはこのぐらいにしよう」

井上が草壁と小野寺に声をかけて、椅子から立った。国枝たちが姿勢を正した。

「儂ぁあ、五時二十分の汽車で京都へ行って泊まる。君らも今日はゆっくり休んでくれ」

草壁にそう言ってから国枝に「明日は九時四十一分に着く汽車で来る」と言い置き、井上は事務所を出た。草壁と小野寺は、「ではまた明日」と国枝たちに一礼すると、井上に続いた。

外へ出て、小野寺はちょっと首を傾げた。国枝は、昨夜の江口のことについて何も口にしなかった。これは何か意味があるのだろうか。横目でちらりと草壁を見たが、彼がどう思ったかは読み取れなかった。

事務所を出て駅舎へと歩きながら、井上は草壁の顔を覗き込んだ。

「初めての鉄道の工事現場で勝手がわからんじゃろうと思ったが、そうでもなさそうじゃな。いや、結構、結構」

「どんな場所であろうと調べのやり方は同じです。惑う必要はない」

草壁はちょっと渋面《じゅうめん》を作った。井上は笑いながら、草壁の肩を叩いた。

「それでええんじゃ。明日からどこであれ自由に見られるよう、もう一度国枝には念を押しておく。ただ、ここには爆薬もあるし、崩落の危険もある。技手が危ない言うたら、素直に従《したご》うてくれ」

わかりましたと草壁が応じ、一行はホームに出た。折り返しの列車が機関車の付け替えを終えたところで、機関車から降りて来た英国人の機関士と、ちょうど行き会った。

「おう」

井上が機関士に軽く手を上げた。赤ら顔でたっぷりと顎髭を生やした機関士は、井上の顔を認めるとさっと敬礼した。鉄道局長に敬意を払ったものだろうが、その顔は無表情で、態度もどこかつっけんどんに思えた。機関士は草壁と小野寺のすぐ脇を通って厠の方へ行ったが、二人はほぼ無視された。

「何だあいつ、ずいぶんと偉そうな」

小野寺が思わず漏らすと、井上が苦笑した。

「おお、ありゃウィリアム・カートライトちゅう男でな。お雇いの機関士の中でも一番腕はええんじゃが、何ちゅうか、気難しい奴でなあ。小うるさいことばかり言いおって、あんまり融通が利かん。一種の偏屈じゃの」

言ってから井上は、草壁の方を見た。君といい勝負かも知れんぞと言いたかったのかも知れないが、草壁は英国人機関士などに興味はないとばかりそっぽを向いていた。

あの男の下では火夫《かふ》は大変そうだなと小野寺が思っていると、その火夫が運転台から顔を出した。

「あっ、局長閣下」

急いで運転台から飛び降り、直立して敬礼する火夫に、井上も敬礼を返した。

「京都まで乗せてもらうからの。頼むぜ」

「はっ。運転台にお乗りになりますか」

「そうしたいが、カートライトがええ顔せんじゃろ。儂は中等車に乗っちょくから」

「承知いたしました」

井上は草壁たちに、じゃあまた明日、と手を振って中等車に乗り込んだ。小野寺は火夫に話しかけた。

「やあ、君はいつから火夫をやってるんだい」

「はい、ちょうど二年になります」

「そうか。名前は」

「久保田《くぼた》と申します」

二十歳くらいと見える純朴そうな火夫は、石炭で汚れた顔をほころばせた。

「あの英国人の下じゃ、大変だろ」

「えー、はあ、まあ大変と言えば大変ですが。しょっちゅう怒鳴られてます」

「あいつ、やっぱり我々を見下してるのか。ただでさえ偏屈らしいし」

憤然として小野寺は言った。お雇い外国人の中には、日本人を未開人のように見なす輩《やから》もいるし、子供扱いする者もいる。こちらは高給を払っているというのに怪《け》しからん話だが、いまはまだ教えを乞う立場である以上、我慢せざるを得ない。

「ええっと……いや、どうでしょうか。偏屈かも知れませんし、早口の英語だと半分もわからんです。まあ、下手クソなんはこっちですから、何言われても、辛抱です」

久保田はそう言うと、真っ黒い顔に白い歯を見せた。

「そうか。まあ、挫《くじ》けず頑張れよ」

小野寺は久保田の腕をぽんと叩いた。ありがとうございますと頭を下げる久保田に送られ、二人は改札を通って官舎に足を向けた。

駅で風呂を使わせてもらってから、小野寺と草壁は官舎の六畳間で卓袱台《ちゃぶだい》を挟んで胡坐《あぐら》をかいた。外はだいぶ薄暗くなり、小野寺はランプに火を入れた。

「これで酒でもあればなあ」

「温泉場に遊山《ゆさん》に来たわけじゃありませんから」

殺風景な部屋に男二人で対座とは、どうにも手持無沙汰《ぶさた》だ。

「飯は駅の賄《まかな》いから届けてくれるそうです。駅の前には居酒屋もできてるそうですよ」

「こんな山の中の村に、居酒屋か」

草壁が驚いたように言った。

「山の中と言っても、京都から三里と少しの街道沿いですよ。それに工夫が何百人も働いてるんですから、充分商売になるでしょう」

「それもそうだな。そのうち、行ってみるか」

草壁は気楽そうに言ってから、ちょっと真顔になった。

「ところで、さっきの国枝さんの話だが……ずらされていた基準杭というのは、一番肝心な目印、というわけだよな。そういうことは、素人でも見ればわかるのか」

「え？　さあ、どうでしょうか。素人が初めて見たなら難しいでしょうが、測量や工事の様子をしばらく熱心に見ていれば、誰でもわかるんじゃないでしょうか」

「ふうん。言い換えると、素人が会得するには相当熱心に見ている必要があるってことか」

「そうも言えますが……何をお考えなんです」

小野寺の問いに草壁が答える前に、官舎の戸口をどんどん、と叩く音がした。来訪があるとは思っていなかった二人は顔を見合わせてから、同時に戸口の方を向いた。

「お休みのところ、誠にすんまへん。ちょっとご挨拶、させてもらえまへんか」

中年の男の声が、そう呼ばわった。二人は戸口側の四畳半に移り、「いいですよ、どうぞ」と小野寺が声をかけた。

「おおきに。お邪魔します」

戸を開けて入って来た男は、年の頃四十余り。小柄で、ザンギリの髪を撫でつけているが、服装は羽織を着て着物の裾《すそ》を端折《はしよ》り、下は股引《ももひき》という、江戸の岡っ引きを思わせるものだ。手には酒の大徳利《おおとっくり》と風呂敷包みを提《さ》げている。

「初めてお目にかかります。藤田商店の下でこの大谷の現場の工夫の束《たば》ねをしております、稲村庄吉《いなむらしょうきち》と申します。このたびは、東京からわざわざ、御役目ご苦労様でございます。以後、よろしゅうお願いいたします」

名乗った稲村は、丁寧に頭を下げた。藤田商店の下請けとして、工夫を集め差配しているのだろう。

小野寺は、まあ上がって下さいと言ってみたが、稲村はここで結構ですと上がり框《がまち》に腰を下ろした。

「伏見《ふしみ》の酒です。それから、こっちは……」

稲村は徳利を差し出し、風呂敷包みを解いた。出て来たのは、寿司桶に入った大皿である。皿に載っているのは、くるりと丸まった白身魚の切り身のようだが、今まで見たことがない代物だった。

「肴《さかな》は何がええかと思《おも》たんですが、京の夏言うたら、やっぱりこれ、鱧《はも》ですわ。東京のお方には珍しいやろ、思いましてな。先斗町《ぽんとちょう》の料理屋で用意させましたんや。湯引きしてありますさかい、そのまま、その小皿の酢味噌か梅肉《ばいにく》付けて召し上がっとくんなはれ。珍味でっせ」

「ほう、噂に聞いたことがあるが、これが鱧か」

草壁が目を瞠《みは》った。存外、旨《うま》い物には目がないのかも知れない。そう思っていると、早速手を出して一切れ摘《つま》み上げ、梅肉を付けて口に放り込んだ。素早さに小野寺が驚いていると、草壁は目を細めて、「旨い」と大きな声を出した。

「いやあ、お口に合《お》うて何よりですわ。まあ、後でゆっくり味おうておくんなはれ」

稲村は笑って愛想を言ってから、急に居住まいを正した。

「ところで旦さん方は、例の坑夫の怪我とか、何か怪しげなことが続いとるのをお調べに来はったんでっか」

草壁は表情を変えなかったが、小野寺はつい動揺した。

「ははあ、やっぱりそうですな。いや、儂も何やおかしいとは思てましたんや」

顔に出てしまったのを読まれたらしい。小野寺は、修行が足りないなと反省した。

「何でおかしいと思ったんですかな。これだけの普請なら、怪我人の何人かは出ても驚くには当たらんでしょう」

草壁は、しれっとして問い返した。稲村は応じて頷き、声を低めた。

「そら、おっしゃる通り山の中でこんな大勢で工事しとったら、怪我人は出ますわ。現に、下手《へた》打った奴がもう二、三十人は居てます。けど、この前の足場が崩れたやつ、あれは違《ちゃ》う。誰かがわざとやったんや。縄に切れ目入れて、人が乗ったら崩れるようにしよった。資材置場の丸太が崩れたんかて、そうや。儂も長年、普請場に出入りしとるんで、自然に起きたことと仕掛けて起きたことの違いは何とのうわかります。その儂の勘が言うとる。ここには、誰か悪さしとる奴が居る、ちゅうてな」

草壁の目が光った。

「ほう、で、あんたはその悪さしとる奴に、心当たりがあるんですかな」

「へえ。なんぼでも居てまっせ、そんな奴は」

稲村は、実にあっさりと言い切った。小野寺は驚いて、問い直した。

「なんぼ……いくらでも居ると言うんですか」

「そらあんた、汽車が通るのにええ顔せん奴は、どこにでも居てますがな。何やかや文句を付けて線路を敷かせへん連中、東京の方でも居てまっしゃろ」

ああ、そういうことかと小野寺は拍子抜けした。商売を奪われると鉄道に反対する運送業者や宿場町の人々は、確かに珍しくもない。

「とにかく、こんな悪さで何人も怪我させられたんでは、かないまへん。いや、もっと大きなことが起きへんか、心配しとるんですわ。この工事がちゃんと出来上がらんことには、儂らかて困りますさかいな。ほな、何とぞよろしゅうお願いしますわ。お手伝いできることがあったら、言うとくんなはれ。何なりとさしてもらいますよって」

稲村はそれだけ言うと、今日はこれでと帰って行った。

「いやあ、鱧とは有難いなあ」

草壁は大皿を卓袱台に置くと、涎《よだれ》が出そうな顔で鱧を見つめた。しょうがないなと思いつつ、小野寺は湯呑《ゆのみ》を出して、そこに稲村が持って来た酒を注いだ。

「思わぬご馳走《ちそう》じゃないか。君も食いたまえ」

草壁は酒を一口啜《すす》ると、うん、これもいい酒だなどと言いながら、今度は酢味噌を付けた鱧を口に入れ、満足そうな笑みを浮かべた。

「はいはい、言われなくても頂戴《ちょうだい》しますよ。それで、どうです。あの稲村って男、どう思いますか」

「どうって君、鱧をくれたんだからいい人だよ。鱧は高いんだぞ」

溜息をついて、あのねえと言いかける小野寺に、草壁は笑いながら手を振った。

「冗談に決まってるだろうが。あいつはいかにも上方《かみがた》の商売人、という物腰だな。もともとの本業は口入屋《くちいれや》か何かだろう。どういう伝手《つて》があったか知らんが、藤田商店にがっつり食い込んだのなら、まず抜け目ない奴だ」

どうも旨いものを前にすると、草壁は饒舌《じょうぜつ》になるようだ。新しい発見だった。

「鉄道に反対する連中が仕掛けたんだろうという話、どう思われます」

「さあなあ。ちょっと単純すぎるかもな。ああいう男はもっと裏の、いろんなことを知ってるはずだ。現に我々の役割も、どこで聞いたのかちゃんと承知してたじゃないか。そのぐらい目と耳が確かでなけりゃ、工夫の差配なぞやっていけまいよ」

「何か隠してるとお思いなんですか」

「そりゃあ何とも言えんさ。ただなあ、何か隠してるとしたら、もっともらしく鉄道反対派の話を持ち出したのは、一種の目くらましかも知れん。いずれにしても、油断はできんな」

「あ、そう言えば……」小野寺はふと気付いて持ち上げた湯呑を宙で止めた。

「あの男、藤田商店の社員が昨夜転落死した件に、ひと言も触れませんでしたね。自分の大事な得意先だというのに」

「確かにな」草壁は同意して、口元に小さく笑みを浮かべた。

「それに意味があるのか、単にまだ知らないだけか、ま、いずれわかるだろうさ」

草壁はそう言いながらまた一口酒を啜り、鱧をもう一切れ摘んだ。

それから十五分ばかり後、鱧が残り少なくなった頃、また戸を叩く音が響いた。今度は何だと訝《いぶか》しむと、稲村とはだいぶ違う、低い声が聞こえた。

「今晩は。ちょっとご挨拶に寄せてもらいました。生野《いくの》銀山の、植木《うえき》ちゅう者《もん》です」

生野銀山と言われて、二人は、ああ、と得心した。線路を作るのと違って、トンネル掘りは道普請などの延長では済まない。鑿《のみ》や鏨《たがね》を使って岩盤を掘っていく作業には、やはり専門の職人の腕が必要だ。そこで井上らは、生野銀山で坑道を掘っている坑夫を多数動員したのである。鉱山も鉄道も同じ工部省の管轄だから為《な》せる業《わざ》であった。

構わんからどうぞとの小野寺の声に応じて入って来た男は、稲村よりひと回りほども大きな男だった。生野の山師の印半纏《しるしばんてん》を羽織っている。年は五十を超えているだろう。短く刈り込んだ残り少ない頭髪は、ほとんど白くなっており、節くれだった手と深い皺の刻まれた顔が、長年の重労働を物語っていた。

「生野の坑夫頭をやっとります、植木伊之助《いのすけ》です。以後、よろしゅうに。まあ、こんなもんでも一つ」

口数少なくそう挨拶すると、稲村と同じように酒の大徳利をどすんと置いた。それから目を油断なく室内に走らせ、卓上の皿と徳利に気付くと言った。

「ああ、稲村はんが先に来たんやな」

声にいくらか棘《とげ》が混じっているような気がした。

「いろいろ続いとる面倒事について、何か言うとりましたか」

草壁と小野寺は、思わず顔を見合わせた。ずいぶんはっきり聞いてくる。しかし、そう聞くということは、稲村と同様、こちらの役目を正しく承知しているに違いない。ならば、隠すこともない。

「ええ。稲村さんは、鉄道を通すのに反対している連中の仕業だと考えているようですね」

聞いた植木は、上がり框に腰を下ろすと、ふん、と鼻を鳴らした。

「そうでっか。儂らは何事にせよ、そないに簡単にはよう決めつけまへんな」

「よう決めつけまへん？　ああ、決めつけられないということですね。ということは、別に考えがあると？」

小野寺は興味を隠さず聞いた。が、植木は軽く肩を竦めた。

「他に心当たりがあるわけやない。ただ、鉄道嫌いの連中がやったと決められるような証《あか》しは、何もあらへん。それだけのこっちゃ」

肩透かしをくらったようで、小野寺はがっかりした。しかし、正論ではある。

「ふうん、それでは、数字が改ざんされたり、石が落ちてきたり、足場や材木が崩れたりといった出来事は、あなたも一連のものと考えてるわけですな」

草壁の言葉に、植木は眉を上げた。その仕草が、そんなことは当然だと語っているのか、見透かされたのにたじろいだものか、そこまではわからない。

「そうですわ。偶然のもんが一つぐらい混じっとるかも知れんが、鉱山《ヤマ》は厳しい場所や。儂らは偶然っちゅうもんを、あまり信用せえへんのでな」

「なるほど」草壁は曖昧に頷いた。

「落石に遭《お》うたんは、うちの坑夫ばっかりや。怪我までしとる。場所から考えて、うちの者《もん》を狙い撃ちしとるんは間違いない。このままで済ます気はないで」

「その落石、やはり勝手に落ちたとは思われないんですな」

草壁のその言葉が挑発のように聞こえたか、植木は少しむっとした表情になった。

「ああ、思わん。儂らはな、自分らで斜面の上を調べたんや。あの辺に、浮いて落ちそうになっとる石はなかった。儂らは山のことに関しては素人やない。あれはな、誰かがわざと落としよったんや。それは間違いおまへん」

明確に断言すると、植木は草壁をねめつけた。草壁は、腕組みしてうんうんと頷いた。

「よくわかりました。で、怪我した人は。どの程度の怪我だったんです。今はどうしてるんですか」

「ああ、足を折った二人は、もうじき治って工事に出ますわ。他の怪我人は軽かったんで、二、三日休んだだけや」

「そりゃあ、良かった。治療代は鉄道局から出たんでしょうな」

「工事の最中の事故、ちゅうことで、出してくれましたわ」

草壁が怪我人の心配をしたことで、植木の機嫌は直ったようだ。顔が和《やわ》らいでいた。

「しかし、もっと大きな石でのうて良かった。当たり所が悪かったら、命に関わるところや。とんでもない話やで、ほんまに」

そこで植木は、少々喋り過ぎたと思ったか、言葉を切って立ち上がった。

「えらいお邪魔しました。また何ぞ用事があったら、儂はだいたい、作業中はトンネルの中に居てますさかい」

そう言い残して植木は出て行った。外はもう、すっかり夜になっている。懐中時計を出して見ると、七時半だった。

植木と入れ違いに、駅員が晩飯の入った弁当箱を届けに来てくれた。高級酒と皿に残っている鱧を見つけた駅員は、豪勢ですなあと目を瞠った。草壁と小野寺は、礼を言いながら頭を掻いた。

「ちょっと難しそうな人でしたね」

弁当箱から箸《はし》で高野《こうや》豆腐を摘み上げ、小野寺は草壁に話しかけた。

「同じような立場なのに、稲村とはずいぶん感じが違います。稲村は商人、植木は職人、といったところでしょうか」

「うん、ひと言で表すとそんな感じだな。しかし君、そんな風に毛色の違う二人が、申し合わせたようにこっちの様子を探りに来たんだぜ。なかなかに面白いじゃないか」

面白い、か。なるほど。よく喋る男と余計なことは言わない男。普通は後者の方が信用できそうだが、植木も腹に一物あるような気もするし……。

「狙い撃ちされたと言ってましたが」

「うむ。線路工夫と違って銀山の坑夫は替えがきかないだろうから、工事を妨害するのに銀山の連中を狙うのは、確かに理に適《かな》ってはいるな」

そう考えれば、井上の懸念もだいぶ現実味を帯びる。小野寺は腕組みして唸った。

そこへ、またもや戸を叩く音がした。音に続いて、「今晩は。お邪魔していいかな」と言う国枝の声が聞こえた。

「あれ、国枝さんですか。どうぞお入り下さい」

「すまんねえ。ちょっと失礼させてもらいますよ」

戸口に立った国枝は、やはり酒の徳利を提げていた。

「おや、晩飯どきだろうと思って持って来たんだが、先客があったんですか」

卓袱台に並んだ二つの大徳利を見て、国枝がびっくりしたらしく問いかけた。

「ええ。挨拶と言って、稲村さんと、その後に植木さんがね。二人ともすぐ帰りましたが」

草壁が言うと、国枝は「ああ、そういうことですか」と苦笑を浮かべた。

「こちらが紹介する前に、もう動いてましたか。やっぱり抜け目がない」

「そのようですな」

草壁も頷き、畳に座った国枝に酒を注いだ湯呑を差し出した。これはどうもと受け取った国枝は、一口飲んで目を細めた。

「こりゃあいい酒だ。私の持って来たやつよりだいぶ上ですな。いや、お恥ずかしい」

「稲村さんの酒です。伏見だそうで。こっちの植木さんのは、灘《なだ》のようですね」

「張り込みましたなあ。しかし、二人が鉢合わせにならなくて良かった」

「ほう。やはりあの二人、仲が悪いんですか」

国枝の言葉に草壁が食い付いた。そのことは、植木の話し方から小野寺も感じ取っていた。

「ええ。はっきり言って、悪いですね。稲村のところの線路工夫は寄せ集めですから、玉石《ぎょくせき》混淆《こんこう》です。神戸―大阪間の工事をやった古参も居るし、素人同然の者もやくざ者も居る。大方の連中は、金さえ稼げれば何の仕事でもいい、という風です。一方、植木の下の生野銀山の連中は、みんな玄人《くろうと》です。自分の仕事のことは充分にわかっている。同じ工事に携《たずさ》わっているのに、肌合いが全然違うんです」

「ああ、それならそりが合わないでしょうなあ」

「工夫は生野の連中を、鉱山の穴掘りだと言って一段下に見ているし、生野の連中は工夫を、食い詰め者の集まりだと馬鹿にしています。互いに見下してるから、喧嘩もよく起きてますよ。大事には至ってませんがね」

「そういうときは、それぞれの頭《かしら》が揉め事がないよう気を配るべきでしょう」

「そうなんですが、そうするべき稲村と植木が、そもそも折り合わないんです。稲村は口先三寸の商人、植木は骨太で融通の利かない職人ですからねえ。水と油と言うか、犬と猿と言うか……」

「国枝さんも大変ですなあ」

草壁は同情するように眉を下げ、国枝の湯呑に酒を注ぎ足した。

「どうも恐れ入ります。ところで、実はそういう話をしに来たわけではなくて……草壁さんの耳に入れておきたいことがありましてね」

「ほう。どんなことでしょう」

　草壁の目が光り、小野寺も箸を置いて国枝の顔を見つめた。

「昼に事務所に来てもらったときは、聞いている者が多かったので言いませんでしたが、昨夜転落死した藤田商店の江口君のことです。私、彼があの列車に乗る一時間ほど前に、会ってるんですよ」

「江口さんに昨日、会われたんですか」

　草壁の目の輝きが増した。

「わざわざそのことを話しに来られたということは、何か尋常でないことがあったんですな」

「いや、尋常でないと言うほどでもありませんが……彼はもともとは明日まで、ここに居るはずだったんです。資材の追加発注のため、月々の集計と資材置場の点検に来ていたんですがね、昨日の夕方、急に帰ると言い出して。それも、私にだけ告げたんです」

「あなたにだけ話して急に現場から戻るというのは、異例なんですね？」

「ええ。急に予定が変わるのは初めてじゃありませんが、今回は本店からの呼び出しでもなく、本人が言い出したんです」

「江口さんは月毎《ごと》にここへ来てたんですか。毎月決まった日ですか」

「都合で二、三日ずれることはあります。今回も、初めの予定より一日早く来てますし」

「ふむ。彼の様子に変わったところはなかったですか」

「様子そのものは普段通りでした。けれど、話の中身は普段とは違いました」

「どんな話を、あなたにしたんです」

「それがですね、妙なことを目撃した、と言うんですよ。ところが、何を見たのかは詳しく言わない。ただ、これはうちの商売に障りがあるかも知れないので、すぐ本店に伺いを立てた方が良さそうだ、とだけ言いまして、終列車で大阪へ帰ると」

「終列車に乗って京都で乗り継ぐと、大阪に着くのは夜の九時でしょう。そんな時間に店に帰らねばならないほど急ぎの用だったんですかねえ」

「それは、今となってはわかりません。しかし江口君があんなことになって、ますます気になってしまいまして」

「資材の発注の用事で来ていたのなら、やはり資材に関わることだったんじゃないでしょうか」

小野寺は口を挟んでみた。だが国枝も草壁も「うーん」と呻《うめ》いただけで、返事はしなかった。

「国枝さんとしては、江口さんの見たものが転落死に関わっているのではないか、と思うんですか」

「そう決めつけるのは早計でしょうが、偶然とも思い難い。どう関わっているのかは想像するしかないですが。ただ、小便しようとしてしくじったという安易な説には与《くみ》しません」

「つまり、事故ではないとおっしゃりたいんですね」

草壁にそうはっきり言われると、国枝は口籠《くちごも》った。

「あー、いや、事故ではないとまで決めつけるのもどうかと……。とにかくいま言えるのは、どうも不審な点がある、というだけです」

国枝の口調が、自信なさそうなものになった。自分で疑念を持ち出したものの、これ以上工事に厄介事が絡むのはやはり避けたい、という思いが垣間見える。

「わかりました。胸に留めておきましょう。ところで、ですね」

草壁は意中を察したか話を変えた。

「稲村さんは、この一連の事件は鉄道に反対する外部の連中の仕業だろう、と言ってましたが、それについてどう思われますか」

「鉄道に反対する連中とは、運送業の者とか近辺の農家とかのことですか」

「ええ、おそらく」

「うん、私もそれについては考えました。確かにあり得る話です」

「そうですか、国枝さんもそう思われますか……」

草壁は呟くように言うと、また腕組みした。

「植木の方は、どう言ってました？」

今度は国枝の方から聞いた。

「植木さんは、犯人について臆測めいたことは何も口にしませんでしたよ」

「そうですか。まあ、あの人らしいですな」

その件については、それで終わった。国枝は、それから一時間ばかり飲みながら雑談し、最後に酔いが回ったか、トンネルの効用について高説をぶってから、明日もあるのでと言って引き上げた。稲村の持って来た大徳利は、空になっていた。

「千客万来だな」

国枝を見送ってから、植木の持参した灘の酒を湯呑に注いで、草壁は愉快そうに言った。

「どうだい小野寺君。着いたその日の晩に、早くも要《かなめ》になる人物が三人も御来訪だ。出だしとしては上等じゃないか」

「上等ですか。ええ、まあ」

草壁の言うことはわかる。明日でもいいものをわざわざ夜に挨拶に来るなど、国枝はともかく稲村と植木には、何か思惑があるのだろう。

「さて明日は何が起きるか。案外、転がりは早いかも知れんなあ」

独り言のように呟くと、草壁は面白がるような笑みを浮かべた。

第三章　十四尺の洞門

翌日は朝から晴天で、八時にはもうだいぶ暑くなっていた。駅から届いた朝食を済ませた草壁と小野寺は、連れ立って工事事務所へと向かった。

「おはようございます。昨晩はどうも」

もう仕事を始めている国枝に挨拶すると、国枝も「やあ、昨夜《ゆうべ》は遅くまでお邪魔しまして」と恐縮したように挨拶を返した。だいぶ飲んでいたが、酒が残っているようには見えず、潑剌《はつらつ》としている。案外、酒には強いようだ。無論、昨夜話したことは事務所ではおくびにも出さない。

「今日は現場を一通りご案内します。まずはトンネルですね。坑夫が入りましたから、もう作業が始まります」

国枝はやりかけていた図面仕事を田所に任せると、宮園を呼び、四人でトンネルに向かった。事務所を出てまず目に入るのは、資材置場である。いまもトンネルで使う材木が高く積み上げられており、線路用の犬釘《いぬくぎ》や枕木《まくらぎ》も大量に置いてあった。竹矢来で囲われているが、出入り口の扉には鍵らしきものは見当たらない。

「この資材置場ですが、鍵は掛けないんですか」

通り過ぎざま、扉を一瞥《いちべつ》した草壁が聞いた。

「ええ、鍵は掛けません。ここは出入り自由でして、資材はいつでもどれだけでも持ち出せるようになっています。一応、月毎に数量を帳面と照らし合わせてますが」

「それは江口さんの仕事だったんですね」

「その通りです」

「どうも不用心な気がしますが、開けっ放しで資材を盗まれることはないんですか」

「そう思われるのはもっともですが、今のところは。街道からこっちの方へ入って来る者は限られてますし、大きくて重い物が多いんで、気付かれずに盗み出すのは、かなり骨が折れますからねえ。人目も多いし、すぐ見つかりますよ」

草壁と小野寺は、顔を見合わせた。二人とも同じことを考えたようだ。盗み出しは難しくとも、入り込んで資材に細工をするぐらいは容易だろう、と。

それから五十間ほど歩くと、トンネルの坑口であった。足場が崩れたのはひと月近く前なので、痕跡らしいものは何も見当たらない。地面には駅から延びてきたレールが敷かれ、その先はトンネルの奥へと消えている。

「このトンネル出入り口の部分をポータルと言いますが、完成したらこの上のところに局長に揮毫《きごう》してもらって、石額《せきがく》を掲げるつもりです。さて、中は暗いんで、足元に気を付けて」

国枝に従い、坑口を入って先に進んだ。坑口から十間ほどは、トンネル内壁に煉瓦《れんが》が積まれていた。

「トンネルの内側は、こうやって煉瓦で巻き立てます」

宮園が内壁を手で示しながら説明した。草壁は感心した風に四方に目をやっている。間もなく外の光は届かなくなり、一定間隔で下げられたランプの灯《あか》りが頼りとなった。トンネル全体を見通せるほどの明るさはないので、草壁と小野寺は何度もレールや枕木に躓《つまず》いた。

「完成したらこのレールを汽車が走るわけですか。もう敷いてあるとは気が早い」

歩きにくいのに閉口したのか、草壁がそんなことを言った。宮園が笑って打ち消す。

「いえ、これは汽車が走る線路ではないんです。ズリ出し、つまり掘った土を運び出すためのトロッコを通す線路です。本線用の機関車が入れるような頑丈なものじゃありません」

ああ、そういうことですかと草壁が頷く。駅の先にトロッコが何台も並んでいたのを思い出したのだろう。

トンネル内は奥までずっと、天井と両側を支える材木が組まれていた。いかにも普請場という景色だ。

「掘った後はこのように材木を入れまして、崩れないように補強します。これを支保工と言います」

宮園の説明に草壁はいちいち頷いている。やがて材木の林の前方ずっと奥に、動き回る大勢の人間の影が見えて来た。止めてあるトロッコの影も見える。

「もう着きます。あれが切羽《きりは》、つまり掘っている先端の部分です」

国枝が振り返って告げた。坑夫が鶴嘴《つるはし》を振るう様子が、見て取れるようになった。鶴嘴が土や岩を砕く音、坑夫の掛け声などが混ざってトンネル内に反響している。

「こんなことを、人の手で……」

坑夫たちが取りついている、二段になった高さ十四尺の土の壁を見ながら草壁が呟くのが、反響の中で微《かす》かに聞こえた。工事の大きさに、ある種畏敬《いけい》の念を抱いたのだろうか。

「ご苦労さんです」

ふいに脇から聞き覚えのある声がした。振り向くと、声の主が手に持ったランプを顔の前に掲げた。坑夫頭の植木であった。

「やあ、昨晩はどうも」

草壁が軽い調子で挨拶した。植木が頷きを返す。

「銀山でも、こういう掘り方をするんですか」

鶴嘴を振るう坑夫を指して小野寺は聞いてみた。植木が首を横に振る。

「まあ、鶴嘴も使うけど、坑道の先端では鏨と鑿やな。固い岩盤をちょっとずつ掘って、その岩に入っとる銀を採っていくんや。ここはそれほど固《かと》うない土やから、鶴嘴に向いとる」

「銀山とはだいぶ勝手が違うんですか」

「そやな。何ちゅうても、坑道の大きさが全然違うわ。ここは生野の一番大きな坑道の何倍もある。高さも幅も十四尺なんちゅう穴を掘ったんは、生まれて初めてや」

「銀山の坑道は、ずっと狭いんですね？」

「せや。狸《たぬき》掘り、ちゅうてな。坑道の先の方では、高さ二尺もない穴へ這いこんでいって鏨を打ち込むんや。広めのとこでも、座り込んで頭が天井につくぐらいや。狭かったら、腹這いで掘ることもある」

「腹這い、ですか」

地中深くでそんな狭い穴に体を突っ込んで作業するなど、考えたくもない、と小野寺は思った。そんなところに一日中入っていたら、圧迫感と生き埋めの恐怖で押し潰されそうな気がする。坑夫の仕事は、やはり肝も太くないとやっていけないのだろうか。

「灯りは栄螺《さざえ》の殻に油入れて火を灯《とも》したもんが、一人に一つあるだけや。これだけのランプが惜しげものう使えるんは、儂らにとっては贅沢《ぜいたく》ちゅうもんやな」

慣れない小野寺にはこの程度の灯りでは暗くて不自由だったが、銀山は遙《はる》かに過酷な現場であるようだ。想像もつかない厳しい仕事に耐えてきた坑夫たちに、小野寺は頭が下がる思いがした。

「では、ここの仕事は銀山よりずっとやり易《やす》いわけですね」

ついそう言うと、植木はこの暗さでもわかるほど厳しい顔になった。

「そんなに甘《あも》う見たらあかん」

小野寺ははっとして口をつぐんだ。

「確かにここは生野の坑道に比べたら、それこそ建物の中で仕事しとるようなもんや。せやけどな、現場が大きくて広いちゅうことは、何かあったとき厄介事もそれだけ大きゅうなる、ちゅうこっちゃ」

「ああ……すみません、考えが足りませんでした」

植木の言うことはわかった。生野の岩盤よりずっと軟らかい地質の山でこれだけ大きな穴を掘っているのだ。落盤などの危険は生野の比ではあるまい。そのために支保工をがっちり組んでいるのだが、ひとたび事故が起これば、規模はかなりのものになるだろう。

ふいに切羽の隅の方で、何かがランプの光を反射してきらきら光った。

「何だあれは？」

草壁が眉根を寄せた。植木が舌打ちした。

「はっ、また水が出よったか」

国枝が急いで切羽に近付き、ランプを掲げた。左上の隅から、水がどんどん湧き出している。それを見た草壁は一歩引いた。植木と宮園は、逆に近寄った。

「大丈夫なんですか。一気に噴き出したり、崩れたりとか」

草壁が早口で聞いた。常に似合わず動転したような声音だ。普段は胆が据わって物事に動じない草壁がおどおどしている様子は、見ていてつい可笑しくなってしまう。やはり草壁と言えど、自分の知らない領分では不安の抑えが利かないのだろう。

「いや、この程度なら大丈夫です。よくあることですよ」

出水《しゅつすい》の様子を見ながら国枝が言った。脇から植木も口を出した。

「山には水がある。どこでも、掘れば水は出る。生野でも、出てくる水で坑道が埋まらんように他所《よそ》へ流してやるんが、一番大事なことなんや。このぐらいはいつものこっちゃ」

二人の自信たっぷりな言い方を聞いて、草壁も落ち着きを取り戻したようだ。照れ臭そうに襟を直した。

「でもこれは、ポンプで排水した方が良さそうですね」

宮園が後ろから声をかけた。国枝が頷いた。

「そうだな。君、ひとっ走りポンプを動かすよう言ってきてくれ」

「承知しました」

宮園はすぐに坑口へと駆け戻って行った。ふとトンネルの隅を見ると、竹を繋いだものが壁に沿ってずっと延びている。どうやらそれがポンプに繋がる排水管らしい。

「このトンネルは奥の方、つまり大津方に向かって緩やかな下り勾配になってますからな。放っておくと先端部分に水が溜まって、水没してしまうんですよ。だから様子を見て、ポンプで水を吸い出す必要があるんです」

「うーむ、そうですか。いや、ありがとうございました。だいたいここの工事の様子はわかりましたんで、そろそろ戻りましょう」

国枝の説明を聞いてから、草壁が言った。どうやら不安はまだすっかり消えていないらしく、早々に引き上げたがっているのが感じ取れる。国枝もそれを察したか、了解して頷いた。

「よし、それじゃ戻りますか」

そう言って植木の方を見る。

「ここは見ときますわ」

ごく普通の日常の作業、というように植木が言った。国枝は、それじゃよろしくと手を振ると、草壁と小野寺を促し、坑口へ向かって歩き出した。草壁の顔に、いかにもほっとしたような表情が浮かんだ。


坑口から外へ出ると、明るさに目を瞬《しばたた》いた。太陽は山の反対側で、坑口は日陰になっているのだが、それでも慣れるのに数秒はかかった。そこへ、宮園が戻って来た。

「あ、皆さん出て来られたんですか。ポンプの方はもう動かしてます」

「わかった。切羽の方は植木さんに任せた。事務所へ戻ろう」

宮園は、国枝にわかりましたと応じて向きを変え、一緒に歩き出した。

資材置場のところへ来たとき、草壁が足を止めた。どうしましたと言いかけたとき、草壁は宮園に尋ねた。

「宮園さん、あなたの方に崩れてきたという材木の山は、あれですか」

草壁が丸太の山を指すと、宮園は「はい、そうです」と答えた。

「ちょっといいですか。そのときの様子を伺いたいんですが」

「ええ、いいですよ」

「まず、丸太が崩れたときあなたが居たところに、立ってみて下さい」

草壁はそう言って資材置場の竹矢来の戸を開け、中へ入って行った。宮園は、わかりましたと言うとその後に続き、丸太の山の前まで行くと立ち止まった。国枝も興味深そうについて来た。

「この辺だったたと思います」

宮園は辺りを見回して丸太から一間ほどのところに立つと、草壁にそう告げた。

「立ち止まっていたわけではないので、細かくは覚えてませんが」

「いや、いいですよ。ちょっとそのまま立っていてください」

草壁は宮園を立たせたまま、丸太の山をひと回りした。そして戻ってから、丸太の両端の位置で地面に打ち込んである楔を確かめた。かなりしっかりしているようだ。

「この楔が抜かれたんですな」

「抜かれたと言うか……やっぱり自然に抜けたわけではないんでしょうか」

「以前もこれと同様に打ち込んであったなら、自然に抜けるとは考えにくい。誰かが抜いたと思わざるを得ません。あなたは誰か来るのには気付かなかったと、昨日言われてましたね。近寄る気配とか足音とかは」

「少なくとも、足音は聞こえませんでした」

「ならば近寄ったのではなく、丸太の陰に隠れてじっと待っていたのかも知れませんな」

草壁は首を捻りながら、もう一度周囲をざっと見渡した。

「わかりました。ここはもういい。戻りましょう」

草壁は一人で頷くと、さっさと資材置場から出て行った。国枝と宮園は怪訝そうに顔を見合わせてから、その後を追った。小野寺はその場で草壁に倣《なら》って全体を見回してみたが、意味のありそうなものは何も目に映らなかった。

一同が資材置場を出て事務所の方を見ると、戸口の外に田所技手が立っているのが見えた。どうも自分たちを待っていたらしい。こちらの姿に気付くと、田所は大急ぎで駆け寄って来た。

「何だ？　何かあったか」

田所の顔色を見て、良い報《しら》せではないとわかった国枝が、急いで聞いた。

「はい。今しがた、しばらくぶりで削岩機《さくがんき》を手入れしに行ったんですが……」

草壁が聞き慣れない言葉に反応した。

「サクガンキ？　それは何です」

「岩盤に穴を穿《うが》つ機械です。動力式の鑿と思ってもらえばいい。削岩機がどうしたって？」

国枝が畳みかけると、田所は困惑気味に続けた。

「いつの間にか、壊れてるんです。いや、壊されたと言うべきでしょうね」

「壊された？」

国枝と草壁が同時に声を上げた。

「とにかく、ご覧になって下さい」

田所は、トロッコの線路の反対側にある小屋を指した。大型の納屋のようなもので、道具小屋に使われているらしい。全員が、田所の案内で小屋に向かった。

「これです」

小屋に入ると、田所は小屋の奥に鎮座する二台の大型機械を指した。台座の上に鉄材で組んだ大砲のような形のものが載っている。国枝と宮園は真っ直ぐその機械に歩み寄った。

「ずいぶん大層な機械だな。鏨みたいなもんだと聞いたのに」

初めて削岩機を見た草壁が、驚いたように言った。無理もない。普通の鏨は一尺ちょっとの大きさだが、この削岩機は人一人分くらいの嵩がある。

「先端に鏨が付いていて、それを後ろからピストンでガンガン叩くんです。鏨を打つ金槌《かなづち》の仕事を機械にやらせるわけですよ」

小野寺が簡単に説明すると、草壁はわかったようなわからないような顔をした。

「新型のガットリング砲か何かかと思ったよ」

「まあ、銃砲の類《たぐ》いに似てなくもないですが」

そのとき、削岩機を横から覗き込んでいた国枝が残念そうな声を出した。

「こりゃあ駄目だ。ピストンが折れ曲がってる。ここじゃ直しようがない」

「二台ともですね。同じところがやられてる。鏨とハンマーで、横からぶっ叩いたんでしょうか」

「そんなところかな。やれやれ」

国枝は首を振りながら、振り向いて草壁を見た。

「これも一連の妨害事件の一つでしょうかねえ」

「おそらくは」草壁は曖昧に返事した。

「いったいなぜ削岩機を……」

宮園が困惑した表情を浮かべた。その言い方で草壁は気付いたらしく、田所に問うた。

「この小屋にずっと置いているということは、工事で使ってないんですか」

「ええ、実はほとんど使ってません。十日に一度くらいざっと点検するだけで」

「勿体ない話に聞こえますが」

「確かに、せっかく高い機械を用意してもらって使い方も習ったのに、勿体ないです。でもこの逢坂山は思ったほど地層が固くなくて、手掘りで充分掘り進めるんです。だったら難しい機械を使うまでもないか、と、こうして万一のときに備えて置いてあるんです」

「ふーん。それなら、こいつが壊れても工事にはほとんど支障ないわけですね」

「その通りです。実際、まだ一度もトンネルの中に持ち込んでないですし」

「そんな代物を、なぜわざわざ壊したんでしょう」

首を傾げる小野寺に、国枝が答えた。

「見た目はいかにも立派そうな機械だからな」

「でも、使ってないことは工事に携わっている人なら皆知っているのでは」

「そこだよ。裏返して言えば、直接工事に関わっていない人間なら誤解するだろう。舶来の大型機械だから、素人目には工事に欠かせない大事なものに見えたのかも知れん」

「ほう。すると国枝さんは、これらの事件が外部の人間の仕業だと思っておられるわけですか」

草壁の目が俄然興味を引かれたように光ったのを、小野寺は見逃さなかった。

「しかし、全て外部の者がやったとするには疑問もあります。基準杭を動かしたり測量した数字を改ざんしたりするのは、鉄道工事について相応の知識がなければできますまい」

「いや、実は正《まさ》しくそのことで、外部の人間の仕業ではないかと思うのです」

国枝は、ここで自説を述べ始めた。

「基準杭のことも数字の改ざんも、我々はすぐに気付いて大事に至りませんでした。基準杭の位置も数字も、一目でわかるほど大きく狂っていたからです。言わんとすることがわかりますか」

「いや。続けて下さい」

国枝は自信があるらしく、おほんと咳払いした。

「鉄道工事の知識がある者なら、そんな一目でばれるような細工はしないでしょう。それほど大きく狂わせなくても、ちょっと見ただけでは気付かない程度の細工を施しておけば、工事の終盤になって大きな影響が出る。そうなったら大変な痛手です。ところが、犯人はそうしなかった。細工に加減ができるほどの知識がなかったのです」

なるほど。小野寺はちょっと感心した。草壁も納得したらしく、その顔に笑みが浮かんだ。

「そういうことですか。いや、よくわかりました。筋が通っています」

草壁に賛同されて、国枝はそうでしょうとばかりに胸を張った。

「では、田所さん。この小屋には鍵がないんですね？　外部からでも入ろうと思えば入れるんですな」

振り向いて確かめる草壁に、田所は頷きを返した。

「入れます。そもそもこの現場は、常に二百人近い工夫が出入りしてるんです。工夫のふりをして潜り込むのは簡単です。でもこうなると、不用心ではまずいでしょうね」

「今はどこにも鍵を掛けてないんですか」

「さすがに火薬小屋は鍵を掛けています」

その言葉で、そう言えばここには岩盤を崩すための火薬もあるんだ、と思い出した。外部の者がそれに手出ししてきたら、一大事である。充分注意してもらわねば。

「削岩機、どうしましょう。大阪へ送って修繕しますか」

宮園が国枝に聞いた。国枝はちょっと考えてから、「まあ、慌てるな」と言った。

「とりあえず藤田商店の者を呼んで、直るかどうか見させよう。すぐには使わんし」

田所は頷き、残念そうに機械に一瞥をくれてから、藤田に電信を打って来ますと言って駅に向かった。

事務所に戻りかけると、鶴嘴を担いだ中年の坑夫がこちらに手を振っている。馴れ馴れしいなと思って睨みつけたが、もっと近付いてよく見ると、それは坑夫ではなかった。筒袖《つつそで》を着て足元に脚絆《きゃはん》を巻いたその男は、なんと井上局長だった。草壁と小野寺は、唖然とした。一方、国枝以下の技手たちは、やれやれまたかと苦笑気味である。

「局長殿は、いったい何のおつもりなんです」

草壁が呆れた声で国枝に問うた。国枝は頭を掻いた。

「井上局長は、ああするのが好きなんですよ。実際に線路工夫や坑夫に混じって、作業をやるんです。果たして役に立っているのか何とも言えませんが、現場が一番大事だということは自覚がおありのようで、坑夫らの間の評判も、悪くはないです。ただ、こっちは大変ですが」

国枝がそんなことを草壁に話していると、井上が寄って来ていきなり聞いた。

「やあ諸君、どうしたんかいな。そんな小屋に寄り集まって」

無邪気に言う井上に、技手たちは顔を見合わせた。それから国枝が代表して、削岩機の一件をかいつまんで説明した。

「削岩機が壊されるとはなあ」

井上が嘆息した。ただでさえ乏《とぼ》しい予算から捻出して調達した代物だ。使ってないとは言え、やはり残念なのだろう。

「これ以上何かを壊されちゃかなわん。用心せにゃあのう」

「はい。藤田商店に言って、南京錠《なんきんじょう》を付けるようにします」

「うん。それはええが、警察の方へももういっぺん、報告がてら念押ししとく方がええじゃろ。草壁君も、大津警察の方へは挨拶しといた方がよかろう」

「わかりました。明日、大津へ行ってまいります」

国枝の返事に了解の頷きを返し、井上は「それじゃあ、ちいっと掘ってくる」と言い残して背を向け、トンネルの方へ歩き出した。草壁は呆れた顔で見送り、国枝はしょうがないなというように頭を振った。

すると、駅の方から制服姿の職員が、小走りにこっちへ来るのが見えた。井上もそれに気付き、何事かと立ち止まった。その職員は村内駅長だった。駅長は声が届くところまで来ると、大声でこちらに呼びかけた。

「草壁さぁん、例の転落事故のあった下等車が、今しがた着きましたよ。これから切り離して引上線《ひきあげせん》に持って行きますが、すぐ調べますか」

「おう、あの車が着いたか」

草壁より早く、井上が大声を上げた。村内が気付き、慌てて立ち止まって敬礼した。

「ああ、ええからええから。よし、トンネル掘りは後じゃ。まずそいつを調べてみようじゃないか、草壁君」

井上は自分が捜査しているかのように言い、先頭に立って引上線に向かった。草壁はまた苦笑すると、黙って井上と村内の後を追った。

駅から延びた引上線上には、マッチ箱のような下等車がぽつんと一両、車輪に歯止めをかませて止められていた。

「この車室です。転落した江口という人は、ここに乗っていました」

この下等車は五つの車室に分かれ、それぞれに出入りする扉が付いている。東京で使われているものと同様だ。村内駅長は、五つあるうちの中央の扉を指した。ホームがないので、その下に脚立が置いてある。草壁は脚立に上がり、外から扉を開けて車室に入った。小野寺も続く。

車室の中は車体幅一杯に、畳表《たたみおもて》を張った長床几《ながしょうぎ》のような腰掛が取り付けられており、乗客はここに最大五人ずつ、向かい合わせに座ることになる。背もたれの役をするのは、これも車体幅一杯に渡された横木で、それが車室の仕切りを兼ねていた。つまり車室と言っても仕切り壁があるわけではなく、車内全体が見渡せる構造だ。一見すると、芝居小屋の桟敷《さじき》席に似ていなくもない。

「扉は、駅員が閉めて外から掛け金を掛けるんでしたな」

草壁が振り向き、外に居る村内に念を押した。

「そうです。昨夜の終列車でも、もちろんきちんと掛けています」

「では、やってみて下さい」

草壁が言うのに従い、村内が扉を閉めて掛け金を掛けた。車内の草壁は、扉に寄って落とし窓を開けると、窓から手を伸ばして掛け金を外した。

「簡単なもんだな」

「駅に着くと、気の早い客はそうやって扉を開けて、汽車が止まりきらないうちに降りたりしますからね」

小野寺が補足すると、草壁は何か納得したように一人で頷いた。それから草壁は、座席から床、扉から天井と丹念に目を這わせていった。いったい何を探しているのかと小野寺が訝り始めたとき、草壁は扉の蝶番《ちょうつがい》が取りつけられている柱に目を止めた。蝶番の上あたりに顔を寄せ、じっと見つめる。それから目を柱に沿って上の方に向けて行った。そこで再び止まる。草壁の顔に、満足げな笑みが浮かんだ。

「オイ小野寺君、ここをちょっと見たまえ」

「何ですか、それ」

草壁が指で指す部分に目を凝らした。何やら、小さな黒っぽい染みのようなものがある。

「血だよ、これは」

「えっ」

驚いてもう一度よく見た。そう言われても、小野寺には何とも区別がつかない。だが、目を動かすと、その上の方にも点々と同じような小さな染みがついていた。

「本当に血なんですか」

疑わしげに言うと、草壁はふんと鼻を鳴らした。

「まあ君は素人だから仕方ないな。ここは八丁堀の目を信用してもらうしかない」

「はあ、そう言われては何も言えませんが。それで、この血が何か……」

そう言いかけて、ぎょっとした。

「これって、まさか江口さんの血ですか」

「だろうね」

「何でまた、こんなところに」

「頭を殴られたとき、血が噴き出して飛び散ったんだ」

草壁は事もなげにあっさりと言った。小野寺は目を剝《む》いた。

「江口さんがここで殴られた？　誰に？　なぜ？」

「いっぺんに聞くなよ。見た通り、車室と言っても壁はない素通しだ。隣の車室に乗っていた人物が、座っている江口さんの頭を後ろから鈍器で殴った。江口さんは死んだか、少なくとも昏倒《こんとう》しただろう。飛び散った血は拭き取ったろうが、夜だからな。車内のランプだけじゃ暗くて、幾つか見逃したんだろう。で、汽車が鉄橋に差しかかったところで扉を開け、江口さんを放り出した。江口さんの体は思惑通り河原の石にぶつかり、殴った傷と見分けがつかなくなったという次第さ」

「ちょっと待って下さい。それじゃ、江口さんは……」

慌てる小野寺に向かい、座席にでんと腰を下ろした草壁は、声を低めて答えた。

「そうとも。江口さんは、殺されたんだ」

第四章　鉄道嫌い

翌日の朝。草壁と小野寺は、国枝、宮園と共に東海道を歩いて大津へ向かい、逢坂山の峠を越えようとしていた。荷を積んだ牛車が頻繁に通るため、このあたりは石畳が敷かれている。それでもこの坂を上下して重い荷物を運ぶのは、やはり楽な仕事とは言えない。トンネルが開通して汽車で行き来するようになれば、どれほど運送が容易になることか。それを考えるたび、小野寺は心が逸《はや》る。いずれは全国至る所の峠にトンネルが掘られ、僅《わず》かな荷を携えて一日がかりで越えていた山道の下を、数分で何十両もの貨車が走り抜けるようになるのだ。それには初めの一歩、この逢坂山トンネルの成功が前提となる。だからこそ……。

「ここが峠です。あとは大津に向かって下る一方ですから」

国枝が声をかけ、小野寺は現実に立ち返った。彼らが目指すのは大津の警察署である。逢坂山の管轄は京都でなく大津だった。昨日の打ち合わせ通り、削岩機の件の報告と草壁らの挨拶が用件である。江口のことについては、今日は話すつもりはなかった。

昨日、車室から出て来た草壁の見立てを聞いて、井上と村内は顔色を変えた。井上は一大事だと息巻き、警察にお前たちの目は節穴かと怒鳴り込みそうな勢いになったので、慌てて宥《なだ》めた。今のところ、誰が何のためにやったか見当がつかないし、証拠も弱すぎるので、まだ我々以外には伏せておくと、何とか納得させたのである。

「とりあえず車掌の話を聞く必要があります」

草壁は井上と村内にそう言い、その車掌が次の列車に乗務して来ると聞いて、ホームで待ち構えた。車掌は転落の瞬間は見ていないとすまなそうに言ってから問いに答えた。

「ええ、あの車両には、大谷からは転落したお客さん一人だけが乗ってました。え、途中から乗ったお客ですか？　山科《やましな》では、大阪へ行く商人風のお客一人が、最後尾の車両に乗りました。稲荷では誰も乗っとりません。いずれの駅でも下車したお客は居ません。ええ、京都へ着いたとき、あの車両は空っぽでした」

折り返しの短い時間で車掌から聞けたのは、それだけだった。小野寺は当惑した。車掌の言う通りなら、犯人はいつ、どうやって江口の乗った車両に出入りしたのだろう。列車が出て行ってから、小野寺は疑問を草壁にぶつけた。だが草壁は、「やり方はあるだろう。まあ、そのうちわかるさ」と、軽く返事しただけだった。何か考えがあるのか、それとも現状ではお手上げなのか、小野寺には判断がつきかねた。

道が左へ曲がって、やや急な下りになる手前に来たときである。左手山側の木の陰から突然三人の男が現れて、行く手に立ちふさがった。小野寺はぎくりとして立ち止まった。一瞬、追剝《おいは》ぎの類《たぐ》いかと思ったのだ。だが、国枝と宮園は顔をしかめただけで、草壁は変わらず悠然としている。よく見れば、相手の三人も表情こそ剣呑《けんのん》だが身なりは普通の着物姿で、盗賊らしくはなかった。

「あんた、東京の役所から来たんか」

三人の中で最も年嵩と見える、四十と少しくらいの肩幅の広い男が言った。

「ああ、そうだが」

草壁がのんびりした声で応じた。すると国枝が草壁の前に出た。

「こんなところで何だね、徳三《とくぞう》さん」

驚いたことに、国枝らはこの連中と顔見知りらしい。徳三と呼ばれた男は、国枝をじろりと睨んでから草壁に向き直った。

「東京から新《あたら》しゅう偉いさんが来たんなら、挨拶してひと言、言うとかんといかん、思うてなあ」

挨拶と言いながら、物腰は因縁《いんねん》をつけに来たようだ。

「だったら待ち伏せなんぞしなくても」

宮園が言いかけたが、三十くらいの腕っぷしの強そうないかつい男が怒鳴り声を上げた。

「やかましわい！　わいらが正面から行っても、お前らこの頃は門前払いやないか」

「それはあんたらが、聞く耳を持たないから……」

「聞く耳持たんのはそっちやろうが。黙っとれ！」

宮園が黙ると、徳三は草壁と小野寺の方に顔を突き出した。

「ええか。儂ゃあ、何べんでも言うで。お前らは鉄道、鉄道言うて、鉄道が通ったら何でも便利になってええことずくめや、ちゅう話しかせえへん。せやけどな、鉄道がええことばっかりやないのは、お前らかてわかっとるはずや。この東海道にはな、人や荷物運ぶことで飯を食うとる人間が何千人も居る。東海道だけやない。国中に、何万人や。鉄道が人も荷物も全部持って行ってしもたら、その連中はどうやって飯食うんや。それだけやない。線路に土地取られたり、村の真ん中に線路引かれて真っ二つに割られてしもたり、汽車の煙やら火の粉《こ》被《かぶ》らされたり、迷惑蒙《こうむ》る者《もん》がどれだけ居るか」

「しかし、恩恵を受ける人の方がはるかに多いし、この国が西洋に追いつくには……」

「そんなこと、わかっとるわい！」

つい反論しかけた小野寺に、徳三は嚙みついた。

「お前らは、何かと言うとそれや。国のためや。儂が気に食わんのはな、お前らが鉄道のおかげでえらい目に遭う者《もん》がようけ居るのを百も承知で、放ったらかしにしてることや。この権治《ごんじ》はな、馬子《まご》や。馬が汽車に太刀《たち》打ちできんのは当たり前の話や。ほんなら、鉄道ができたらこいつはどないなる。首でも縊《くく》れちゅうんか。そんな連中がそこらじゅうに居るんや」

「徳三さん、道の真ん中でこれ以上は……」

国枝が割って入り、それとなく後ろを示した。牛に牽《ひ》かれた荷車が二台、ゆっくりと近付いて来ていた。徳三は振り向いてそれに気付くと、もう一度草壁に向かって吼《ほ》えた。

「言うとくで。錦《にしき》の御旗《みはた》振りかざしたら何でも通る思てるんなら、そうはいかんさかいな」

それを捨て台詞《ぜりふ》にすると、徳三たちは地面に唾《つば》を吐き、大谷側の方へ向かって歩み去った。

「国枝さん、あれはいったい何者ですか」

三人の男の姿が見えなくなってから、しばし呆然としていた小野寺は、気を取り直して尋ねた。

国枝は手を腰に当てて大きく溜息をついた。

「平田《ひらた》徳三と言って、枚方《ひらかた》で舟問屋《ふなどんや》をやってた男だ。淀川《よどがわ》の三十石船《さんじつこくぶね》、知ってるかい」

「伏見から大阪の間で客を乗せていた舟ですね。舟運《しゅううん》の業者だったんですか」

「ああ。御一新の後、淀川に蒸気船が走りだして、三十石船の商売はさっぱりになった。それでも細々やっていたものが、京都―大阪間の鉄道開通で止《とど》めを刺された格好になったんだ。商売を畳んで、いまは大谷の元庄屋のかみさんの実家に世話になってる。要は、自分たちの商売が駄目になったのはみんな鉄道のせいだと言いたいわけさ」

「もう一人は馬子だと言ってましたな」

草壁が言うと、国枝はまた溜息をついた。

「瀬田《せた》権治と言って、逢坂峠界隈で馬子をやってます。彼にとっちゃ、このトンネルは仇《かたき》も同然でしょうね。あとの一人は、徳三のところで船頭をやっていた川上六輔《かわかみろくすけ》って男です。年は徳三より二つほど下だったかな。子供のときからの遊び友達で、徳三が舟問屋をやめてからも付いて回ってるんです」

「しかし、よりによって大谷の元庄屋とは……」

小野寺がこぼすと、国枝も「そうなんだ」と頷いた。

「女房の実家に世話になったと思ったら、そこへも鉄道が追っかけてきた。徳三としちゃ、腐れ縁みたいな気分だろう。大谷村だって、誰もがもろ手を挙げて鉄道を歓迎してるわけじゃない。徳三は、この辺で鉄道に反対する連中の頭みたいになってるのさ」

「鉄道に反対する連中ねえ。もしかして国枝さん、一連の事件で外部の人間、というのはあの連中のことを指しておられたんですか」

草壁の指摘に、国枝はちょっと困った顔になった。

「いや、証拠もなしに決めつけはできませんが。でもまあ、怪しいとは思っています」

「ふむ、確かに鉄道相手ならどんな嫌がらせでもしそうな剣幕でしたな」

「ええ、本当に困ったもんです。さあ、遅くならないうちに行きましょう」

国枝と宮園が先に立って歩き出すと、その後ろで草壁は、小野寺に囁《ささや》いた。

「どうだい小野寺君。いよいよ役者が揃ってきたじゃないか」

「ええ、そうですねえ。草壁さん、何だか楽しんでるように見えますが」

草壁はそれには答えず、うっすら笑みを浮かべながら軽い足取りで国枝たちを追った。

電信で来意を報せてあったので、大津警察署に着いた一行は、すぐに会議室らしい部屋に通された。中央の卓の周りに十脚ほどの椅子が並んでいる。席につくと、すぐに袖に金筋の入った制服姿のずんぐりした男が、部下の巡査を伴って入って来た。

「やあどうも国枝さん、ご足労いただきまして」

鼻の下に立派な髭をたくわえたイガグリ頭の警部は、国枝にまず挨拶してから草壁の方に体を向けた。

「大津警察署十等警部の有村正武《ありむらまさたけ》でごわす。こんたびは、東京からわざわざご苦労様です」
四十二、三歳というところか。薩摩人であることをはっきり出している。自分と署長以外は地元の者だというなら肩身が狭そうなものだが、そんな感じは微塵《みじん》もなかった。結構図々しい人物なのだろう。
「どうも、臨時監察方を仰せつかりました草壁です。いろいろとお世話になります」

草壁が型通りに一礼すると、いやいやこちらこそ、と有村は愛想よく言った。どうやら国枝と同格かそれ以上の官吏と思っているらしい。官吏としての階級は、国枝が判任官八等、有村は宮園と同じ判任官十等で、国枝の方が偉いのだ。草壁が単なる臨時雇いの浪人者と知ったら、有村はどんな顔をするだろうか。

「先だってはわざわざ局長閣下にもお越しいただき、誠に恐縮でごわした」

そのときの対応は井上の気に入るものではなかったはずだが、国枝はそれには触れず、その節《せつ》はどうもとだけ言った。

「さて、削岩機とやらの機械が壊された、と」

宮園の説明を聞いた有村は、あまり気乗りしない様子で鸚鵡返しに言った。

「工事には大して支障はないんですな」

「ええ、それは大丈夫です」

「そいならば、妨害ちゅうよりは嫌がらせのようですな」

「嫌がらせ、ですか」

国枝は、有村がこれを重く受け止めていないのが不満なようだ。

「それでも、現場に侵入して高価な機械を壊したというのは捨て置けません」

「侵入、ちゅうことは、外部の連中の仕業じゃと？」

「無論そうです。こうまでして妨害する理由のある者は、外にしか居りません」

「ふむ。国枝さん、こん削岩機ちゅうもんがどこに置いてあってどういう働きをするもんか、その外部の連中は知っちょっとですか」

「えっ、いやそれは、知ろうと思えば秘密ではないですから」

「削岩機なんちゅう機械は、おいも初めて聞きもす。外部の素人が狙いを付けて壊しに来るような代物ではありもはん、と思いもすがの」

「それは……」国枝の顔が曇った。困ったことに、小野寺も有村警部の言うことに一理ある、と思った。

「では、警部殿は誰の仕業とお考えですか」

「やはり、これは工夫の仕業でしょう。工夫は寄せ集めで無頼《ぶらい》の連中も大勢交じっとるのはご承知のはずじゃ。給金か何かに不満を持っちょる奴らはいつでも居る。こんぐらいの嫌がらせは、いつどこで起きても不思議じゃなか。そうでしょう」

「まあ、そういうこともありますが」

形勢不利になってきた国枝は、立て直しを図った。

「足場や資材置場のことも含め、これだけ執拗《しつよう》に妨害が続くのは、はっきりした意図《いと》があってこそでしょう。常の不満ぐらいでそこまではしますまい」

「おお、それです。いろいろ続くと言われるが、全部同じ奴の仕業という証拠はありもはん。前にも言うたが、落石なんぞは単なる事故かも知れん。違いますけ」

「しかし……」国枝は言い返せず唸った。

「ええと、西洋の言葉でこういう不満分子の嫌がらせや抵抗を、何と言いましたか」

「サボタージュ、ですか」小野寺がつい口にすると、国枝が睨んできた。

「そいじゃ。これは、サボタージュと事故の組み合わせち考えた方がよかでしょう。大事な工事で気が張っちょられるのはわかりもすが、落ち着いてよう見直してみるべきではありもはんかのう」

有効な反論を思い付かないらしい国枝は、難しい顔で黙ってしまった。有村は草壁に水を向けた。

「草壁さんは、どう思われもすか」

問いかけられた草壁は、無表情に淡々と言った。

「今のところ見聞きした限りでは、どうとも結論めいたことは出せません。強《し》いて言うなら、どのような解釈も可能、ということです」

役人のようなどっちつかずの答えに国枝は不満げだったが、有村は反論ではないと受け取って、一応満足したようだ。

「なるほど、おっしゃる通りじゃな」

それで締めくくりとした有村は、また何か起きたら報せて下さいという通り一遍の言葉と共に、一行を送り出した。国枝は、警察署を出てもまだ難しい顔をしたままであった。

「局長がご心配だった通り、あの警部はあまりやる気がないようですねえ」

帰路、逢坂峠への登りにかかった頃、小野寺は不機嫌そうな国枝に言ってみた。すると国枝は、「まったくだ」と応じてから、溜まっていた文句をぶちまけた。

「あいつめ、こっちが神経症か何かで枯れ尾花を幽霊と間違えているような言い方じゃないか。あっちこそ、本腰を入れて調べれば、容易ならざることだとわかるはずだ。なのに鉄道内部の話だと決めつけて、腰を上げようとせん。大ごとが起きたらどう責任を取ってくれるんだ。こっちの言うことは受け流すばかりだし、鉄道局は長州の巣だと思って馬鹿にしてるのか、あの薩摩野郎は」

小野寺が引くほど一気にまくし立てた国枝は、ふいに気付いたように宮園の方を振り返った。

「あ、いや、すまん。君は違うから」

「いやもちろん、わかってますよ」

宮園が眉を下げて笑った。それでようやく小野寺にも意味がわかった。

「宮園さん、薩摩の出ですか」

「ええ、まあ。確かに鉄道局には薩摩者は多くないですね。私は土木の方に興味があったんで、自然とこうなりました」

「全然、薩摩弁が出ないですね。だからわかりませんでしたよ」

「東京へ出て学校へ行っているうちに直しました。薩摩を表に出し過ぎるのは、やっぱり如何《いか》なものかと思って」

宮園はそう言って頭を掻いた。

「何だ君、今までわからなかったのか」

草壁がからかうように言ったので、小野寺は少しむっとした。

「じゃあ草壁さんは知ってたんですか」

「知ってたも何も、有村も宮園も、薩摩の苗字じゃないか」

苗字？ それは考えていなかった。小野寺はがっくりした。やはり元八丁堀、自分とは違って見るべきところは見ているのだ。

その日の晩、草壁は急に思い立ったらしく、「居酒屋があると言ってたな。行ってみようじゃないか」と言い出した。駅前に店を出している居酒屋は気になっていたので、小野寺も特に異論はなく、駅に晩飯の出前を辞退する旨を告げてから、連れ立って店に向かった。

俄《にわ》か仕立ての簡素な造りの店で、看板も板一枚だったが、そこに書かれた「峠屋《とうげや》」という文字は、構えにそぐわぬ優雅な書体だった。中に入ると、五十人は入れるだけの広さがあった。卓も腰掛も、丸太をそのまま切って使ったり、鉄道資材の余りや廃材を組み合わせていたりと様々だ。席はほぼ埋まっていたが、線路工夫と銀山の坑夫の間には明らかに境界ができていて、その隙間に二人して潜り込む形になった。二人が座ってみると、まるで国境の緩《かん》衝《しょう》地帯のように、二人の居場所は双方から背を向けられていた。もちろん誰も話しかけてこない。なのに、周囲から鋭く注意を向けられていることは肌で感じ取れた。

「こりゃあ、どうにも妙な空気ですね」

小野寺は小声で草壁に言った。居心地がいいとはお世辞にも言えない。

「面白いじゃないか。お互いの仲についちゃ、噂通りと実感できるぜ」

こんな状況も、草壁はまた面白がっているようだ。偏屈親爺め、と小野寺は胸の内で毒づく。早くも店に来たのを後悔し始めていた。

「あら、いらっしゃいまし。東京から来はったお方ですなあ」

突然背後から、周囲の空気と異質な、涼やかな声がした。二人同時に振り向く。黒襟若草色の着物に島田をきっちり結った、あか抜けた女がそこに立っていた。年の頃は二十六、七。いやもう少し上かも知れない。襷《たすき》がけしているところを見ると、ここの女将《おかみ》だろうか。

「もしや、こちらの女将さんかな」

草壁が問うと、女は丁寧に腰を折った。

「まつと申します。以後よろしゅうに」

おまつと名乗った女将は周りを見回し、困ったような顔で言った。

「いやぁ、ここでは落ち着かしまへんやろ。どうぞ、あちらへ」

おまつは店の奥、調理場に近い低い板壁で仕切りを入れた場所を指し、二人を促した。小野寺も草壁も、喜んで案内に従った。背中に両方向からの刺すような視線が感じられたが、敢《あ》えて気付かない風を装った。

「お酒はどうされます。冷《ひや》ですか燗《かん》ですか。何でしたら、麦酒《ビール》もありますけど」

こんなところに麦酒が、と驚いて言いかけ、慌てて口を押さえた。技手や商人が飲むこともあるのだろう。草壁が冷でいい、肴は見繕ってと頼み、おまつは「へえ、わかりました」と愛想よく言って奥に入った。

「どうだい、まさに鄙《ひな》には稀《まれ》な美形《びけい》じゃないか」

おまつが離れてから、草壁がニヤリと笑った。

「あの物腰とあか抜け方は、素人じゃないねえ。芸者上がりか何かだろう。いや、ますます面白い。看板の字も、あの人が書いたんじゃないかな」

「面白いと言うか、あんな人がなんでこんな場末で居酒屋なんかやってるんでしょうね」

「仮にも鉄道の駅前を、鉄道で働く君が場末などと言っちゃ失礼だろう」

草壁がまたからかうように言う。小野寺は無視して続けた。

「そりゃあ客には事欠かないでしょうが、あんな荒くれどもを相手に商売する人には見えませんよ。何があったんでしょう」

「人にはそれぞれ事情があるさ。それに荒くれどもと言ったって、見ればずいぶんおとなしいじゃないか。案外、この店じゃ喧嘩はしないって約束事でもあるのかもな」

そこでおまつが盆を持って現れ、卓に徳利二本と湯呑の半分ぐらいもあるぐい呑み盃《さかずき》を置いた。

「言い遅れたが、俺は草壁、そっちの若いのは小野寺だ」

「そうどすか。ほな、草壁はんに小野寺はん、まずは一杯どうぞ」

草壁は慣れた手つきで受けたが、小野寺はいささか緊張した。こういう美人から酌《しゃく》をされるのは、あまり経験がない。それに気付いたか、おまつが微笑《ほほえ》んだ。小野寺は顔が熱くなったが、ここに来たことへの後悔は消滅していた。

「小野寺はんは技手はんですねえ。それは見てわかりましたけど、草壁はんは技手はんには見えしまへんなあ。どんなお仕事されてますの」

「俺かい？　俺は、調べものをする役さ」

「まあ、調べもの。何をお調べやすの」

「ふん、そうさね。近頃この工事現場でいろいろ悪さをしている奴がいるようだから、調べてとっちめてやろうとしてるのさ」

そんなこと喋っていいのかと小野寺はヒヤリとした。おまつも一瞬、強張ったようだ。だが草壁は平然としている。おまつもすぐに緊張を解いた。

「ほなら、警察のお方ですのん」

「いやいや、そんな強面《こわもて》に見えるかい？　ただの鉄道の雇われ者だよ」

笑いながら盃を干すと、女将が二杯目の酒を注いだ。

「雇われて調べてはるんですか。鉄道のお仕事も、いろいろあるんどすなあ」

「そう、いろいろあるんだよ」草壁は軽くかわして、逆に尋ねた。

「おまつさん、もとは祇園《ぎおん》かい」

「いいえ、先斗町どす」

おまつはすんなりと出自を口にした。やはり、もとは芸者なのだ。

「へええ。さすがにあか抜けてると思ったよ。そのあんたが、何でこの大谷に」

その問いに、おまつはちょっと俯いたが、草壁と同様の言い方で切り返した。

「まあ、人にはいろいろある、とだけ言うておきます」

「そうかい。じゃあ、それ以上は聞くまい」

草壁は引き下がり、盃を干した。おおきに、と言いながら女将が盃を満たす。

「この店は、おまつさんの持ち物なんですか」

小野寺は話題を変えた。おまつはかぶりを振る。

「借り物どす。ここは庄屋の野山吉兵衛《のやまきちべえ》はんの土地で、建物も野山はんが建てはったんどす。野山はんは昔からここらあたりの土地を持ったはって、駅のところも半分くらいは野山はんの土地やったんどす」

「ふうん、じゃあその野山さんは、鉄道にだいぶ土地を譲ったんだねえ」

その言葉に、おまつは顔を曇らせた。

「野山はんは、譲った、とは思てはらしまへん。無理から持って行かれた、て言うたはりますわ」

「野山さんは、鉄道が敷かれるのを気に入らないんだな」

「そうどすなあ。鉄道を敷くさかい土地を譲れ、言われたとき、お役人は口では頼む、て言うときながら、実際は否《いや》も応もなかったらしいですよってなあ」

小野寺は眉をひそめた。鉄道工事には期限があるので、線路の用地を手に入れるためには多少強引なやり方をする場合もある。どうしても土地が得られなければ、新橋−横浜間でやったように海の中に堤《つつみ》を築いてその上を通すなど、違う方法を考えなくてはならないが、どこでもできるというものではない。

そこで小野寺は、大事なことを思い出した。

「あの、野山さんは元庄屋さんなんですね。もしや、娘婿《むすめむこ》は平田徳三という人ですか」

おまつの眉が上がった。

「徳三はんを、ご存知ですのんか」

「今朝、大津へ行く途中に峠で丁重なご挨拶を受けた」

草壁が皮肉っぽい笑みを浮かべると、おまつはおおよそを察したようだ。

「あらぁ、そうどすか。六輔はんと権治はんも一緒どしたか」

「ああ、仲良く三人揃ってた」

「まァそれは、大変どしたなあ。あの人ら鉄道が嫌いで仕方ないさかい、東京から新しゅう偉いさんが来はったて聞いて、ひと言、言わんと気い済まんかったんどすやろ。堪忍《かんにん》え」

「おまつさんが詫《わ》びることじゃないだろ」

「そやかて、うちは徳三はんのおかみさんのご実家にお世話になってる身ですよってに」

「ふうん、義理堅いねえ。野山さんとは、伝手があったのかい」

「先斗町におりましたとき、何度か来られたお客はんどした」

おまつはごく簡単に答えた。それ以上詳しく話すつもりはなさそうだ。草壁は話を徳三に戻した。

「徳三さんは、ここで何をやってるんだい」

「六輔はんと一緒に、野山はんの畑仕事を手伝《てつど》うてはります。時々、鉄道工事の現場を覗いたりしてはりますけど」

「工夫連中と揉めたりしないのかい」

「工夫の人らは相手にしてへんみたいどす。徳三はんらだけで、何百人も居てる工夫の人らに喧嘩売っても仕方おへん」

「そりゃあ、もっともだな」

草壁は頷いて酒を啜った。

「徳三さんは、以前はだいぶ羽振りが良かったのかい」

「へえ。淀川筋の舟問屋としては、指折りの繁盛やったそうですわ。船頭だけで四、五十人は居てたて聞いてます。そん中で、小さいときから徳三はんの遊び相手やった六輔はんだけが最後まで残って、独り身で行く当てもないし、いうことでついて来はったようで」

その辺は、国枝が言っていた通りだ。

「借財もだいぶあったんだろうな」

「へえ。それで枚方には居られんようになって、おかみさんと六輔はんと一緒に、野山はんのところに身を寄せはったんどす。借金の取り立てがここまで追うて来ましたけど、野山はんが土地を鉄道に売ったお金でだいぶ返しはったそうどす」

「それじゃ、徳三さんは野山さんに頭が上がらないわけだ」

「そうどすなあ。お金返す当てのないうちは、よう出て行けまへんやろ。せやけどここへ来たおかげで、ご自分の大嫌いな鉄道を毎日見て過ごさなあかんていうのは、皮肉なもんどすなあ」

おまつは同情とも揶揄ともとれるような薄い笑みを浮かべ、また酒を注いだ。工夫たちは時折り胡散臭《うさんくさ》げな目を小野寺たちに向けていたが、もう関心を失ったようだ。

二人はおまつを相手にさらに一時間を過ごした。草壁と男二人でむさい面を突き合わせて飲むはずが、思いがけず美人の相伴《しょうばん》となり、小野寺としては大満足の晩であった。

翌日の朝、宿舎を出た草壁と小野寺は、駅前に出て集落の方へ歩いてみた。道はそのまま段々になった小さな田んぼの間を通って、東海道の通る村の中央へと抜けている。右の山際を見ると、生け垣を巡らせた、他よりひと回り大きな藁《わら》ぶき屋根が見えた。徳三らが居候《いそうろう》している野山吉兵衛の家は、あれだろう。

草壁が、小野寺の脇を小突いた。横を向いて草壁の見ている方向に目をやると、二十間ほど先の畑に立ってこちらを見ている男が居る。ここの百姓か、と思ったが、よく見れば徳三だった。また何か文句をつけに来るのかと思ったが、徳三は突っ立ったまま、ただじっとこちらを睨んでいる。

草壁と徳三は、しばらくそうして黙って睨み合っていた。小野寺は二人を交互に見て、どうなるのかと気を揉んだが、一分近くも経ったかと思う頃、徳三はぷいっと横を向き、何事もなかったかのように野良仕事を始めた。

小野寺は安心して、草壁に戻りましょうかと声をかけようとした。だが、草壁の目は徳三の方を向いたままだ。まだ徳三の動きを怪しんでいるのかと思ったが、よく見ると草壁の目は、徳三のずっと向こう、畑の先に向けられていた。小野寺もその先に目を凝らす。畑のずっと向こうの斜面の上に、小屋の屋根が二、三と竹矢来の上部が見えた。鉄道工事の資材置場だ。

なるほど。野山家の畑をずっと奥に行けば、草の生えた斜面を登って裏側から資材置場に入れるのだ。こちらから行けば、駅や工事現場に居る連中の目にはつかない。小野寺は草壁にその話をしようとした。が、草壁は小野寺が口を開く前に、戻るか、と言って来た道を駅の方へ引き返し始めた。

工事事務所へ入ると、井上と国枝と宮園が図面を広げた卓の前に座っていた。

「今日はトンネルの現場には入られないようですな」

昨日とは違う井上の洋装を指して、草壁が言った。

「おう、あまり度々切羽に行くと、植木に邪魔にされるんでな」

無論、井上の冗談である。井上はすぐ真顔になった。

「実は、東京に戻らんといけんのじゃ。何せ儂らには金がない。根回ししたり突っついたり、東京でいろいろ動いてやらんと、工事もままならんのじゃ」

小野寺は井上の言うことがよくわかった。予算を得て鉄道工事を円滑に、井上の思うように進めるには、政治工作がどうしても必要だ。東京の政府には、鉄道の敷設《ふせつ》などより軍備の方が急を要すると考える者がいくらでも居る。

「儂ゃあ、伊藤さんや聞多《もんた》（井上馨《かおる》）さんと違《ちご》うて、そういうことは至って不得手なんじゃがのう。まあ、仕方ない。昼前の汽車で一旦大阪の本局へ行って、明日東京へ向かうことにした。こっちに戻るのに十日くらいはかかるじゃろ」

「局長となると、いろいろ大変ですなあ」

草壁が皮肉ではなく本気で同情するように言い、井上は、まったくじゃと頷いた。

「そんなわけで、後は頼む。何か変事が起きたら、電信ですぐ報せてくれ」

一同は、わかりましたと一礼した。無論誰もが、変事などこれ以上起きないことを祈っている。

十一時二十分の汽車に乗るため、井上と見送りの一行は駅に向かった。列車は既にホームに停車している。機関車の横に火夫の姿が見えるが、機関士はいないようだ。小野寺が辺りを見回すと、ちょうど駅舎の戸が開いて、機関士の制服を着た顎鬚の英国人が出て来た。見覚えのある男だ。

「ありゃ、今日の汽車もあいつの運転か」

井上が気付き、やれやれという顔をした。先日の夜に会った、気難し屋のカートライトだ。見ていると、カートライトもこちらに気付いたらしく、つかつかと井上の前に歩み寄った。

「おう、ミスタ・カートライト。何じゃな」

井上が軽い調子で尋ねた。カートライトは堅苦しい顔つきだ。

「局長殿。言っておきたいことがある。トイレの状態だ。果たしてまともに清掃が行われているのか、大いに疑わしい。事は衛生の問題だ。いい加減にされては困る」

カートライトはいきなり英語でまくし立てると、駅舎の脇にある板囲いの共同便所を指差した。井上は顔をしかめた。

「清掃なら、ちゃんとやらせとる。あそこの管理は駅の仕事だ。どうしても気になると言うなら、駅長に言うておく」

「もう一度言うが、貴国は衛生というものを軽視し過ぎている。そもそも、もっときちんとしたトイレを建てるべきなのだ。必ず駅長に命じて善処願いたい」

捨て台詞のように言い切ると、返事も待たず井上に敬礼し、呆気《あっけ》に取られる小野寺たちを尻目に、カートライトは機関車へと歩み去った。

「おい、何だったんだ、今のは」

英語のわからない草壁は、カートライトが充分離れてから、小野寺の袖を引いた。

「要するに、厠が汚すぎると文句を言いに来たんです」

「はあ？　そんなことか」

もっと重大なことを想像していたらしく、草壁は気の抜けた声を出した。

「あいつはどうもうるさくてな。言ってることは正しいんじゃが、こっちにも都合がある。ぎりぎりの予算でやっとるんじゃ。確かにここの設《しつら》えは充分じゃないが、厠掃除はともかく、大津まで鉄道が通れば要らんようになるもんに金を掛けられるか。そう言っても、あいつはなかなか妥協しようらんでな」

井上は、さも面倒という風情で溜息を吐いた。

「気に入らなきゃ、自分で掃除でも大工仕事でもやればいいんだ」

草壁はそう言って鼻を鳴らした。井上はかぶりを振って肩を竦めた。

「あいつは契約書に書いてある以外の仕事なぞまずせんよ。だがまあ、ええこともある。あいつの運転なら、十秒と狂わずに京都へ着くじゃろ」

苦笑で締めくくると、井上は何事もなかったように中等車へ向かった。

「お雇い外国人ってのは、みんなああいう調子かい」

先日は興味ないという顔をしていた草壁だが、さすがに局長とのやり取りには面喰《めんくら》ったようだ。小野寺は肩を竦めた。

「みんながみんな、ってわけじゃないですけど、だいたい偉そうですね。この前の久保田火夫の台詞じゃないですが、こっちは教えを乞う立場ですから。給金だって、彼なら月に三百円くらい取ってるし」

「三百円だと？」草壁が目を剝いた。

「それじゃ局長と大して変わらんじゃないか」

「お金の問題だけじゃないですよ」

小野寺が真顔で言うと草壁は、わかってる、というように小野寺の肩を叩いた。

井上が去った後、午後は江口の行動を追うことに費やした。国枝が言ったように江口が何かを見たのなら、それをまた見ていた者が他に居るのでは、と考えられたからだ。今のところは江口が殺されたということを表沙汰にするつもりはなかったので、聞き方には慎重を要した。

結果は、あまりはかばかしくなかった。宮園は江口とほとんど話をしていなかったし、工夫たちは自分らには関わりのないことと割り切って、注意を向けてもいなかった。一方、稲村と植木は一応、江口と言葉を交わしていた。稲村にとっては江口は元請け会社の社員であるから、話をするのは当然だ。

「いつもお世話になっとりましたんで、ほんまに残念なことですわ」

稲村は、いかにもお気の毒という態度を取った。

「資材の調べには、稲村さんも立ち会うんですか」

「へえ、いつもそうしてます。亡くなった日も、そうでしたわ」

「資材の数とか、その辺は帳面通りで異状なかったんですか」

小野寺が聞くと、稲村は困ったような顔をした。

「いや、帳面通りと言いますか。まあ、ご覧になった通り、資材置場は誰でも入れて要るもんは持って行き放題ですさかいなあ。運び込んだ数から残ってる数を引いて、足らずは使ったもんとして補充しますねん。そのために、補充せないかん量を勘定しはるわけで」

ずいぶん適当だな、と小野寺は思った。商家と違ってこの現場では、管理の概念が浸透していないようだ。藤田商店も現場に合わせて簡便なやり方を採っているのだろう。最後に支払うのは政府だという安心もあるに違いない。

「誤魔化そうと思えば楽にできそうだな」

草壁の言葉に、稲村が警戒する目付きになった。

「何ぞお疑いでっか」

「なあに、そういうこともできるな、と思っただけさ」

草壁はすぐに打ち消したが、稲村は気にしたようだ。傍《かたわ》らに立っていた目付きの鋭い、いかにも荒くれ風の男のほうを向くと、「おい市助《いちすけ》、お前、どないや。今までに外から来た奴が資材持って行った、なんちゅうことがあるか」と声をかけた。

「へえ。そんな話は聞きまへんな。そんな奴、見つけたらただではおかんさけ」

市助と呼ばれた男は、凄《すご》むような声で答えると、さっと横を向いて立ち去った。役人風の人間は嫌いらしい。

「すんまへん。ありゃ北山《きたやま》市助っちゅう、うちの組頭《くみがしら》ですわ。腕は立つんでっけど、礼儀を知らん奴で」

稲村は媚《こ》びるように言い訳した。

「せやけど、材木みたいな大きいもんは現場の外へ持ち出したら目立ちますしな。細《こん》まいもんは、他所《よそ》ではそないに使わんもんやよって、売り捌《さば》こうとしても出元がすぐわかってまいますわ。盗《と》ってもあんまり割に合わしまへんやろな」

「まあ、そうかも知れんな」

草壁は完全に納得はしていないような返事をした。稲村はまだ不審げな顔を向けている。なるほどな、と小野寺は胸の内で頷いた。草壁は江口に関わる調べを、巧みに資材横流しの調べのように思わせたのだ。

もうしばらく様子を聞いてみたが、資材置場ではいつもと変わったことは何も起きなかったと確認できただけだった。最後には田所と勘定掛《がかり》も出て来て江口の仕事が完了するのに立ち会っており、田所の口から間違いないことが確かめられた。

「これといった収穫はありませんねえ」

一通りの聞き込みを終えた小野寺は、肩を落として草壁に言った。力仕事をしたわけでもないのに、ずいぶんと汗をかいてしまった。

「それほど期待していたわけでもないがね。江口さんが何か見たとすれば、資材置場での仕事を終えた後のことだろう。そのときは誰も彼に注意を払ってなかったろうからな」

そう返してから、草壁は後ろを顎で示した。

「気付いてるかい。工夫と銀山の連中の何人かが、午後中ずっとこっちを窺ってたぜ。稲村と植木の指図だろう」

「えっ」

慌てて振り返ったが、小野寺の目には不審な人物は見付けられなかった。

「ああ、そう簡単にわかりゃせんよ。いいじゃないか。連中がこっちの動きを大いに気にしてる、ってことの証しだからな」

そう言われても、始終見張られているとわかれば落ち着かない。だが草壁の態度は、相変わらず楽しんでいるかのように鷹揚である。

次の異変は、翌日の午前十時を少し過ぎた頃に起きた。草壁と小野寺が工事事務所の戸締りなどについて検証していたとき、トンネルの坑口の方からざわめきが聞こえてきた。

「何だ？　また何か起きたか」

国枝が心配げに窓際に寄ると、坑口から坑夫の一人が、血相を変えて走って来るのが見えた。国枝は急いで外に出、草壁と小野寺も続いた。

「監督はん、来とくんなはれ。また厄介事や」

「何だ。トンネルの中で何かあったのか」

「とにかく来てんか。見てもろたらわかるさけ」

坑夫にそう言われて、一同は小走りに坑口へと向かった。

坑口に着くと、植木と十人ほどの坑夫が待ち構えていた。傍らに汗を拭きながら宮園も立っている。彼らの前、トロッコのレールの間に一本の角材が放り出されていた。

「監督はん、これ見てや」

植木が指差したその角材は、真ん中あたりで折れていた。国枝がそれを見て眉をひそめた。

「支保工か」

「そうです。今朝坑内に運び込んだものですが、いざ立ててはめ込もうと木槌《きづち》で叩くと、二、三度叩いたところで音が変だと思ったんです。いったん抜いてよく見ようとしたら、引っ張った途端に折れました」

宮園が示す折れた部分を覗き込んだ国枝は、「何だこりゃ」と呻いた。

「虫が食ってるじゃないか。明らかな不良品だ。こんなものは藤田商店が運び込む前に、検査で撥《は》ねてなきゃいかんだろう」

「こんなもん使《つこ》うたら、いつ落盤が起きるやわからん。とんでもないこっちゃ」

植木は憤然として国枝を睨んだ。監督の責任だと言いたげだ。

「資材置場の材木を調べにゃならん。不良品が混じってるとなると、全部検査してからでないと支保工には使えんな」

それでは工程に遅れが出かねない。技手たちは暗澹《あんたん》たる顔色になった。

「資材置場はうちの連中に調べに行かした。三十分もしたら戻って来るやろ」

「そうか。それまで工事は止めておこう」

植木は、当たり前やという顔でまた国枝を睨んだ。草壁は、しゃがみ込んでじっと材木の折れた部分を見つめている。

結局、植木が行かせた連中が戻って来るのに一時間近くかかった。

「何や、えらい遅かったな。どうやった」

植木が尋ねると、資材置場から戻った坑夫の組頭が、興奮した様子で答えた。

「すんまへん。積んどった材木を調べたら、上の方に積んであった十本ほどが、こいつと同じように虫にやられてましたわ。気い付かんかったら、虫食いの支保工が何本も並んでしもたかも」

「そんなことになったら、その部分ごっそり落盤するかも知れんやないか」

植木は事故の有様を想像してか、顔色を変えた。

「上の方のやつだけか。他のは大丈夫なんか」

「へえ。ざっと調べた限りでは大丈夫だす。せやけど妙なんはこっからですわ。よう見たら、何や材木の量が増えとるような気がしましてなあ。ほんで、勘定掛を摑まえて来て、数えさしたんですわ。ほしたら、毎日数えとるわけやないんではっきり言えんけど、どうも十本分ほど増えとるみたいや、言うて」

「昨夜のうちに、不良品を運び込んだか」

それまで黙って聞いていた草壁が、ぼそりと言った。

「人目を盗んで運び込み、積んであった材木の上に載せたんだ。藤田商店が調達した材木じゃなかったわけだな」

「ほな何か。落盤起こすためにこんなもんを運び込んだ奴がおる、ちゅうことか」

植木が憤然として詰め寄って来た。草壁は冷静に応じた。

「落盤まで起こす気だったかどうかは、わからん。現にこうやって、すぐに気付いたからな。しかし工事を妨害するためにやったのは間違いないだろう」

「一連の妨害事件の、また新たな一手、というわけですな」

国枝が苦り切って言った。植木に劣らず、顔が怒りで歪んでいる。

「これは下手すると命に関わることや。しばらくは、支保工入れる前に儂らが自分で調べる。それから、資材置場には不寝番《ねずばん》を立てる。そんでよろしいな、監督はん」

手間が増えるので工事の遅れにつながるが、国枝としては嫌とは言えまい。それでいい、と頷いた。

その日は、それ以上のことは起こらなかった。草壁と小野寺は、前夜に不良材木を運び込むのに気付いた者がいなかったか、聞いて回った。だが工夫や銀山の連中の寝泊まりしている小屋は資材置場からだいぶ離れた駅の反対側で、草壁たちの官舎の方がずっと近い。自分たちが何も気付かなかった以上、工夫や銀山の連中に期待するのは無理だ。早々に諦《あきら》めて、官舎に戻った。

「野山さんの畑を通って、裏から持ち込んだんでしょうか」

駅から届いた晩飯を食いながら、小野寺は思い付きを口にした。

「その場合、斜面に足跡が残るだろうな」

草壁は飯を頬張りながらあっさりと言った。小野寺は「そうでしょう。ですから……」と勢い込んで言いかけ、すぐ気付いてやめた。

「そうおっしゃるからには、もう調べたんですね」

「ああ。残念ながら、そんな足跡はなかった。それに、あっちを回れば野山家の誰かに気付かれるかも知れん。裏からじゃなさそうだ。あ、君はあれだな、徳三たちの仕業かも知れんと思ったんだな」

「ええ、まあそうですが……足跡がないんじゃ駄目ですね」

「そう結論を急ぐな。徳三たちが線路側を回って運び込んだかも知れんだろ」

小野寺は、え？　と草壁の顔を見た。だが、本気なのか冗談なのかもわからなかった。そこで小野寺は、さっきから気になっている別の考えを言ってみた。

「もしかして、ですが……江口さんは五日前に、誰かが不良材木を運び込もうとしたところを見たんじゃないでしょうか。相手は見られたのに気付いてその晩の仕事は断念し、江口さんの口を塞いでから昨夜改めてやり直した、ってことは」

「ほう。いろいろ考えたんだな」

聞いた草壁は笑みを浮かべた。小野寺は一瞬、褒められたかと思ったが、草壁はすぐにかぶりを振った。

「江口さんが国枝さんに何か見たと言ったのは夕方だ。まだ人目がある。運び込むんなら真夜中だろう。それに、そのぐらいで大至急大阪へご注進に及ぶ必要はあるまい」

言われてみれば、その通りだった。

「うーん、そうですねえ。いい考えだと思ったんだが」

「なァに、そうやっていろいろ仮説を立てては潰していくのが、調べ事の手順なのさ。君は正しい道を歩んでるよ」

揶揄されたのか持ち上げられたのかわからず、小野寺は憮然とした。

「それにしても、これだけいろんなことが起こって怪しい奴もたくさん居るのに、どいつの仕業なのかまったく闇の中ですねえ」

「ふむ。まあ、江口殺しについちゃもう一つわからんな。一連の妨害の方は、誰がやったか見当はついてるんだが」

小野寺は、口に入れた芋を喉に詰まらせそうになった。

「なっ、何ですって。見当はついてる？　だ、誰なんですいったい」

むせながら慌てて聞いた。いくら八丁堀の精鋭でも、見当がついてるなんて本当なのか。それとも自分はからかわれているのか。

「そんなに焦るなよ。見当はついてるが、なぜやったか、というのがまだわからん。それがわからんことにゃ、意味がない。先はまだ長いな」

そう言うと草壁は、空になった弁当箱と箸を置いて立ち上がった。

「あれ？　どこか出掛けるんですか」

「うん、おまつさんのところで一杯やってくる」

「え？　いま晩飯食べたばかりじゃないですか。そんなすぐ飲みに行っちゃ、体に良くないですよ」

「ちょっと物足らないんでな。別嬪《べっぴん》相手に飲めるなら、寧《むし》ろ俺の体にはいいだろう」

「じゃ、私も行きます」

急いで箸を置いて立とうとすると、草壁が手を振って止めた。

「ああ、いいよ一人で行ってくる。君はほれ、体に良くないだろ」

唖然として目をパチパチする小野寺に笑いかけると、草壁はそのまま出て行った。

第五章　火薬樽

　それから三日は、何事もなく過ぎた。材木以外にも不良品が紛れ込んでいないか、植木に迫られて国枝たちがくまなく調べたが、そういうものは出て来なかった。国枝は安堵したが、植木は警戒を緩めず、資材置場の不寝番《ねずばん》は当分続けると言い張った。

　壊された削岩機に関しては、修理できるかを調べに、藤田商店から矢島桂蔵《やじまけいぞう》という社員が派遣されて来た。削岩機を買い付けた男で、技手たちも顔見知りだった。江口の後任になるのかと聞いてみたが、矢島は機械類の担当で、江口の後任には別の社員が来るという。

「直せますけど、ピストン部分をごっそり交換せんとあきまへんなあ。一旦帰って、部品の手当ての都合と見積もり、出してきますわ」

　削岩機をざっと見た矢島は、そう田所に告げてすぐに引き上げた。

「アメリカ製の機械だから、部品が取り寄せになると厄介《やっかい》だな。当面は使わないからいいようなものの」

　田所は溜息をついた。

「英国製じゃなかったんですか」

小野寺が意外に思って聞くと、田所はさも当然のように答えた。

「いいものがあれば、どこの国のだって使うさ。もちろん値段も大事だけどな。機械は他にも幾つかあるが、ポンプは機械と言っていいのかもわからない国産品だし、換気用の送風機は英国製のと国産のがある。国産のなんて、木製だ。送風機と言うより、ふいごだな」

「そう言えば、使ってない削岩機を壊すよりポンプを壊した方がずっと効果があるのに、なんでそっちを狙わなかったんでしょうね」

「ポンプの周りには必ず人が居る。一方削岩機は放ったらかしだ。どう見てもこっちの方が狙いやすいだろう」

なるほど、それはそうだ。

「削岩機って、高価なんでしょう」

「そうなんだ。せっかくの機械だし、ここで使わんでも他のトンネルで出番はあるさ。だから直せるなら直しておかんと」

田所は苦笑しながら削岩機をぽんぽん、と叩いた。何だかんだ言って、この人は機械全般が大好きなんだな、と小野寺は思った。

その日の夜、と言うより翌日の未明、官舎の戸を激しく叩く音で、草壁と小野寺は飛び起きた。

「草壁さん、小野寺君、起きてすぐ来てくれ。また事件だ」

田所の声だった。何かまずいことが起きたらしい。こんな時間に呼び出されるなら、ろくなことではあるまい。草壁は早くも着物に袖を通している。小野寺は半分夢うつつのまま、とにかく遅れまいと自分のシャツを摑んだ。

田所に案内されたのは、資材置場だった。入り口のところに、国枝や植木が数人の銀山坑夫と共にランプや提灯《ちょうちん》を提げて集まっている。その人の輪の真ん中に、一人の坑夫が座り込んでいた。

「どうしたんです。何事ですか」

そう聞きながら座っている坑夫に目をやって、小野寺はぎょっとした。その坑夫は頭に手拭いを当てているが、その手拭いには、はっきりそれとわかる血の染みが付いていた。

「見ての通りや。不寝番に立ってた奴が、誰かに殴られて気絶しとったんや」

「殴られた？　ちょっと失敬」

植木の言葉を聞いた草壁は、座り込んでいる坑夫の頭に手をやった。

「ああ、だいぶ血が出てるな。頭の傷は大したことなくても派手に血が出るからな。見たところ骨は大丈夫そうだが、朝になったら医者に診てもらえ」

さすがにこんな場には慣れているのだろう。さっと傷を診て指示を出した。

「君、話ができるか」

草壁は不寝番の坑夫の隣に座り込んだ。

「ああ、大丈夫や。まだ頭はガンガンしよるけどな」

「よし、誰にやられた。顔は見なかったか」

「見てまへん。そこで立って番しとったら、いきなり後ろからガツンや。そのまま気ぃ失《うしの》うてしもてな。ほんまに、役に立たん話ですわ」

不寝番は、きまり悪そうに言ってまた頭に手をやった。

「資材の方は」

草壁はさっと顔を上げ、国枝に言った。

「宮園君が、いま調べてます。ああ、ちょうど戻って来た」

ランプを持った坑夫を一人連れた宮園が、大急ぎでこちらに向かって来るのが見えた。国枝は、ご苦労様と言うつもりで手を振った。だが、宮園は引きつった顔で叫ぶように言った。

「国枝さん、大変です。火薬小屋の南京錠が壊されて、中の黒色火薬の樽が一つ、消えてます」

「何ッ、火薬がなくなっただと！」

国枝は一瞬で蒼白になり、宮園のランプをひったくると資材置場の奥の火薬小屋に走って行った。草壁と小野寺は、慌てて後を追った。植木もすぐについて来た。

火薬小屋はさすがに他の小屋とは違って、頑丈な木材で建てられており、閉まっている扉も簡単に壊せないほど分厚い。しかし掛けられていた南京錠は無様に地面に転がっており、手で引くと扉は簡単に開いた。

「ここにあったんですな」

小屋に入るなり、壁際に並んだ火薬樽の列の一番手前が空いているのを見て、草壁が指差しながら言った。国枝は「そうです」と言って唇を嚙んだ。

「いよいよ大ごとになってしまった。樽一つ分の火薬を一度に使ったら、相当な怪我人が出かねん」

「まあ慌てないで。火薬をどう使うつもりか、まだわからん。今までの妨害は大勢死人や怪我人が出るようなやり方はしていない。同じ奴がやったかどうかもはっきりしないんです」

草壁が落ち着かせるように言うと、国枝は却って困惑したようだ。

「しかし、他の誰がこんなことをすると言うんです」

「まあ、それもこれからです」

草壁はなおも何か言いかける国枝を尻目に、南京錠を拾い上げた。

「こりゃあ、荒っぽいな。見たところ、鏨か何か使って叩き壊したようだ」

「鏨やと?」

後ろから覗き込んだ植木が、険しい顔になった。鏨は坑夫が最もよく使う道具だ。

「あんたも慌てなさんな。鏨くらい、誰でも使えるだろう。銀山の連中を疑うわけじゃない」

そう言われて植木は黙った。草壁はその場の全員に向かって言った。

「とにかく、持ち出された火薬を見つけるのが先だ。隠せそうな場所を総がかりで捜しましょう」

全員が頷き、国枝は捜索の手配をすると言って事務所に戻った。

「こっちも何人か出して捜させる。それから、不寝番は二人に増やすわ」

植木もそう言い残して帰って行った。小野寺は草壁に近付いて懸念を伝えた。

「大丈夫ですか。大勢で捜索なんか始めたら、火薬が消えたことを宣伝して回るようなもんですよ。みんな、不安がりませんかね」

「構わん。騒ぎになれば、火薬を盗んだ奴は迂闊《うかつ》に動けなくなる。盗んだ奴を突き止めるより、まず火薬を使わせないようにするんだ」

小野寺は、なるほどと納得した。確かに被害を未然に防ぐ方が先だ。


日が昇って国枝が捜索の指示を出すと、火薬が消えたことは朝のうちに工事現場のほとんど全員が知るところとなった。宮園は駅へ赴《おもむ》き、電信で東京の井上に事件を報せた。

昼過ぎには、工事そっちのけで走り回る工夫や銀山の連中のおかげで、思い当たる場所はだいたい調べ終わった。駅員まで巻き込んで駅舎も調べたが、何も見つからない。十二時四十一分着の列車を運転して来たカートライトは、この騒動を呆れたような目で見ていたが、蛮族どもの騒ぎは自分には関係ない、とでも言うようにすぐそっぽを向き、さっさと折り返し列車を運転して行ってしまった。

「まあ、何やら騒々しおすなあ」

様子に気付いておまつも表に出て来た。草壁が目ざとくその姿を見つけ、傍に寄った。

「やあ、おまつさんも気が付いたか」

「そら、こないに常より騒がしかったらわかります。何事どすか」

「実は、夜中に火薬小屋が破られてな……」

草壁は昨夜あったことをざっと話して聞かせた。おまつは驚いた顔をしたが、話を終えたときには何か考え込むような表情になっていた。

「何だい、どうかしたかい」

草壁が怪訝な顔でおまつに尋ねた。おまつは少しの間逡巡《しゅんじゅん》していたようであったが、やがて意を決めたらしく、「こちらへ」と草壁と小野寺を店の方へ誘った。

おまつが開けた潜《くぐ》り戸を通って、薄暗い店の中に入った。暗《くろ》うてすんまへんけど、と詫びながら、おまつは一番手前の席に座るよう促した。

「さて、どういうことかな」

卓を挟んで向き合うと、草壁が水を向けた。おまつはまた一瞬、どう言おうか躊躇《ためら》う様子だったが、おずおずと話し始めた。

「昨夜《ゆうべ》のことどすけど、店を閉めて後片付けしてから外へ出てみたら、綺麗な月夜でしてなあ。それでちょっとその辺を歩こかていう気になって、駅の前を通って二、三十間ほど行ったんどす。そこで引き返しかけたとき、ずっと奥の方で、下の畑の側から上がって来て資材置場の方へ行く人影が、月明かりで見えたんどすわ」

「資材置場へ行く人影？」

この話に、小野寺は緊張した。

「それは何時頃かわかりますか」

「へえ、もう夜中の十二時にはなってたと思います」

「一人でしたか」

「いいえ、二人居てました」

小野寺は大いに興味を引かれた。賊は二人組か。

「その人影、背格好とかはわかるかい」

草壁の問いに、おまつははっきり頷いた。

「わかります。遠目やし、夜のことで影しか見えしまへんどしたけど、あの動きと背格好は、徳三はんやなかったかと思います」

「徳三さんですって？」

小野寺は思わず声を上げた。

「それじゃ、もう一人は……」

「へえ、六輔はんやと思います」

草壁が、うーむと唸った。

「それで、彼らが戻るところは見ていないか」

「すんまへん。こんな夜中に何やろとは思たんどすが、それ以上は何も考えんと、そのまま家に戻って寝てしもたんどす」

いかにもすまなそうにおまつが頭を下げた。一方小野寺は、この重大な証言に興奮を隠せなかった。ついに目撃者が現れた。これで一連の妨害は、鉄道に反対する平田徳三たちの仕業だとはっきりさせられるだろう。だが草壁は、小野寺より慎重だった。

「資材置場へ入るところは、見たのかい」

「いいえ。そこは遠すぎますし、影になってますさかい」

「そうか……いや、ありがとう。よく話してくれた」

礼を述べる草壁に、おまつは心配げに聞いた。

「あの、やっぱり徳三はんらが、ずっと悪さしてはったんどすやろか」

「そいつはもうちっと調べねえとな。場合によっちゃ、当人に聞くことになる」

「あ、それどしたらすんまへん、うちがこんな話《はなし》したことは黙っといてもらえまへんやろか」

おまつが真剣な顔で頼んできた。それは当然だろうと小野寺も思った。

「やっぱり義理があるかい」

「うちも、野山はんにはえろうお世話になってますさかい、そこの家の人を告げ口するようになるんは、やっぱり……」

「うん、それはわかる。心配いらんよ」

草壁は安心させるように、大丈夫だと大きく頷いた。おまつはほっとして、よろしゅうお願いしますと深く頭を下げた。

峠屋を出た草壁と小野寺は、そのまま工事事務所へ向かった。小野寺は意気揚々として、すぐにもこの話を国枝に伝えたいと思っていた。

「ついに犯人がわかりましたね。草壁さんが見当をつけていた通りでしたか」

肩の荷が下りた気分で草壁にそう聞いた。だが、草壁はその気分を制するように言った。

「まあそう急ぐなって。盗みの現場を押さえられたわけじゃないんだ。それらしい影が通った、っていうそれだけだからな」

「はあ、それはまあ、そうですが」

言われてみればその通りだ。小野寺は少し冷静になった。

「八丁堀なら、このぐらいではしょっ引きませんかね」

「俺ならまだしょっ引かないね。もっと脇を固めてからだ」

「脇を固めると言いますと、足跡を調べるとかですか。いや、やっぱり火薬を見つけてからですかね」

小野寺の問いには答えず、草壁は何やら考えている様子だったが、ふいに足を止めた。

「よし、本人に聞いてみるか。それが手っ取り早い」

「ええ？　いきなり本人に聞くんですか」

さすがに小野寺は仰天した。脇を固めると言っておきながら、あまりにも性急ではないか。

「いいから来たまえ。畑に行けばつかまるだろう」

草壁はさっさと方向を変え、村の方へと歩き出した。小野寺はわけのわからないまま、その後を追った。

野山家の畑に徳三の姿は見えなかった。畑仕事をしているのは、徳三より小柄な男一人だけだ。草壁はそちらに近寄り、「おうい、ちょっと」と呼びかけた。色黒の実直そうな顔が、こちらを向いた。六輔だった。

「やあ、六輔さんか。ちょうどいい、ちょっと話を聞きたくてな」

草壁は愛想よく笑みを浮かべて、道から畦《あぜ》に上がった。六輔は雑草を抜いていた手を止め、立ち上がった。こちらをじろりと睨んだが、何も言わない。

「まあそう怖い顔するな。昨夜のことを聞くだけだ」

「昨夜？」

六輔は怪訝な顔になった。

「ああ。昨夜、と言うか真夜中だな。夜中の十二時頃、外へ出たかい」

「夜中の十二時？」

ひどく戸惑った声だ。

「何の話や。そんな夜中に、外なんぞ出るかい」

小野寺は、おや、と思った。顔にも声にも困惑が滲《にじ》み出ている。とぼけている、という感じではなかった。

「厠へ行くとか、そんなこともなかったのか」

「あれへん。ずっと寝とったわ」

ぶっきら棒に答えると、六輔は顔を背けて再びしゃがみ込んだ。

「聞きたいんはそれだけか。ほな、もう済んだ。邪魔や」

それっきりで、六輔はまた黙々と雑草を引き始めた。

「いや、あのねえ、六輔さん」

小野寺はもっと話をさせようと声をかけた。だがそのとき、草壁が止めた。どうしたんですと振り向くと、母屋《おもや》から徳三がこちらに向かって来るのが見えた。何かの用でたまたま、母屋の方に行っていたらしい。

「何やあんたら。何の用や。勝手に畑に入りよって」

「やあ徳三さん、ちょうど良かった。あんたにも聞いてみようと思ってたんだ」

怒りを露《あら》わにしている徳三に、六輔に向けたのと同じ愛想のいい笑みを向けると、いかにも気軽に草壁が言った。

「六輔さんにも聞いたんだが、昨夜、真夜中の十二時頃、外へ出なかったかな」

「はあ? 何やて」

徳三も六輔と同じく、戸惑ったようだ。だがすぐに、こちらの意図に気が付いたらしい。

「ははあ、そうか。何やら今朝早《はよ》うから工事の現場が騒がしい思たら、夜中に何かあったんやな。それで儂らの仕業か、確かめに来たんやろ」

見抜かれた。だが、身に覚えがあるからかも知れない。

「ほな言うたるわい。昨夜はな、儂も嫁も六輔も、野山の家の者はみんな、九時過ぎからぐっすり寝とったわ。起きたんは今朝の五時や。夜中に何があろうと知ったこっちゃない」

徳三は嚙みつきそうな勢いで言い切った。草壁は「そうか」と頷く。

「だがねえ、あんたたちを工事現場で見た者が居るんだ。どうしてかねえ」

「俺らを見た、やと？」

徳三は一瞬、驚いた顔をした。だがすぐ、せせら笑いを浮かべた。

「阿呆言え。いくら月が出とっても、夜の夜中に人の顔がわかるかい。それとも、出会い頭にぶつかったとでも言うんかい。引っ掛けようとしたかて、そうは行くか」

やはり舟問屋を営んでいただけあって、徳三は間抜けではなかった。易々と乗って来ない。

「はあ、その通りだ。実は、人影の背格好からあんたたちだろうって話でね」

「ええ加減にさらせ。そんなことで疑われてたまるかい。どうしても儂らがやったことにしたいんやったら、もっとしっかりした話、作って来んかい」

返す言葉がなかった。やはり脇をもっと固めてから来るべきだったのに、と小野寺は悔やんだが、草壁は一向に平気なようだ。

「そうか。それじゃ、断じて真夜中に工事現場の方には行ってない、と言うんだね」

「工事現場どころか、どこへも行っとらんわ。わかったら、さっさと去《い》ね」

「ああ、わかったよ。邪魔したな」

草壁はあっさりそう言うと、くるりと背を向けて畦から道に下りた。小野寺はこのままでいいのかと思ったが、仕方なく続いて下りた。寧ろ徳三の方が、撤退の早さに拍子抜けしたようだった。

「おい、ちょっと待てや」

すたすたと歩いて行こうとする草壁を、徳三が呼び止めた。

「昨夜《ゆうべ》、いったい何があったんや」

「うん?」草壁は、ゆっくりと振り向いた。

「なに、火薬小屋から火薬が一樽、盗まれたのさ。あんたには関わりないことだろ」

「火薬……やと」

事の重大さに気付いたか、徳三の顔が強張った。草壁はそれ以上何も言わず、徳三と六輔に軽く手を振ると、駅の方に向かってぶらぶらと去って行った。

「どういうことでしょうか。あの二人、とぼけているようには見えませんでしたが」

駅前まで来てから、考えあぐねた小野寺は草壁に話しかけた。

「そうかい。君はあの二人が本当のことを言ってると思ったかい」

草壁の言い方は、またどこか面白がっているように聞こえた。

「ええ、そんな気がしましたよ。草壁さんは、そう思わなかったんですか」

「ふうん、じゃあおまつさんが見たのは、何だったのかねえ」

「え、それは……」それについては、まだ考えていない。

「わかりません。草壁さんには、考えがあるんですか」

「いや、まだないよ」

草壁は簡単にそう言って、肩を竦めた。何だか軽くあしらわれている気がして、小野寺は苛立った。

「見当をつけていた犯人というのは、やはり徳三さんですか。勿体ぶらずに教えて下さい」

「だからさ、なぜやったのかがわからなきゃ意味をなさない、って言ったろう。それを見つけ出さないと、解決のしようがない」

「国枝さんには、何て言うんですか」

「まあ、徳三の件は言わんでおこう。あまりにも不確かだしな」

「はあ……わかりました。仕方ありませんね。今日のところは、火薬捜しを続けますか」

草壁は、そうだな、とだけ言って歩き続けた。小野寺はどうも釈然としなかったが、かと言ってこれという考えも浮かんでは来なかった。

大騒ぎして夕方まで捜したが、火薬樽は見つからなかった。

「参ったな。捜せそうなところは捜したと思うんだが」

国枝は嘆息して頭を叩いた。

「火薬が見つからんことには、落ち着いて工事ができん。火薬が使われることより工程が遅れる方が心配になってきたよ」

　ぼやく国枝を、まあそんなに長く見つからないことはありますまい、と宥めて草壁と小野寺は事務所から退散した。そういう小野寺たちにも、確たる見通しがあるわけではない。その夜は様々なことが気になって、小野寺はなかなか寝付けなかった。それでも昼間の捜索の疲れが出て、真夜中を過ぎる頃には寝入っていたようだ。驚くべき事件が起きたのは、寝入った後だった。


「すんまへん、起きとくんなはれ。えらいこっちゃ」

　昨日と同様に、戸を叩く音で起こされた。今度は国枝ではなく、坑夫の一人だった。植木に言われて、手分けして皆を起こして回っているらしい。外はまだ、白み始めたところだ。

「今度はいったい何事だね」

　何とか身繕いして戸口に出た二人に、坑夫はびっくりするようなことを言った。

「盗まれたはずの火薬が、戻っとるんですわ」

「何ぃ、火薬が戻って来ただと？」

　さすがの草壁も、唖然とした。

「とにかく、見たって下さい。うちの親方も、頭捻ってますわ」

　二人は頷き、坑夫の後について大急ぎで資材置場に向かった。

火薬小屋の戸口には、植木と数人の銀山坑夫と国枝が集まっていた。扉は南京錠が壊されてから荒縄で縛りつけてあったのだが、縄は切られて地面に落ちていた。息せき切って到着した草壁と小野寺に、植木は無言で小屋の中を示した。

覗き込んだ小屋の中は昨日と変わらず、壁際に整然と列をなして黒ずんだ火薬樽が並んでいる。唯一違うのは、昨日は空いていた列の一番手前が、塞がっていることだった。

「ほう。確かに戻ってますな」

草壁は手を出して樽を撫でた。別に傷《いた》んだところはなく、蓋もきっちり閉まっている。

「中身は無事ですか」

「持ち上げてみたが、空じゃない。蓋を開けた形跡もない。そのまんまですよ。いったい、これを持ち出した奴は何がしたかったんだろうな」

国枝は思案投げ首の態《てい》で、草壁の様子を窺っている。何か解釈は浮かばないかと期待したのだろうが、草壁は首を横に振った。

「どうもわからん。そう言えば、不寝番はどうした。無事なのか」

草壁が顔を上げて植木に尋ねると、植木は後ろの方できまり悪そうに控えていた二人の坑夫に、「おい」と怒鳴った。その二人が不寝番らしい。おずおずと前へ出て来たのをよく見れば、どこも怪我などしていないようだ。

「昨夜《ゆうべ》何をしとったか、もういっぺん言うてみんかい!」

植木の大声に、二人は揃って「へい、申し訳おまへん」と平身低頭した。

「その、儂らは昨夜の九時頃から資材置場の入り口で番しとりましたんや。そしたら、十一時頃でしたかなあ、峠屋の女将さんが来て、夜通し大変ですなあ、手持無沙汰ですやろ、これでも飲《や》って下さい言うて、酒の徳利、置いていってくれたんですわ。こら有難い思て、せっかくやから二人で頂戴しましてん。ほしたら、そのうち酔いが回ってしもたかして、気いついたらもう明るなってましたんや。ほんで、こらまずい、寝てしもたて思うて小屋の方見たら、戸が半開きになってますがな。そいでびっくりして、すぐ親方に報せましてん」

「何がせっかくやから、や。お前ら、盗人に後ろから襲われるんちゃうかて怖《こお》うなって、酒で紛らしとったんやろ。情けない奴っちゃ」

「いや、親方、儂らが怖がるて、そんな」

「やかましわい！　どのみち役に立っとらんやないか、このボケが」

不寝番の二人は、青菜に塩の有様だ。当分、仲間たちからは虚仮《こけ》にされ続けるだろう。

「やれやれ、おまつさんも気を利かせすぎましたねえ」

小野寺が言うと、草壁は「そうだなあ」と生返事をした。

「寝入ったところで忍び込んだんなら、ずっと様子を窺ってたんだろう。起きたままなら前の坑夫みたいに殴り倒されていたかも知れんから、幸いと言うべきかな」

「それはまあ、そうですね」

後ろから、植木が坑夫たちに指図を飛ばす声が聞こえた。

「ええか、この火薬樽が消えたり出たりしたんは、目くらましかも知れん。儂らがこれに気い取られてる隙に、また材木に悪さしよったかも知れんぞ。皆、きっちり確かめい」

へいっ、と返事して、坑夫たちは資材置場全体に散った。それもあり得るか、と小野寺は考え込んだ。

「どう思います。目くらましについて」

「まあ、考えられなくはないか」

言葉と裏腹に、草壁はあまりそうは思っていないようだ。

「草壁さんの考えは、何かないんですか」

「何か、と言われてもなあ」

欠伸《あくび》混じりに受け流す草壁は何を考えているのか、小野寺にはもう一つわからない。

「まあ、ちょっと地面を見てみろよ」

「え？」

小野寺は足元に目を落とした。草壁が指差す方をじっと見る。そこで気が付いた。足跡に交じって、何かで地面をならしたような跡が続いている。

「あれ、これは……」思わず呟くと、草壁がそれに答えた。

「樽を転がした跡さ」

「転がした？」小野寺は顔を上げた。

「でも、昨日はこんな跡はありませんでしたよ。盗って行ったときと返したときで、運び方が違ったんですかね。どうしてかな」

小野寺はその跡を目で追った。が、二間半ほど何とか残っている以外は、大勢に踏まれてほとんど消えており、どこから続いているのかはわからなかった。

「少なくとも、火薬樽を盗った奴と戻した奴は、別人だろうね」

「はあ、別人ですか……って、え？　え？」

びっくりした小野寺は、草壁の顔をまじまじと見つめた。草壁はそれ以上言おうとしない。

小野寺は懸命に頭を働かせた。

「待って下さいよ……それじゃ、一連の妨害を仕掛けている奴と、それを止めようとしてる奴が居る、ってことですか」

「おう、ちっとは頭が回り出したじゃないか」

草壁がニヤニヤと小野寺を見返した。なんだかまた、小馬鹿にされているようだ。

「何言ってるんですか、まったく……。しかし、この現場にそんな敵同士《かたき》が隠れてるなんて、どうにも話がややこしくなっていけませんねえ」

「そうか？　俺は、そんなにややこしいとは思わないんだが」

またからかわれたと、小野寺は思った。しかしよく見ると、草壁の目は真剣な輝きを帯びていた。

第六章　一触即発

火薬樽を盗ったのと戻したのは別々の人間の仕業、と聞いたものの、では誰と誰なのか、という手掛かりは全く見つからなかった。草壁は結局言いっ放しで、証拠が見つからなければ説明できないと考えているのか、国枝にその話をした様子もなかった。小野寺が、もう少し何か考えがあるんでしょうと食い下がっても、草壁は相手にしてくれない。一方、植木の命じた調べも空振りで、資材置場に他に異状は何一つなかった。

「狐に化かされたんか。伏見のお稲荷さんは汽車が好かんのかいな」

そんなことをぶつぶつ言いながら、植木はトンネルの現場に戻って行った。

午後になって、二時九分着の列車で矢島がまたやって来た。削岩機を納入したアメリカの会社の神戸の店に確かめると、部品交換で大丈夫と思うので、神戸に運んでもらえば一週間くらいで直すとのことだ。但し、交換で済まなければ工場送りになるので、その場合は船積みで往復日数を含め三カ月はかかるだろうとの話である。

「八割がたは大丈夫と思います。とにかく神戸へ運びまひょ」

矢島がそう言うので、国枝は削岩機を運ぶ貨車を手配した。幸い貨車はすぐ用意できたが、連結する貨物列車は明日の便になると言う。矢島は自分も貨物列車で削岩機と一緒に行くと言い、その晩は江口が来たとき使っていた官舎の空室に泊まることになった。

「おい、おまつのところに飲みに行くかい」

夜になって、火薬樽の厄払いのつもりか、草壁が言い出した。この前から二度ばかり一人で峠屋に行っていたのに、今日は小野寺も一緒にと言うのだ。ずいぶん気まぐれな話である。

「それじゃ、矢島さんも呼んでみますか。一人で暇でしょうから」

草壁も、そうだなと頷いたので、矢島の部屋に行って声をかけると、喜んでついて来た。やはり得意先回りが仕事なだけに、如才《じょさい》ない男だ。

「あ、草壁はん、おいでやす。いやあ、今日は小野寺はんも」

店に入ると、おまつがすぐに出て来て愛想よく迎えてくれた。前に座った仕切りの奥の席に通される。店で飲んでいた工夫と銀山坑夫が、また胡散臭げな視線を向けてきたが、取り合わずに奥へ進んだ。矢島の方はさすがに気になるようで、工夫らとは絶対に目を合わせないようにしていた。

「聞きましたえ。うちが昨夜、いらんことしてしもうて、えらいご迷惑かけたらしゅうて。ほんまに、すんまへんどした」

席に座ると、おまつが膝《ひざ》に手をついて深く頭を下げた。

「ああ、いやいや。俺たちに謝ってもらうことじゃないから」

それから草壁は銀山の連中に聞かれないよう、声を低めた。

「ありゃあ、不寝番《ねずばん》なのに程度をわきまえず、しこたま飲んじまった奴が悪い。おまつさんの親切を徒《あだ》にしちまったんだから」

「そやかて……」

なおも詫びようとするおまつを制して、続けた。

「それに、ものが盗られたり壊されたりしたわけじゃない。何も害はなかったんだ」

「あ、それ。それも聞きました。何や、無《の》うなってた火薬が知らん間に戻って来てたそうどすなあ。ほんにけったいな話やわあ」

「ほんにけったいな話なんだよ」

おまつの京都弁を真似て言ってから、草壁は思い出したように矢島を手で示した。

「こちら、大阪から来られた藤田商店の矢島さん」

「矢島です。よろしゅうに」

矢島が愛想笑いを一杯に浮かべて挨拶すると、おまつの顔も商売用の明るい笑みに変わった。

「まあ、藤田商店のお方どすか。藤田のお方がうちらのような店に来てくれはるて、嬉しおす。今後ともご贔屓《ひいき》に」

「いや、こちらこそ。こないな別嬪さんが居てはるんなら、なんぼでも寄せてもらいまっさ」

「まあ、お上手やこと。ゆっくりして行っておくれやす」

脇から男衆が酒と肴を運んで来たので、おまつは一旦奥へ引っ込んだ。男三人での酒宴が始まった。

「お二人とも東京のお方やそうですなあ。こんな所まで、大変ですなあ。わてら、大阪からここまで来るんも大概ですのに。奥さんらもお寂しいこって……は？　お二人とも独り身で？　ああ、そらえらい失礼しました」

そんな調子で、矢島は舌を回転させ始めた。饒舌なのは稲村と似ているが、稲村のような粘っこさはない。年は三十で、播磨《はりま》の生まれだと言う。四年前に藤田に入り、輸入機械を主に商《あきな》っているらしい。次第に酒が回り、いつかそのうち、独立して自分の店を持つつもりだなどという話もしていた。

「あの削岩機は、神戸のブリッグス商会いうところから、わてが交渉して買い入れましてん。世界でも最高の機械でっせ」

いかにも自慢げに矢島は言った。

「そのブリッグスとか言うのは、アメリカの会社なのかい」

「へえ。上海《シャンハイ》とか香港《ホンコン》にも店のある立派な会社ですわ。アメリカのボル……ボルチモア、やったかいな。そこに親会社があって、なんたらかんたら言う大きな鉄道会社幾つかに、いっぱい機械を入れとるそうです。わてらには想像つかん大きな商売ですわなあ」

ペンシルバニア鉄道とかユニオン・パシフィック鉄道のことを言っているのだろう、と小野寺は思った。ならば確かに、大きな会社だ。ほろ酔いの矢島は得意そうに語るが、彼らにとっては日本の鉄道など、小指の先程度の存在に見えるだろう。

「江口さんは、この店に来たりはしなかったようだねえ」

話の合間に水を向けてみた。だが、矢島と江口は格別親しくはなかったようだ。

「江口さんは専《もっぱ》ら中の仕事で、わては外回りですからなあ。まああの人は真面目一方で、この現場へ来ても一杯やろか、ちゅう気にはならへんかったんでしょうなあ」

「江口さんのことは、よく知らなかったのかい」

「同じ会社ですさかい、顔見知り程度には知ってましたけど。あんなことになるなんてなあ。わてはあの日は仕事で神戸に行ってましたんで、次の日になってから聞きましたんや。ほんまに、お気の毒なことでしたわ」

江口に関して聞けたのは、それだけだった。

「いやあ、さっき女将も言うたはりましたけど、火薬の樽でっか、あの話、わてもちょっと聞きましてん。火薬みたいな物騒なもんが、消えた思たら現れた、て、ほんまにけったいでんなあ。狐とちゃうか、言うてた人も居るけど」

植木のことかな、と思い、小野寺は内心苦笑した。

「けど、狐なんちゅうことはおまへん。ちと小耳に挟んだんでっけど……」

矢島の呂律《ろれつ》は、少し怪しくなりかけていた。

「線路工夫の人らと銀山の人らは、仲が悪うてよう喧嘩したりしてるそうですなあ」

「ああ、そうだけど」

何だか話の向かう先が良くない気がした。

「それですがな、それ。火薬使うんは銀山の人らやし、不寝番してたんも銀山の人や。こらな、意趣返しですわ」

「意趣返し？　誰の」

「そら、決まってまんがな。線路工夫の連中が、銀山に嫌がらせしたろ思てやったんや」

ここでつい、矢島の声が大きくなった。まずい、と思って小野寺は周りを窺った。果たして、工夫の一人の耳に届いてしまったようだ。

「おいこら、いま、何ちゅうた。儂らが何やと」

髭面の工夫が、盃を叩きつけて立ち上がった。他の工夫の目も、一斉に注がれた。これは厄介なことになった。草壁を見ると、やはり顔を強張らせている。矢島も、急に空気が変わったのに気付いたようだ。喋りを止めて、ぽかんとしている。

「おい、もういっぺん言うてみい」

工夫がこちらへ一歩踏み出そうとした。そのときである。

「よっしゃ、おっさん、よう言うた。その通りやわ、なあ」

二十歳前後の銀山の坑夫が、にたっと笑って立ち上がった。

「こいつらみたいな根性なしやったらなあ、そら嫌がらせぐらい考えつくわなあ。ほんまに辛気臭い奴っちゃで」

「ほう。おのれら、儂らがやった、ちゅうつもりかい。おもろいやないか」

こちらに向いていた工夫たちが、まとめて銀山の坑夫の方に向き直った。こちらは助かったが、全体としての状況はさらに悪くなった。

「上等や。やろう、ちゅうんなら相手したるわ」

「言うたな、このガキ」

工夫が銀山の若者の胸ぐらを摑んだ。それを合図に、全員が互いに摑みかかろうとした。

おまつがそれを見て、仕切り壁の外に飛び出した。

「ちょっと、やめてんか！　やりたいんやったら表でなんぼでもやり。ここはあかんで」

肩を怒らせて前に進み、大声で怒鳴った。小野寺は目を瞠った。さすがにこういう場所で居酒屋を仕切るだけのことはある。鉄火場《てっかば》女並みの迫力だ。これで収まれば、さぞ痛快……と思いきや、工夫が銀山に殴りかかった。それを合図に、双方十人ぐらいずつが一斉に飛び出した。女将の啖呵《たんか》など効き目はなく、忽ち店の中は乱闘場になった。

「あかん、待ち……」

おまつがさらに何か言いかけたが、それは立ち上がった草壁の大音声《だいおんじょう》にかき消された。

「こおらぁッ、いい加減にしねえかッ！」

草壁の声は八丁堀の捕物で鍛えたのか、太くよく響いた。聞き慣れない東京弁の怒鳴り声に、工夫も銀山の坑夫もびくっとして動きを止めた。

「お前《めえ》ら、酔っぱらいの戯言《ざれごと》を真に受けて喧嘩するのか。なら、外でやれ。これ以上店を壊すなら、ただじゃ済まねえぞ」

一瞬、工夫と銀山の坑夫は殴るのを忘れて顔を見合わせた。異分子の闖入《ちんにゅう》に混乱したようだ。

「おのれは東京の奴やな。引っ込んどれや」

気を取り直した工夫が、食って掛かった。小野寺は冷や冷やしていたが、草壁は自信があるのか、仁王立ちになって逆に工夫に怒鳴り返した。

「俺は鉄道監察方だ。いいかお前ら、火薬の一件は誰の仕業かまだわからん。だが、大勢の仕業じゃねえ。せいぜい二、三人だ。こんな細かい嫌がらせがあるか。外の者の仕業かも知れねえんだ。なのにお前ら、勝手に決めつけて大騒ぎしようってのか。こんなことで工事が止まっちまったら、一番困るのはお前らだろうが。ちったァ考えろ」

草壁の言うのを聞いていた工夫と銀山の坑夫は、しばし動きを止めて睨み合っていた。が、まだ引っ込む気配はない。それを見た草壁が、さらに怒鳴った。

「俺の前でこれ以上暴れるってんなら、給金を没収するぞ。それでも構わねえのか」

給金、と聞いて工夫も銀山の坑夫もびくっと反応した。そのまま少しの間、双方とも草壁を睨みつけていたが、やがてどちらからともなく「阿呆らしい、やっとられるか」と捨て台詞が飛んで、ぞろぞろと皆、表に出て行った。そのまま少し待ったが、表から殴り合いの音や怒声は聞こえてこなかったので、そのままお開きになったのだろう。

「やれやれ、助かった」

工夫たちがみんな去ってしまうと、小野寺は大袈裟《おおげさ》に溜息をついた。それまでじっと見ていたおまつが、駆け寄って来た。

「草壁はん、おおきにありがとうございます。おかげで大ごとにならんで、助かりました」

真剣な顔で何度も礼を言うおまつに、草壁は軽く応じた。

「いや、これはこっちが火を点けちまったようなもんだからな。客がみんな消えちまって、商売あがったりだ。申し訳ない」

「いいえ、腰掛も皿もおおかた無事どしたさかい」

おまつは明るくそう言って笑った。小野寺はその笑顔に癒された気がした。

「あ、あの、えらい申し訳おまへん。わてがいらんこと言うてしもて」

こそこそと隅から出て来た矢島が、心から恐縮した声を出して拝むように頭を下げた。酔いはすっかり吹き飛んでしまったらしい。小野寺は、もう一度大きな溜息をついた。如才ない男は、口の軽い男でもあったのだ。


井上局長が再び現場に姿を見せたのは、翌々日の夕刻であった。五時過ぎの列車で到着した井上は、大阪からの電信を受けて駅に出迎えた国枝らと共に、早速工事事務所に入った。

「火薬が消えたっちゅう話を聞いて大急ぎで戻って来たのに、空振りかいの」

井上は報告を聞いて目玉をぐるりと回した。ここを出て東京に向かったのが八日前だから、ほとんどとんぼ返りだったのだ。火薬紛失を電信で伝えたのは三日前。まさしく即座に大急ぎで出立したのだろう。

「申し訳ありません。もう少し状況を摑んでからお報せするべきでした」

　恐縮する国枝に、井上は鷹揚に笑って見せた。

「まあええ。報せが遅れて大ごとになるよりよほどましじゃ。正直、儂も政府の連中と堅苦しいやり取りをしとるより、ここに居った方が気楽でええわい」

「恐れ入ります。火薬の件以外にも支保工に不良品が紛れ込まされていたことがありました。これもすぐ気付いて大事には至っておりません」

　いくらか安心したらしい国枝は、支保工の一件をざっと説明してから、この八日間の工事の進捗状況についての報告に移った。井上は要所要所で頷きながら聞いていたが、特に問題はないことに納得すると、「よし、ご苦労じゃった」と言って話を終わらせ、草壁の方に向き直った。

「さて、そっちの方だが」

「いや、こちらはまだ、ご報告できるほどのことは」

　草壁は、何の飾り気もなくそれだけ言った。その様子に小野寺は、違和感を覚えた。この間はもう犯人の見当がついていると言っていたのに、ここで局長に話すつもりはないようだ。井上も何か感じ取ったらしい。ちょっと眉を上げると、「そうか」とだけ返事した。

「もう日が暮れますが、少しだけでも現場を見られますか、局長」

　国枝がそう声をかけたが、井上は「いや、今日はもうええ」と断った。

「帰りの汽車まで一時間あるのう。おい草壁君、君の官舎でちょっと一杯やるか。国枝君、誰か峠屋に走らせて、草壁の官舎まで酒を届けさせてくれ」

井上はいきなりそう言って立ち上がり、国枝に酒代はこれでと五十銭渡して、草壁の返事も聞かずそのまま表に出て行った。草壁は驚いて小野寺と顔を見合わせると、「ああ、局長、ちょっと待って下さい」と言いながら後を追った。


「いやあ何ちゅうか、事務所の連中の居る前では話しにくそうに見えたんでな。場所を変えたんじゃ」

井上は官舎の畳に胡坐をかき、峠屋から届けられた酒を一口啜った。

「うん、まあ悪くはないな」

それから小野寺に向かって渋い顔をして見せた。

「オイオイ、そんなに堅苦しい格好をされちゃこっちが落ち着かん。もっと楽にせい」

そう言われて、酒を注いだあと脇でかしこまっていた小野寺は、恐縮しつつ膝を崩した。

「で、本当のところはどうなんじゃ。何もわからんか」

「さすがの慧眼ですな。実は、誰の仕業かについては目星がついたのですが、理由がまだわからない。なので、確信を持って申し上げるわけにはいかんのです。もう少し時間《とき》をいただきたい」

「ほう、目星はついとるんか」

井上は眉を上げげた。そして大きく頷いた。

「わかった。その辺は君に任せる。じゃが、一つ二つ、教えてくれ。まず、江口のことじゃ。殺しの下手人は、工事を妨害しとるのと同じ奴か」

「まだわかりません。手口がどうも、他と違うんで」

「妨害をやっとる奴の手口は、殺しのような荒っぽい手口と嚙み合わん、ちゅうことか」

「その通りです。局長もなかなかやりますな」

「儂の目も節穴じゃない、ちゅうことかな」

井上はニヤリとした。

「それにしても、あの客車には江口一人しか乗っておらんかったんじゃろ。いったい犯人はどうやって江口に近付いたんじゃ。よほどのからくりがあるんか」

「いや、それもまだわからんのですが……」

草壁は頭を掻いた。

「しかし、込み入ったからくりはないでしょう。江口さんが何かを見てから殺されるまで、せいぜい三時間です。そんな短い間に手の込んだことを仕掛けるのは無理です。わかってみればごく単純な話だった、という方がありそうですね」

「ふうん……。そうかのう」

井上は首を傾げたが、その話はそこで置いて先を進めた。

「さてもう一つ。犯人は、このトンネル工事を本気で潰す気か」

「おそらく。逆に伺いますが、この工事が失敗してくれた方がいい、と思っている方々は政府にどれだけ居るんですか」

「どれだけ、か。まあ、少なくはないわな」井上はそう言って顎を撫でた。

「名前を出すつもりはないが、工事に恐ろしく金を食う鉄道よりも、海運の方を優先すべきじゃと言うとる奴は居る。それに前にも言うたが、儂が強引にこのトンネル工事から外国人を締め出したのを、とやかく言う奴らも居る。いや、外国人の味方をすると言うより、儂が勝手なことをするのが気に食わんのじゃろ」

「局長は、その連中が糸を引いているとお思いですか」

「さあのう」井上は、はっきりとは答えず酒を呷《あお》った。

「正直、そいつらが手を下して来たとは考えにくいのう。座って儂がしくじるのを楽しみに待っとる、という方が似合っちょる」

「なるほど」草壁は腕組みをして少し考え込んだ。それから口調を改めて井上に問うた。

「局長は私を雇うとき、この国が独り立ちするには、早々に外国人の手を借りずに鉄道を作れるようにせねばならんと言われました。もし、外国人を締め出したこの逢坂山の工事に失敗したら、我が国はどうなるとお考えです」

「失敗したら、か」井上は、ふっと笑った。

「ま、工期が少々延びるのと、金も少々余計にかかるの。大津まではやりかけた工事じゃ、完成するのは間違いない。じゃが、今後も当分の間、外国の思惑に振り回されながらお雇い外国人を使い続けにゃなるまい」

「恐ろしく高い給金を払って、ですな」

井上は苦笑交じりに頷いた。

「ははっ、確かにな。それだけじゃないぞ。外国人の技手はな、頭でっかちの奴が多い。学問ばっかりで、机の上で考えたことがみんな通用すると思うちょる。場所や地形に合わせてそれに応じたものを作らにゃいかんのに、儂らが何か言うても、そういう奴に限って聞く耳を持たん。これも前に言うたが、鉄道は国の血管じゃ。そんな奴に任せられっか」

言葉の最後には、憤然となっていた。草壁はさらに問う。

「では、改めてお聞きします。鉄道は外国から持って来た技術です。御一新からまだ十年ちょっとしか経たないのに、局長は本当に日本人だけで鉄道を作って動かしていくことができると、確信しておられるのですか」

黙って会話を聞いていた小野寺は、青くなった。草壁の言い方は、局長の逆鱗《げきりん》に触れるのではなかろうか。だが井上は、じっと草壁の顔を見ると、抑えた声で話し始めた。

「草壁君、箱根《はこね》用水を知っちょるか」

唐突な問いかけに、草壁の顔に一瞬、戸惑いが浮かんだ。

「はあ、聞いたことはあります。芦《あし》ノ湖《こ》から畑に引いた水路では」

「そうじゃ。できたのは二百年も前。この用水は、十町を超える長さのトンネルで峠の下を抜けとる。このトンネル、逢坂山と同じく両側から掘り進んで、ちゃんと一本に繋がったんじゃ。繋がったところのずれは、上下に三尺ほどじゃった。西洋のトンネルのことなんか、なあんにも知らん時代じゃ」

「それは……初耳でした」

「それだけじゃない。生野銀山ではの、昔から振矩師《ふりがねし》ちゅう測量技手が居って、ちゃんと測量しながら坑道を真っ直ぐ、思う方向へ掘っておったんじゃ」

「ああ、それで生野の坑夫を呼んで来たわけですか」

「うむ。なあ、草壁君。この日本では昔っから、トンネルを掘ったり山を切り開いて道を作ったり、そんなことをやって来たんじゃ。そりゃあ、煉瓦やレールはなかったかも知れんが、鉄道を作る基本の技術は初めから持っとったんじゃよ」

そう言うと、井上はまたぐいっと一息で盃を干した。

「だから、できる。ここで思い切って、独り立ちするんじゃ。できん理由は、どこにもない」

「わかりました」草壁は手を膝に置き、深々と頷いた。

「このトンネル、必ず成功させましょう」

「おお、そうじゃとも」

井上は草壁の肩を、どん、と叩いた。小野寺は、胸が熱くなるのを感じた。

京都で泊まった井上は翌朝、九時四十一分着の列車に乗って現場に現れた。工夫や技手に手を上げて、やあやあ、おはようと挨拶を交わしながら事務所に入ると、座る間も惜しんで筒袖に脚絆の工夫姿に着替えた。

「また工夫の真似事ですか」

草壁が呆れたように言うと、井上は目を怒らせて見せた。

「真似事とは何じゃ。儂ゃあ、これでも土木の専門家じゃぞ。鶴嘴を扱わせたら、その辺の俄か工夫よりよほど役に立つ」

「実際、その通りなんですよ。だから却って困る」

国枝が苦笑しながら肩を竦めた。

「困ることはあるまい。余分な給金を寄越せと言うわけでもないからな」

そんな軽口に、国枝が何か応えようとしたときだった。突然、不気味な振動が足元を揺るがせた。続いて、遠雷のような音がトンネルの方から微かに聞こえてきた。

「何でしょう、あれ……」

言いかけた小野寺は、井上と国枝の顔色を見て、言葉を呑み込んだ。二人とも土木の専門家だけあって、今の振動と音の正体がすぐにわかったのだ。

「落盤だ……」

蒼白になった国枝が、呟くように言った。

「局長が坑道に入る前で良かった……」

「馬鹿もん、何を言うとるかッ！　中に何十人居ると思っとるんじゃ」

井上が一喝し、国枝は弾《はじ》かれたように飛び上がった。

「行くぞ、グズグズするな！」

井上は一番近くにあった鶴嘴を引っ摑むと、事務所を飛び出した。

「ああ、局長、まだ危険です！　状況を確かめてから」

国枝が叫びながら後を追い、草壁と小野寺も遅れじと走り出した。


トンネルの坑口は、仲間を助けようと駆け込んでいく坑夫たちでごった返していた。

「待て待てえっ！　先を争うな。まず現場の様子を確かめろ」

国枝の怒鳴り声に、何人かは邪魔するなという怒りの目を向けたが、多くの者は冷静さを取り戻した。

「そうや、急ぐな！　落盤なんか、初めてやないやろ」

先の方で、植木の声がした。

「監督はん、そこに居たはりまっか。こっちへ来とくんなはれ」

植木がそう呼ばわり、四人は国枝を先頭に、立ち並ぶ支保工やトロッコのレールにぶつからないよう避けながら、奥へ走った。

三十間余り行ったところに、植木と田所と三、四人の坑夫が、手にランプを持って立っていた。

「ああ、監督はん。あ、局長はんも。ご苦労さんです」

植木はランプを掲げて相手を確かめると、一礼してさらに奥を手で指した。

「この先、五百フィートほどのところで崩れてます。切羽に居った者が何人か、埋まったようです」

田所が切羽詰《せっぱつ》まった声で報告した。事態は深刻だ。

「切羽の天井が落ちたんじゃな」

バタバタと足音がして、宮園が追いついて来た。

「すみません、遅れました。資材置場に居たもので」

「おう、揃ったな、よし、崩れたところまで行くぞ」

「えっ、いや、局長、お待ち下さい。まず我々が」

「ええい、邪魔するな。儂がこの目で確かめる。ついて来い」

「いやその、ついて来いって……」

井上は坑夫の一人からランプをひったくると、大股で坑道の奥へと向かった。国枝たちは止めるのを諦め、後に続いた。

田所の言う通り、五百フィート、つまり百間足らずのところで、行き止まりだった。その先は土に埋まり、倒れた支保工が数本、折り重なっている。

「切羽までは、三十フィートぐらいか」

「そのくらいでしょう。掘り進んでいた頂設導坑《ちょうせつどうこう》がそのまま埋まっています」

トンネルは頂設導坑と呼ばれる上段部分を掘って梁《はり》や柱を入れ、後で横と足元を掘って広げる形で進んで行く。その先端の部分が掘っている最中に崩れたのだ。

「手前に支保工を突っ込んで崩れないよう固めろ。とにかく埋まった者《もん》を早《はよ》う掘り出してやらんと」

井上がそう言ったとき、草壁が叫んだ。

「局長、あれを！」

全員が急いで草壁の指す方にランプを向けた。トンネル壁面のすぐ近くで、崩れた土が動いている。よく見ると、土まみれの人間の上半身だった。

「助けてくれぇ……」

弱々しい声が聞こえた。草壁と植木が駆け寄り、傍らに落ちていたスコップを摑むと、埋まっていた男を懸命に掘り出した。

男を土から引きずり出すのに、そう時間はかからなかった。地面に仰向けに倒れ込んだ男を、全員で取り囲んだ。植木が手拭いを出し、男の顔から土を払ってやる。

「おう、お前、覚助《かくすけ》か。何があったんや」

「そ、それが……」覚助と呼ばれた男は、激しく咳《せ》き込んでから辛《かろ》うじて答えた。

「いつも通りに切羽を鶴嘴で掘っとったら、何や天井が膨らんだ気がして、危ない、崩れる、いうて思わず叫んだんですわ。ほいで……ほいで、何も考えんと鶴嘴放り出して走ったら、背中を土に叩きつけられて……気ぃついたら体が半分埋まっとって……ランプが見えたもんやから、助けて、言うたんですわ……」

「他に居った者《もん》は」

「へえ……常吉《つねきち》と、孫八《まごはち》と、元蔵《げんぞう》と、与三次郎《よさじろう》が……あいつら……逃げられへんかったんか……」

植木の顔が強張り、国枝が唇を噛んだ。

「道具と坑夫を集めろ！」

井上が叱咤《しった》するように大声を出した。

「掘るんじゃ、一刻も早う」

国枝と田所と宮園は、「はいっ」と叫んで坑口へ駆けて行った。草壁は植木と一緒に覚助を抱え上げ、引きずるようにして外へ連れ出した。小野寺の耳に、呻くように仲間の名を呼んでいる覚助の声が、いつまでも残った。

崩壊した土砂を搬出し、支保工と板で補強して何とか復旧させるのに、二日かかった。坑夫も技手も不眠不休で働いた。事実上何もできない草壁と小野寺は、ただ見ているしかなかった。

「こういうとき、本当に俺たちは役立たずだな」

峠屋で、珍しく草壁がぼやいた。八丁堀の頃から、偏屈と言われながらも人の役に立つのを信条としてきた草壁だ。無力さを思い知ることには慣れていないのだろう。

「四人の銀山のお人は、やっぱりあかなんだんどすか」

おまつが、声を落として聞いた。草壁は黙って頷いた。

「こんな遠くまで来て、お気の毒なことどしたなあ」

銀山の坑夫たちは、家族を生野に置いて来ている。いくらかの覚悟はあったろうが、慣れぬ地で家族にも看取られぬまま短い生涯を終えるのは、やはり無念としか言えまい。

「まさか……これって、誰かの……」

「迂闊なことを口にするんじゃない」

草壁がぴしゃりと言って、小野寺を黙らせた。しかしその顔つきを見れば、同じ懸念を抱いているのがわかる。工事の妨害がついに一線を越えたのだとすれば、一大事だ。江口の一件を別にすれば、今まで死者が出るようなことはなかった。それが変わったのなら、この先何が待ち受けているか、予想できない。

一時間ほど飲んだ後、官舎に帰った。二人とも口数は少なく、おまつもあまり声をかけようとはしなかった。まだ夜の九時だが、いつもと違って外は森閑《しんかん》としている。昼夜兼行の復旧作業が一段落したので、工夫も銀山の連中も、疲れて早々に寝入ったようだ。一応は復旧したものの、後始末もあるし、工事の遅れを取り戻す必要もある。しばらくはまだ大変だろう。その中で、坑夫四人の弔《とむら》いもせねばならない。重苦しい気分のまま、小野寺は眠りについた。

激しく戸を叩く音で、眠りを破られた。音と一緒に、大声で呼ぶ声も聞こえる。

「草壁さん、小野寺君！　大変だ。早く、早く起きてくれ！」

国枝だ。声が上ずっている。叩き起こされるのは、火薬が消えたときに続いて二度目だが、今回はさらに切迫した様子だった。

「ああ、はい、待って下さい。今用意します」

草壁が先に起き上がり、はっきりした声で返事した。小野寺はまだ夢うつつだ。

「おいおい、小野寺君、また何か一大事のようだぞ。しゃんとしろ」

布団《ふとん》を引っぺがされて慌てて跳ね起き、手探りで戸を開けた。国枝がランプを掲げて入って来た。

「また火薬小屋だ。人が二人、倒れてる。誰かに襲われたようだ」

小野寺の顔を見るなり、一気にまくし立てた。

「倒れてる？　不寝番《ねずばん》が、ですか」

「いや、昨夜と今夜は落盤の始末に総出でかかってたんで、不寝番は置いてなかった。誰が倒れてるのかよくわからん」

「え？　誰かわからない？」

どういうことだ。こんな夜遅くに通りがかった者がいたのか。

「とにかく急いでくれ」

国枝に急かされ、寝間着に上着を引っ掛けただけで飛び出した。小野寺よりは急な呼び出しに慣れているらしい草壁は、もう袴を着けていた。懐中時計を摑み上げ、ランプの灯りで見ると十一時半だった。

駆け付けてみると、資材置場の中、火薬小屋に近い所に提灯の灯りがあり、数人がしゃがんで固まっている。近寄って見ると、植木と宮園、田所に坑夫の組頭だった。よく見れば、植木と宮園は、倒れている誰かを介抱しているようだ。田所と組頭は、もう一人の倒れた人物を見つめていた。

「おい、どんな様子だ。生きてるのか」

駆け寄った国枝が聞くと、宮園は頷いた。

「かなりの重傷みたいですが、息はあります。ですが、あっちは駄目なようです」

宮園は田所らの前に倒れている人物を指差した。見れば、ぴくりとも動かない。こちらの介抱されている人物は、確かに弱々しいが呼吸していた。

「ランプを近付けて」

草壁が言うのに従って国枝がランプを寄せ、倒れている者の顔が見えた。

「あっ、六輔だ」

苦痛で歪んでいるが、その顔は徳三に付き従っている六輔に間違いなかった。

「それじゃ、あちらは……」

動かない方へランプを向けてみると、それは馬子の権治だった。呆然としたように目が見開かれている。死んでいるのは明らかだ。

「灯りをもっと持って来てくれ。とりあえずランプを拝借」

組頭が灯りを取りに走り、草壁は国枝から渡されたランプで権治の体を調べていった。顔を横に向けて俯《うつぶ》せになっている権治の背中は、ランプで照らすと赤く染まっているのがわかった。

「背中を刺されてる。刺し傷は……二つだな。どうやら二度目で心臓をやられたらしい」

それだけ手早く見て取ると、草壁は六輔の具合を調べた。

「こっちは脇腹を刺されてる。傷は浅くはなさそうだ。駅の方へ運ぼう。あそこなら手当てできるかも知れん」

ぽつぽつと、雨が落ちてきた。国枝は空を仰ぎ、宮園と田所に担架を持って来るよう命じた。二人が駆け出すと、草壁は六輔に顔を近付け、「おい、おい、わかるか。聞こえるか」と声をかけた。だが、返ってきたのは呻き声だけだ。

「火薬小屋はどうなってる」

草壁が振り向き、植木に聞いた。

「扉は開けられとる。錠前は大槌《おおづち》か何かで叩き壊されとるわ。火薬がどんだけ盗られたかは、調べてみんとわからん」

草壁は顔をしかめた。人を殺《あや》めてまで火薬小屋に侵入したなら、相当な火薬が持ち出されたと覚悟せねばなるまい。

「この二人、なぜここに居たんでしょう。資材置場に入り込んで何かやろうとしてたんでしょうか」

「わからんな。本人に聞くしかないが、いまは話ができそうにない」

「やはり、前におまつさんが見たというのは本当に……」

小声で言いかけたが、草壁に睨まれた。そう言えば、あの話は国枝にはしていなかったのだ。小野寺はしまったと思ったが、幸い国枝は六輔の方に集中していて、聞いていなかったようだ。

ランプを二つ提げた組頭と、担架と筵《むしろ》を持った宮園らが同時に到着した。権治の亡骸《なきがら》に筵をかけてから六輔を皆でそっと抱え上げ、担架に乗せた。宮園と組頭が担架を持ち、田所は駅長に報せるため先に走った。残った四人は、めいめい灯りを持つと、辺りを調べ始めた。

雨脚は次第に強くなっている。

「足跡が多すぎてわかりまへんな」

地面を見回した植木が残念そうに言う。この雨で、それも滅茶苦茶になってしまうだろう。

「面倒がらんと不寝番を立てとけば……」

「いや、その不寝番も襲われたかも知れん。怪我人が増えなくて良かったと思った方がいい」

植木にそう言ってから、草壁はふいに思い出したように小野寺に向き直った。

「小野寺君、ひとっ走り野山さんの家に行って、徳三さんを呼んできてくれ。彼なら事情を知ってるだろう」

「あ、はい。わかりました」

早く気付くべきだった。六輔も権治も、徳三が指図しなければ夜中に工事現場に入ったりしないはずだ。少なくとも二人がなぜここに居たか、徳三は承知しているに違いない。小野寺は足元に注意しながら、小走りに村の方へ向かった。

農家の夜は早い。村全体が寝静まって、雨音以外は聞こえなかった。小野寺が徳三の住む野山家の離れの戸を叩くと、その音は軍隊の砲撃のように響いた。

「何じゃい、うるさいのう」

思ったより早く、徳三の声が返ってきた。小野寺は戸板越しに声を張り上げた。

「鉄道局の小野寺です。工事の資材置場で、権治さんと六輔さんが何者かに刺されました。すぐ来てください」

「何やと！　権治と六輔が」

仰天した声が聞こえ、ガラッと戸が開けられた。現れた徳三の顔は、驚愕《きょうがく》に引きつっている。

「どうしたんや。いったい、何があったんや」

「それをこっちも知りたいんです。六輔さんは駅へ運びました。急いで」

奥から「あんた、どないしたん」という声がした。徳三は唇を嚙むと、奥に向かって「心配いらん。お前は寝とけ」と怒鳴り、そのまま家を飛び出して小野寺と一緒に駅へ走った。

「六輔を運んだ、て言うたが、権治はどないしたんや」

「権治さんは亡くなりました。六輔さんは大怪我です」

「権治が……死んだやと」

徳三は絶句し、それ以上何も言わずに濡れながら駅へと急いだ。途中、駅の方から誰かが傘と提灯を持って駆けて来るのに行き会った。よく見ると、駅員の一人だ。すれ違いざまに、「医者を呼びに行ってきます」と叫んでいった。その声に、徳三の足がさらに速まった。

駅には煌々《こうこう》と灯りが灯されていた。正面入り口に走り込むと、駅員がさっと待合室を指した。そのまま扉を押し開けて飛び込む。部屋の中央に担架に乗ったままの六輔が寝かされ、その周囲を草壁と国枝ら十人近くが取り巻いていた。

「あっ、局長」

その人の輪の中に井上が居るのを見つけて、小野寺は思わず姿勢を正した。落盤事故以来、井上は復旧を直に指揮するため、京都の宿に戻らず駅長官舎に泊まり込んでいたのだ。今の今まで、そのことを忘れていた。

「挨拶はええ。平田君ちゅうのは、君か」

井上は小野寺の後ろの徳三を指して問うた。徳三は「ああ、そうや」と返事すると、六輔の傍らに膝をついた。

「おい六輔、六輔、どないしたんや。誰にやられたんや。おい、返事せえ」

「よせ。今は意識がない。脇腹を深く刺されて、だいぶ血を失ってる。何とか血は止めたが、はらわたが相当傷ついてる。いま医者を呼びに行ってるから、それまで待て」

六輔の肩に手をかけようとする徳三を、草壁が制した。

「この二人、いったい資材置場で何をしとったんじゃ」

井上が直接徳三に聞いた。寝間着に筒袖を羽織っただけの井上を見て、徳三が怪訝な顔をした。

「あんたは?」

「おう、鉄道局長はん?」さすがの徳三も、目を丸くした。

「鉄道局長の井上じゃ」

「で、どうなんじゃ」

井上が畳みかけると、徳三は気圧されたのか慌てて答えた。

「へ、へえ。実は落盤のせいで資材置場の不寝番を立てられんようになったて小耳に挟んで、それやったらその隙にまた資材に悪さされたら、今度も儂らのせいにされかねんと思て。いっそ儂らが不寝番して、悪さしに来る奴を捕まえたろかと。疑いを晴らすんは、それが一番やろと思たんですわ」

「自分たちで勝手に不寝番をしてたのか」

国枝が呆れたように言った。

「それがまさか、こんなことに……」

「阿呆なことを。反対に襲われるかも知れんちゅうことを、考えんかったんかいな」

植木が舌打ちした。徳三は一瞬、植木を睨んだが、その通りだと思ったかすぐに目を逸らして俯いた。

「それで、火薬は」井上が田所に向かって聞いた。

「はい、調べましたところ、百ポンド樽六つがなくなっておりました」

「六樽か。厄介じゃのう。そいつをどう使う気か」

井上の顔が歪んだ。六樽もの火薬で妨害を行う気なら、トンネルに甚大な被害を与えることも可能だろう。犯人と火薬を一刻も早く見つけ出さねば、大変なことになりかねない。

そのとき、さっき小野寺たちとすれ違った駅員が息せき切って戻って来た。一緒に居る初老の痩せた男が、医者だろう。

「おう、医者か。待っとった。怪我人はここじゃ」

医者は急いで前に出ると、六輔を覗き込んだ、そして、眉間に皺を寄せた。

「こりゃあ、あかん、あかん」

「えっ、あかんて、助からんのか」

徳三が蒼白になった。だが、医者は慌てて手を振った。

「そうやなくて、儂では手に負えん、ちゅうこっちゃ。見たところ、刺し傷でかなりひどいやないか。怪我やったら、儂は骨接《つ》ぎくらいしかでけへん。京都の病院へ運ばんとあかん」

「何やて、この役立たずが！　とりあえずでも何とかせんかい」

徳三が医者の胸ぐらをつかみ、田所が驚いて止めた。

「あ痛《いた》た、無茶言うな。とにかく助けたいんやったら、一刻も早《はよ》う京都の病院へ行かんと」

医者は後ずさりしながら、もう責任はないとばかり手を上げた。一同は顔を見合わせた。

「京都へて……どないしたら」

担架で京都まで行くのは到底無理だ。徳三は途方に暮れた声を出した。

「荷車に乗せて、馬に牽かせましょう」

田所が思い付いて言った。草壁は首を横に振った。

「時間がかかり過ぎる。かと言って馬を走らせたら、振動で傷が開く。しかも雨の中だ」

「しかし、汽車は朝までないし他に手段は……」

「何を言うとる。お前ら、それでも鉄道の人間か」

井上の叱咤の声が飛んだ。一同は驚いて井上を見た。

「まだ十二時じゃ。京都駅に居る機関車は、十一時過ぎまで車両の入換《いれかえ》のために動かしちょる。火は落としておらんじゃろ」

村内駅長が、あっという顔になった。

「もしや局長、列車を……」

「おう、その通りじゃ」井上は、村内にニヤリとして見せた。

「京都駅にすぐ電信を打て。機関士を叩き起こして臨時列車を出すんじゃ。中等車一両だけでええ。途中は無停車《ノンストップ》で来させい」

「は、はいっ、承知いたしました」

村内は敬礼すると、待合室を飛び出した。

「そんなことができるんですか」

さすがの草壁も、それは考えていなかったようだ。度肝を抜かれた顔をしている。井上は振り向いて笑った。

「できるとも。儂を誰じゃと思うちょる」

第七章　特別臨時急行

京都駅へ電信で臨時列車の手配と病院への連絡を指示した後は、大谷駅待合室に居る面々はただ待つしかなかった。井上と村内は、駅長室で各駅への電信連絡を続けている。六輔は意識を失ったままで、時折り傷が痛むのか呻き声を上げた。駅に用意されていた包帯を巻いたが、それ以上できることはなさそうだ。徳三は六輔の手を握り、「大丈夫や。助けたる。必ず助けたる」と、うわ言のように繰り返していた。

草壁はランプと傘を持つと、もう一度火薬小屋を見て来ると言って出て行った。じっと待つより、何か少しでも手掛かりを、と思ったのだろう。だが、三十分も経たないうちに引き上げてきた。顔色からすると、空振りに終わったようだ。

「何も出ませんか」

小野寺が聞くと、草壁は「駄目だな」と呟くように言った。

「二人を刺した匕首《あいくち》や錠前を壊した大槌はもちろん、役に立ちそうなものは見つからなかった。明るくなったらもう一度調べてはみるが、期待はできん。権治の死骸を改めて見たが、やはり後ろから忍び寄っていきなり刺したようだな」

「ということは、初めから殺す気だったんですね」

「権治は大柄で腕っぷしも強い。取っ組み合いになると厄介だ。犯人は、どうしても火薬を盗むのを邪魔されたくなかったと見える」

そこまで言ったとき、汽笛が響いてきた。全員がはっとして、それを合図に列車を迎えようと待合室から出て行った。井上と村内も駅長室から出て来て、皆と揃ってホームに出た。

井上の指示通り機関車と中等車一両だけで編成された臨時列車は、篠突《しのつ》く雨を衝《つ》いてホームの所定位置まで来ると停止した。駅員が駆け寄り、連結器を外す。機関車はすぐさま動き出し、客車の反対側に連結し直すため、機回し線に入った。

「ありゃ……あいつか」

井上がちょっと驚いたような顔で機関車の運転台を指した。そこでハンドルを握っているのは、あのカートライトだった。

「へえ。こんな夜中の運転は契約外だと騒ぎそうなのに、奴《やっこ》さん、よく出張《でば》りましたね」

村内駅長も妙に感心した様子で、懐中時計を覗いた。

「京都発車後、三十二分です。所定より九分短縮、無停車とは言え、やりますな」

「まあ腕は確かじゃが、何と言いよるかのう」

機関車は駅の本線に並行して敷かれた機回し線を使って京都側に回ると、再び前進して客車と連結した。連結を確認すると、カートライトは運転台を降りて、帽子から雨水を滴らせながらつかつかと井上に歩み寄った。

「局長殿。怪我人を運ぶと聞いたので、異例中の異例だが運転に同意しました。怪我人はどこです」

カートライトは、何の飾り気もない口調でそれだけ言うと、井上が示した待合室に入った。徳三が振り向いた。すぐに機関士だと気付いたのだろう。縋《すが》るような目を向けてきた。カートライトは六輔の様子を見ると、さすがに一瞬、ぎょっとした表情になった。が、ひと言も発せずくるりと背を向けると、急ぎ足で運転台に戻った。

「おい、何をしとる。早く怪我人を客車に乗せろ」

井上が急かし、技手と駅員たちが担架を持ち上げた。外で、カートライトが駅員に何か怒鳴っているのが聞こえた。

「どうした。奴は何か文句を言うちょるか」

駆け戻った駅員に、井上が心配して聞いた。ここで機関士に臍《へそ》を曲げられては一大事だ。だが、駅員は心配とは全く違うことを言った。

「はい、車内にクッションを分厚く敷け、とのことです。スピードを上げると揺れが激しくなるので、怪我に良くないから、できるだけ怪我人に伝わる振動を和らげろ、と」

井上の眉が上がった。

「なるほど。そりゃ当然じゃ。おい、ありったけの布団を持って来い」

駅員たちは大急ぎで宿直室に行って、あるだけの布団を中等車の床に敷くため担ぎ出した。敷き終わると、徳三と宮園と草壁の三人が、六輔をできるだけそっと担架から下ろし、布団の上に横たえた。

「よし、平田君と、ええと宮園、君も一緒に乗って行け。頼むぞ」

命じられた宮園は、はいと答えて包帯とさらしを摑むと、中等車に乗り込んだ。出血がぶり返したときの備えだろう。徳三は、ずっと六輔の手を握り続けている。

運転台からカートライトが叫んだ。

「駅長、よろしいか」

「よし、出発してくれ」

カートライトは頷き、懸命に石炭をくべている久保田火夫に向かって指示を叫ぶと、前方の出発信号機の進行現示《げんじ》を確認して、汽笛を鳴らした。ブレーキを解除し、加減弁《かげんべん》ハンドルを引くと、機関車はしゅうっと力強い音を発して動き出した。全員が祈るように、その出発を見送った。ホームを出切ると、列車は普段と違う勢いで速度を増し、忽ちカーブを曲がって消えて行った。

列車が行ってしまうと、誰もがほっと力が抜けたようになった。小野寺も、何だか肩の荷が下りたような気がして頰を緩めた。

「なあ、儂は英語なんかさっぱりわからんけど、あの英国人、最後に罐焚《かまた》きに何て言うとったんや」

植木が近寄って来て、小野寺に聞いた。「ああ」と小野寺は頷く。

「カートライト機関士は、京都まで二十二分で行く、本気出すから気合入れろ、って、発破《はっぱ》をかけたんですよ」

「二十二分って、大丈夫かな。この雨の夜中に所定より十三分も短縮するなんて、いくら身軽で下り勾配とは言え、無茶じゃないか」

横で聞いていた村内が、心配になったようだ。が、井上が打ち消した。

「奴のことじゃ。確信がないのに無茶なことはせんじゃろう」

それから、苦笑を付け加えた。

「あいつ、あんな高い給金を取っておいて、今まで本気出しとらんかったんか」

「でも、ひと言も文句は言いませんでしたね」

小野寺が言うと、「確かにな」と井上が応じた。

「あの英国人も、漢《おとこ》や、ちゅうこっちゃな」

植木が線路の先を見つめながら、何か感じ入ったように言った。


「それで、落盤の原因についてでありますが」

雨の止んだ翌朝、工事事務所で国枝がまず言った。

「誰かの故意によるものではありません。トンネル上部が地圧で崩壊したという、最も単純な落盤です。想定よりも土質が軟らかかったのを、掘りやすいものでつい進み過ぎたのです」

「支保工も問題なかったのですね」

「ええ。そもそも、崩れた部分はまだ支保工が仕上がっていませんでした」

草壁が念を押した。

「そうか。妨害ではなかったか」

井上は天井を仰いだ。とりあえず妨害工作による事故ではなかったことで一息ついたのだろうが、落盤が起きて四人の死者が出た事実は変わらない。自然の事故であれば、その責めは井上以下、工事を進めている鉄道局が負わねばならなかった。

「わかった。貫通まではもう遠くない。これ以上大きな事故が起こらんように、皆、一層気を引き締めて事に当たってもらいたい」

技手たちは揃って姿勢を正し、承知いたしましたと頭を下げた。

そこへ村内駅長が入って来た。手に電信の用紙を握っている。皆の視線が注がれる中、村内は通信文を井上に差し出した。

「局長閣下、京都駅からの電信です。昨夜臨時列車で運んだ怪我人は七条《しちじょう》病院に運ばれ、手当ての結果、命はとりとめたそうです」

「おお、そうか！　助かったか。臨時列車を出したことが報われたな」

井上は通信文をひったくるようにして目を通すと、満面に笑みを浮かべた。草壁も安堵の溜息をついた。

「これで六輔が犯人を見ていれば、万事めでたしですね」

小野寺がついそう言うと、草壁は表情を引き締めた。

「それは何とも言えん。あのときの暗さでは、正直望み薄だろう。それより、いまは六輔の命が救われたことを喜ぼうじゃないか」

「あ、そうでした。すみません」

小野寺は、浮かれかけた気分を抑えて唇を引き結んだ。六輔は助かったが、権治の亡骸は資材置場の小屋の一つに運び入れられてそのままだし、盗まれた火薬がどうなったかもわからないのだ。

村内は報告の役目を終えると、すぐに出て行った。入れ替わりに、昨夜の現場の張り番を務めている坑夫の組頭がやって来た。

「あのう、旦那方。巡査が来ましたが」

昨夜の事件のことは、夜が明けてすぐに使いを大津警察署に走らせて通報していた。さすがに殺人とあって、警察もすぐに動き出したようだ。

工事事務所を出ると、ちょうど有村十等警部が制服の巡査三人を連れて着いたところだった。

「おはようございます。有村警部、ご苦労様です」

「いや、どうも。殺しでごわすか。ちと大ごとになりもしたな」

他人事《ひとごと》みたいに言わないでほしいなと小野寺は思ったが、顔には出さない。

「そいで、ホトケは」

「こちらです、どうぞ」

国枝が先に立ち、有村一行を資材置場に案内した。草壁や技手、組頭らも加わって、十人以上の一団が出来上がった。何かの興行みたいだと小野寺は不謹慎な感想を持った。

「ふむ、なるほど。後ろから匕首で刺されちょる。二カ所じゃな。ふむ」

筵をめくって権治の死骸を検《あらた》めながら、有村がぶつぶつと呟いた。

「二刺し目が致命傷じゃな。振り向いて抗《あらが》う余裕はなかったと見える。もう一人の大怪我した方も、後ろからか」

「ええ。そっちは脇腹を深く一突きです」

草壁の答えに、有村が頷いた。この有村も、無能ではないようだ。

「意識が戻ったら、京都の病院へ誰かやって話を聞かにゃならんな。おい、こん男が死んじょった場所の周りを調べてみい」

有村の指図に、三人の巡査は周囲の地面を調べ始めた。しかしそこは昨夜の雨で水浸しになっており、何か犯人を示すようなものが改めて見つかるとは思えなかった。

「火薬樽は、六つなくなったとじゃな」

「そうです。小屋の錠前が叩き壊されています」

「よし、そっちは後でゆっくり調べる。こん権治は、鉄道にずっと反対しちょった男じゃ。そいが何で、夜の夜中にこげん場所におったとか」

「それはですね……」草壁は、徳三から聞いた事情を話した。

「ふうん、自腹で不寝番《ねずばん》か」

有村は顎を掻いた。

「これが一連の工事妨害の流れじゃとすっと、やはり鉄道反対派は妨害の犯人ではなかった、ちゅうこつになる。とすると、怪しいのは工夫じゃのう。銀山の連中は、そん気になれば火薬なんぞいつでも盗み出せるはずじゃ。うん、こいは、待遇に不満のある工夫どもの仕業じゃろう。おいが前に言うた通りでごわはんか」

有村は、自分の予想通りとばかり得意げな顔になった。そのとき、後ろから声がした。

「そんなに早《はよ》う決めつける、ちゅうのはどうかのう」

むっとした有村が振り向いた。警部たる自分に異を唱えるのは誰かとばかり、声の主を睨みつける。

「何じゃ、おまんさぁは」

筒袖に脚絆、首に手拭いという工夫姿の相手に、有村は目を怒らせた。だがその相手は、ひるむ様子もなくニヤニヤしている。

「しばらくじゃのう、有村警部」

「何じゃと、偉そうに……」

言いかけた有村が言葉を呑み込み、口を開けたまま目を一杯に見開いた。それから、弾かれたように背筋を伸ばして直立し、敬礼した。

「こっ……こいは局長閣下。ご無礼申し上げましたッ」

「なあに、そうかしこまらんでええ。今日はご苦労じゃの」

井上はそう言って悪戯っぽく笑った。有村はまだ目を白黒させている。工部少輔を兼ねる井上は官吏の最上級である勅任官《ちょくにんかん》で、警察の頂点に立つ川路《かわじ》大警視と同格だ。判任官の一番下っ端である十等警部からすれば、遙かに仰ぎ見る存在なのである。

「それにしてもその、局長閣下、どうしてまたそげな格好を」

「うん？　この服装か。ここは工事現場じゃぞ。これが一番、ふさわしかろうが」

「ハア、それはまあその、そうですが……」

有村はしどろもどろになっている。

「儂の格好なんぞどうでもよかろう。それより調べの方じゃ。必要なことがあれば、何でも協力する。じゃからひとつ、丁寧に調べてやってくれ。頼むぞ」

「はッ、無論でごわす」

有村が再び背筋を伸ばして力強く答えると、井上は軽く頷いて鶴嘴を持ち上げ、坑口の方へ向かった。またその辺で作業に加わるつもりらしい。井上が去ると、有村は離れていてもわかるほどほっとして、肩の力を抜いた。

「有村警部、権治の遺体はもう運んでもいいですかな」

国枝が後ろから声をかけると、有村は我に返ったようにびくっとした。

「あ、ああ、結構。おい、権治の家は大津の札《ふだ》ノ辻《つじ》の方じゃったな。女房子供は居《お》っどか」

有村は巡査の一人に尋ねた。巡査は首を振る。

「いえ、独り者です。寺は峠の下のところで、墓もそこですから、弔いは寺の方で段取りするようです」

「そうか。嘆く家族が居らんのは、幸いじゃったかも知れんの」

棺桶を積んだ荷車が現場に入って来た。運び出される権治に手を合わせながら、国枝が呟いた。

「この三日で死者が五人だ。何だか祟《たた》られているような気がする」

「落盤はもう嘆いても仕方がないでしょう。何より、一連の妨害でついに殺しが起きたんです。手口がだんだん荒くなってる。奴ら、焦り始めてるのかも知れません」

肩を落としていた国枝が、草壁の言葉にはっとして振り返った。

「焦る？　何に焦っていると」

「トンネルの貫通は、もう遠くないんでしょう」

「あ……そういうことか。妨害を仕掛けた奴らは、何としてもこの工事を完成させないつもりなのか」

国枝の顔が曇った。

「草壁さん、そうすると、奴らは盗んだ火薬を使ってこの現場を爆破するくらい、やりかねんというわけですね」

「何ね？　奴らちゅうのは何者じゃ。何か、心当たりでもあるのか」

有村が話を聞きつけ、割って入って来た。

「いや、奴らが何者かはわかっていません。この工事を成功させたくない奴、というだけしかね」

「おまんは、工夫の仕業とは思ちょらんのですな」

「工夫を手先に使うぐらいはやるでしょうが、全体を企んだ誰かが裏に居るはずです」

「しかし、我々に成功してほしくないと思っている人々は居ますが、殺しや爆破のような荒事までやるとは考えにくいんですが」

国枝は困惑した様子で腕組みした。

「その、成功してほしくないち思うとるんは、誰ね？」

有村が興味津々という態度でさらに聞いた。

「それはですね。政治の話になります。まあ、井上局長のやり方が気に入らない人たち、とだけ申し上げましょう」

「ふうむ。そうでごわすか」

国枝が政治を持ち出した途端、有村の興味は萎《な》えたようだ。虎の尾を踏みそうな予感がしたのだろう。

「いずれにせよ、そうまでして工事を邪魔したい理由がもう一つ見えてこない。それさえわかれば、犯人を突き止めるのは難しくないように思います」

「そうかのう。おいは、やはり不満を溜めた工夫の仕業じゃち思うがのう。まあ、違うことを考えたいなら止めはせんが」

有村はそう言い置いてその場を離れた。確信がある、と言うよりそういう風に収めたい、と考えていることが、ありありとわかった。

「とにかく、爆破される恐れがあることを前提に、備えをします。信用できる工夫や銀山の連中を、張り番に立てます。有村警部にも頼んで、巡査に巡回してもらいましょう。火薬の隠し場所の捜索も続けます」

国枝が、きびきびと言った。そう、嘆いている暇はないのだ。

「工事も進めなくてはならないのに大変でしょうが、お願いします。私は、私なりのやり方で動きます」

「草壁さん、何か当てがあるのですね？」

そう問われたが、草壁は明確なことは言わなかった。

「まあ、思い付くことを順番にやるだけです」

草壁はそれだけ言って、首を傾げる国枝を残して駅の方へ向かった。

「草壁さん、私はどうも気になることがあるんですが」

草壁に追いついた小野寺は、そう話しかけてみた。草壁は、わかっているというように笑みを見せた。

「おまつさんのことかい」

「ええ、そうです。徳三さんや六輔さんが妨害の犯人ではないとすると、この前の火薬が消えた晩、徳三さんと六輔さんが資材置場に行くのを見た、というおまつさんの話は何だったんでしょうか」

「さあな。いろいろ考えられる。たまたま背格好の似た工夫だったのかも知れん。あるいは、今回同様、自分らが疑われるのが嫌で犯人捜しをしていたのかも知れん。いや、あの二人は実際に嫌がらせ程度の妨害はやっていて、あのときも資材置場に悪戯する気だったのかも知れん。まだまだ解釈はあるぞ」

草壁は次々に並べ立てて見せたが、本気でそう思っているのか、表情からはよくわからない。肩透かしされているようで、小野寺は不満だった。

「ところで、どこへ行くんです」

「うん、吉兵衛さんに会ってみようと思ってね」

「え？　野山吉兵衛さんにですか」

「徳三さんも六輔さんも京都の病院だ。吉兵衛さんに話を聞くには、ちょうどいいじゃないか」

確かに邪魔が入らなくていいが、野山に何を聞きたいのか。小野寺は首を振り振り、悠揚《ゆうよう》たる物腰で歩く草壁について行った。

駅から村への道を進み、野山家の畑のところまで来ると、畑から母屋の方へ、三人ほどが畦道を歩いているのが見えた。先に立つのは白髪の六十くらいと見える老人だ。だが、足腰はしゃんとしている。これが野山吉兵衛だろう。後の二人は、小作か下働きの者らしい。休憩に戻って来たと見える。うまい具合だと思ったが、草壁はちゃんと時間を読んでいたに違いない。さっさと畦に上がると、大声で呼びかけた。

「あのう、野山吉兵衛さんですか」

三人が驚いたように足を止め、揃ってこちらを見た。

「そうじゃが、誰やな」

訝しげな顔で、吉兵衛が応えた。草壁は、気軽な口調で続けた。

「東京から来た、草壁と言います。そこの鉄道の仕事を手伝っています。ちょっとお話しさせてもらえませんかな」

「話?」吉兵衛が渋い顔になった。

「鉄道の者にする話は、ないのう」

ぷいと横を向いて行きかけようとするのに、草壁はさらに言った。

「昨夜《ゆうべ》のことはお聞きでしょう。徳三さんと六輔さんは、これまでも何も悪いことはしていない。それをはっきりさせなくてはならんのです」

吉兵衛の足が止まった。そのまま少し考えるように、動かなかった。後ろの二人は、ただ顔を見合わせて戸惑っている。やがて、吉兵衛が顔を向けた。

「まあ、入りや」

草壁と小野寺は、礼を言って畦道をつたい、吉兵衛について母屋へ入った。

「それで、どんな話ですかいな」

野山家は庄屋だけあって、官舎が三つくらい入りそうな広さがあった。草壁と小野寺は、村の人たちが来たときに使うらしい座敷に、吉兵衛と向かい合って座っていた。茶も出なければ座布団もなかった。

「単刀直入にお伺いします。八日前と七日前の夜中、徳三さんと六輔さんはこの家から出ていませんか」

八日前の夜中は火薬が最初に盗まれたとき、七日前はそれが戻されたときだ。吉兵衛は、眉間に皺を寄せた。

「徳三も六輔も、離れに住んどる。夜中に出て行ったかて、母屋ではわからん」

「徳三さんと六輔さんは、出かけていないと言っていました」

「そんなら、出て行かへんかったんやろ」

吉兵衛は、何でわざわざそんなことを聞くんだ、という顔になった。小野寺も首を捻った。草壁は、何が言いたいのだろう。

「そうですか」

驚いたことに、草壁はすぐ話を変えた。

「吉兵衛さんは、土地の買収のことで鉄道当局とはいろいろあった、と聞いています。やはり、鉄道はお嫌いですか」

直截《ちょくさい》な言い方に、吉兵衛は一瞬、草壁を睨んだ。だが、答えを拒みはしなかった。

「ああ、確かにいろいろあった。高飛車で、強引やったからな」

ふん、と鼻を鳴らした。買収の交渉をした相手のことは、いまも不快に思っているようだ。

「そいでも、汽車が走り出すと、村の者は喜んだ。京都へすぐ行けるようになった、畑のもんを直に京都の市場へ持って行けるようになった、言うてな。儂はな、汽車が好かんちゅうより、強引に物事を進めよう、ちゅう奴が気に食わんだけや」

意外だった。吉兵衛は鉄道そのものを否定しているのではなかった。

「世の中が便利になるのは、悪いこっちゃない。それも時代や。せやけどな、便利になって得する者が居る一方で、迷惑蒙る者も居る。それを忘れたら、あかんのや」

「なるほど。おっしゃる通りです」

草壁が頭を下げた。逢坂峠で最初に会ったとき、徳三が言っていたこととほぼ同じだ。こうして吉兵衛から落ち着いた口調で語られると、まさしく正論だった。

「徳三さんも、迷惑を蒙った方、ということですね」

野山の表情が、僅かに曇った。

「確かにな。徳三の商売が立ち行かんようになったんは、蒸気船と鉄道ができて、客がそっちへ移ったからや。けどなあ、三十石船の問屋は、徳三のとこだけやない。みんながみんな、落ちぶれたんかと言うたら、そんなことはあらへん。うまいこと立ち回って、商売替えして成功しとる者もようけ居る。徳三は、先を読み損のうたんや。それはあいつも、ようわかっとる。それでも、何代も前から続いてた店を自分の代で潰したんや。誰かのせいにせんと、やり切れんのやろ」

そういうことか。小野寺は納得した。と同時に、徳三に同情したくなった。小野寺自身は貧乏御家人の倅だが、周りにはもっと高い身分だったのに落ちぶれた旧幕臣も居て、何かというと新政府をこきおろしていた。彼らも、誰かのせいにしないと自分を納得させられない連中なのだ。

「徳三はの、弱い男や。ここに居っても、鉄道への恨みを吐くばっかりで、もう一旗揚げようちゅう気概はありゃせん。あいつには力ずくで鉄道工事を潰したろ、なんちゅうことは、口で言えてもほんまにはようせんのや。そういう奴なんや」

結局、徳三や六輔には工事の妨害、まして火薬を盗んだり、殺しに手を染めたりする度胸はなかったのだ。小野寺は草壁の目を見た。驚きは見えない。草壁には、初めからわかっていたのだろう。

「よくわかりました」

草壁は吉兵衛を安心させるように、ゆっくりと頷いた。そして、また唐突に話を変えた。

「ところで、峠屋のおまつさんのことですが」

「え?」

急に思わぬ方向へ話が行ったので、吉兵衛は一瞬、ぽかんとした。

「おまつさんは、先斗町の芸者だったと本人から聞いています。あなたもお客だったとか」

「ああ、そうや。客として行った。せやけど、ご覧の通りの田舎の百姓や。そないに何べんも先斗町へ行ける金なんぞあらへん。京都で商売やっとる知り合いに誘われて、三べんか四へん、行っただけやで」

「三、四回ですか」草壁は首を傾げた。

「おまつさんは、あなたを頼ってこの村へ来たわけではなさそうですね」

吉兵衛が笑った。

「儂にそんな色気のある話が来るかいな。おまつはなあ、ここへ来たい理由《わけ》があって、たまたま儂がここで唯一の知り合いで、しかも駅の周りの土地を持っとったから、それで頼み込んで来よったんや」

「その理由なんですが、詳しい話はしていませんでしたか。実は私も、聞き出そうと思って峠屋に二、三度通ってみましたが、駄目でした。はぐらかされましたよ」

そうか、と小野寺は思い当たった。自分を置いて一人でおまつの店に行っていたのは、そのためか。吉兵衛は、警戒する目付きになった。

「何で理由を知りたいんや」

「こう言ってはなんですが、ここは先斗町の芸者が店を出すような場所じゃありません。荒くれの工夫たちが大勢入り乱れる、鉄火場のようなところです。しかも、工事が終われば工夫はいなくなる。どうしてわざわざここへ来たのかと、そりゃあ気になります」

吉兵衛は少しの間、草壁の顔を見つめていた。そして、色恋沙汰で聞いているのではないと納得したのか、知っていることを話し始めた。

「おまつ本人は、儂にもあまり詳しいことは言わなんだ。工事の間はここで居酒屋をやったら稼げると思うた、ちゅうんや」

「ふむ。で、あなたはそれは方便ではないかと思ったんですね」

吉兵衛の顔色を読んだらしく草壁が聞いた。吉兵衛は頷いた。

「あんたが言うように、先斗町の芸者がわざわざ来るとこやない。ちらっと言うとったんは、工事の現場によう知ってる者が居る、ちゅうことや。ことによると、こっちがほんまの理由かも知れん、て儂は思た。それで、例の京都の知り合いに頼んで、先斗町で聞き込んでもろたんや」

「やはり何か、先斗町であったんですね」

「ああ。おまつには、言い交わした男が居ったらしい。御一新前の話で、相手は薩摩のお侍やったそうや。けど、御一新の争いの中で命を落とさはったんやと。おまつはその後も芸者を続けとったんやが、三年前かなあ、新政府のお役人がおまつを気に入ってしつこう言い寄ったんや。おまつが撥ねつけて、えらい揉め事になってな、先斗町に居られんようになった、ちゅうこっちゃ」

「もしやここに居るおまつさんの知り合いとは、その薩摩の侍に関わりのある者ではないかと思っておられるんですか」

「その侍の身内か、侍を殺した仇か、そんなところやないか、と思うたんや。まあ、儂が思うとるだけの話や。何の証しもあらへん」

小野寺は、声を上げそうになったのを何とか抑えた。薩摩の侍に関わりのある者、だって？　草壁が気付き、何も喋るなと目で合図してきた。小野寺も、目で了解の合図を返した。

「喋り過ぎてしもたな。もうええか」

吉兵衛が、溜息をつくように言った。

「いや、もう充分です。助かりました。ありがとうございました」

草壁は畳に手をつき、丁寧に頭を下げた。小野寺もそれに倣った。吉兵衛は、ただ黙って礼を返した。二人は立ち上がり、縁先《えんさき》に出て辞去しようとした。そのとき、吉兵衛が思い出したように声をかけた。

「あのトンネル、とかいう洞穴やけど、いつ出来上がるんやな」

「そうですね。貫通までひと月はかからないでしょう。全部出来上がるのは一年ほど先でしょうか」

「ほうか」小野寺の答えを聞いて、吉兵衛は小さく頷いた。

「一年したら、ここも静かになるんやな」

誰に向けたのでもない、呟きが聞こえた。縁から庭先に下りた小野寺は、ちらりと吉兵衛の方を振り向いた。吉兵衛は、もう二人への関心をなくしたように悠然と座っていた。おそらくは、工事が終わって列車が大津へ走り出しても、そのずっと先の東京まで通じたとしても、この老人はここで何も変わらずに座っているのだろう。そんな気がした。

駅へと歩き、野山家から充分離れたと思ったところで、小野寺は草壁に話しかけた。

「草壁さん、薩摩の侍の縁者って……」

「ああ、わかってる。工事に関わってる中で薩摩者だとはっきりしてるのは、宮園君だけだ」

「まさか、宮園さんが……」

見当がついていると言ったのは、宮園のことだったのか。言いかける小野寺を制して、草壁が続けた。

「慌てるな。いまわかってるのは、おまつさんが昔の男の縁者を目当てにここに来たのかも知れん、それは宮園君かも知れん、それだけだ。いずれも推測だな。君が今恐れてるように宮園君が妨害に関わってるとしてもだ、なぜ、どんな経緯《いきさつ》でそんなことをするのか、というのを明らかにしない限り、解決はしないよ」

「はあ、それはまあ……」

そう言われると、何の証拠も持ち合わせないのは確かなので、仕方がない。

「だから、まだ局長にも国枝さんにも言うなよ」

「ええ、わかってます」

釈然とはしないが、言う通りにするしかないようだ。

「ところで、ちょっと気になってたんですが、吉兵衛さんとの話の最初に、徳三さんと六輔さんが夜中に家から出たかと聞いてから、すぐ話を変えましたよね。あれって、何か意味があったんですか」

「ああ、あれか」草壁は何でもない、というように軽く答えた。

「吉兵衛さんは、徳三と六輔を庇《かば》いだてして、家から出なかったと言い切ることもできた。だが、正直にわからないと答えた。それで、信用できる人だと思った」

「それじゃ、あの問いにどう答えるかで、その後の話が公平で信用できるものかどうか、見極めようとしたんですか」

「証言がそのまま信用できるかどうかは、大事なことだからね」

小野寺は、驚き呆れた目で草壁を見た。まったく食えない人だ。八丁堀同心とは、みんなこんな風だったんだろうか。そんな小野寺の視線に気付いているのかどうか、草壁は飄々《ひょうひょう》と歩き続けている。

第八章　大物登場

駅を通って工事事務所へ向かおうとして、小野寺は何か妙なのに気付いた。空気が、ぴんと張りつめているようだ。草壁もそれを感じたらしい。足が速くなった。

駅の引上線まで来ると、工事現場一帯に大勢の人が群れているのが見えた。作業をしているわけではない。よく見ると、坑口を背にした銀山の坑夫たちと、手前側に集まっている線路工夫たちとが向き合い、対峙《たいじ》する形になっている。工事事務所の前には、井上と国枝、宮園、田所に、有村警部までが困り果てた様子で立っていた。

「局長、こりゃあ何事です」

工夫たちの後ろを回って工事事務所に辿り着くと、真っ先に草壁が聞いた。

「おお、草壁君。ちと厄介なことになってな」

眉間に皺を寄せた井上が、草壁の顔を見て言った。井上が厄介と言うならよほどのことだ。

「ご覧の通り、銀山の連中と工夫連中が喧嘩になりそうなんです」

そう言う国枝の目は、眼鏡の奥で途方に暮れている。

「何でまた、そんなことに」

「権治が殺され、六輔が大怪我して火薬が奪われたことが、すっかり知れ渡りまして。これで鉄道に反対している奴らの仕業ではない、とわかったので、昨夜のことも一連の妨害も、銀山の連中と工夫たちが互いにそっちの仕業だろうと、誰からともなく言い出したんです」

「証拠もないし、やった理由もわからんのにか。馬鹿な」

「そんな理屈、通じやしません。もともと仲がいいとは言えない連中です。日頃の鬱憤《うつぷん》を晴らすいい機会だ、ぐらいに思ってるんでしょう」

「我々が何を言うても、聞く耳持たんという始末じゃ」

井上が、ほとほと難儀だというように首を振った。

「植木さんと稲村さんは、何をやってるんです」

「呼んだんですが、あの二人にも止められんようで。稲村さんなんか、匙《さじ》を投げてさっさと消えちまいましたよ。そうなると、植木さんは騒ぎを止めるより仲間を守る方を選びますから」

見回すと、植木の姿は銀山坑夫たちの中央に見えたが、確かに稲村の姿はない。組頭の市助が工夫の最前列に居たが、こちらも止めるより先頭に立って殴りかかる構えだ。

これはまずい。小野寺は青くなった。今は睨み合っているが、ほんのちょっとした拍子で大乱闘になりかねない。ちょうど後ろで汽笛が聞こえ、十一時九分の汽車が到着したのがわかった。だが、銀山坑夫も工夫も、誰一人気にも留めていない。

「これ、数だけじゃ銀山の方が絶対に不利ですよね」

小野寺が草壁に囁いた。集まっている工夫の人数は、見たところ銀山の三倍以上だ。だが、草壁は賛同しなかった。

「数だけの問題じゃない。工夫の方は寄せ集めで、いざとなりゃ烏合《うごう》の衆だ。銀山の方は、みんな同じ山の仲間で結束してる。しかも命がけの仕事をずっとやってきてるんだ。争いとなれば、覚悟が違うだろう」

もっともな話だ。ならば、互角か。いや、銀山の方が強いかも知れない。見ればどちらも、鶴嘴や棍棒《こんぼう》や大槌を持っている。乱闘になれば、流血沙汰は避けられないだろう。

「警部、何とかならないですか」

「おい一人でどげんせいちゅうんじゃ」

有村は人数を見て完全に腰が引けている。確かに、集団になれば警察の制服を見て恐れ入るようなことはあるまい。

「今、本署へ応援を呼びに行っとる」

「応援って、大津からじゃ二時間はかかるでしょう。そんな悠長な」

前列の工夫たちが、じりっと動いて間合いを詰めた。まずい、いよいよやる気か。何とか止める方法は……。

「こらあっ！　お前ら、何をやっちょるんじゃ」

いきなり後ろから、割れ鐘のような声が轟《とどろ》いた。工夫たちも、工事事務所の面々も、揃って一斉にその声の方を向いた。

振り向いた先に、立派に髭を生やした羽織袴の偉丈夫《いじょうぶ》が立っていた。洋装、和装の男たちを四人ばかり従えている。初めて見る連中だった。おそらく今着いた汽車で来たのだろう。その姿を見た井上の顔が、ぱっと明るくなった。

その人物は、井上たちに軽く目礼すると、つかつかと工夫たちの方へ歩いて行った。まさに威風堂々、恐れを微塵も感じさせない。彼に従っていた四人は、止めようともせずおとなしく待っている。こんな場面はよくあること、とでも言いたげだ。工夫たちの何人かが、気圧されたのか数歩退《しりぞ》いて道を開けた。

「どういう気じゃ。これだけの人数寄り集まって、喧嘩しようちゅう肚《はら》か。何が気に入らんのじゃ」

工夫たちをねめつけ、また大声で怒鳴った。工夫の代表らしいのが進み出て、何事か言った。おそらく、続けて起こった事件とその犯人について、今までの鬱憤も加え、自分たちの思っていることを述べ立てたのだろう。だが、それは相手を怒らせたようだ。

「何を言うとるんか！　犯人捜しがお前らの仕事か。浅知恵を使いおって、見当違いも甚《はなは》だしいわ。ええか、お前らは工事をするんで給金を貰《もろ》うとるんじゃ。工事より喧嘩がしたいんなら、とっととこの現場から出て行け！」

そこまできつく言えるとは、工夫らに相当顔の利く人物らしい。その男は、さらに続けた。

「ええかお前ら。儂の請け負うた現場で、こんなことは断じて許さん。よう覚えとけ」

ゆっくり力強くそう宣言すると、工夫たちは誰一人言い返せなかった。その男は、もう一度じろりと工夫たちを睨んでから、坑口に集まった銀山の坑夫たちに向き直った。その中から植木が姿を現し、前に出た。男は、植木に向かって言った。

「そういうことじゃ。ここはこれで、収めちゃれ。どうしても気に入らんちゅうなら、この儂が話を聞く」

植木が、わかりました、ほな、これで終《しま》いにしますわ、と応じた。どうやら相手の男をよく知っているようだ。植木は振り向いて坑夫たちに、戻れと手で合図した。坑夫たちは踵《きびす》を返し、トンネルの中へと引き上げて行った。

「ようし、お前らも仕事に戻れ」

最後に男がそう怒鳴ると、ほんの少し間を置いてから、工夫が一人、また一人と動き始めた。やがて、ばらばらと全員が動き出し、大乱闘寸前と思われた睨み合いは、潮が引くように消え去っていった。あの市助も、不服そうな顔のまま引き上げた。

工夫たちが皆解散するまで仁王立ちになって睨み続けていた男は、ようやく肩の力を抜き、工事事務所の前に並んでいる井上たちのもとに歩いて来た。

「いやあ、どうも井上さん、お騒がせしましたのう」

「おお、藤田さん、いやいや、おかげで助かった。まさに時《とき》の氏神《うじがみ》、いや地獄に仏かのう」

「ははっ、神と仏の両方ですか。恐れ入りますわい」

藤田と呼ばれた男は、呵々《かか》と笑った。そこで井上が気付き、草壁と小野寺を紹介した。

「こっちは東京から一連の事件の調べに儂が頼んで来てもろうた、草壁君じゃ。それと、草壁君の助手役で技手見習いの小野寺じゃ。草壁君、こちらは藤田商店の藤田社長じゃ」

「どうも、藤田です。鉄道局にはいろいろお世話になっちょります。これはうちの工事部と庶務部の者です」

藤田は後ろの四人を手で示しながら、そう挨拶した。ああ、これが噂に聞く関西実業界の大立者、藤田伝三郎か。小野寺は改めて礼を返しながら、それでこその貫禄だと得心がいった。近くで見ると、意外に若い。おそらく井上局長と同年輩くらいだろう。確か、出身も同じ長州だったはずだ。

「いや、たまたま京都に用事があったんですが、井上さんがここに来ておられると聞きましてな。せっかくじゃし、ちょっとご挨拶をと思って来てみたんじゃが、どうもいいところに来合わせたようで」

「いやまったく有難い。儂らだけじゃ到底収めきれんかった」

「あんたが有名な藤田さんでごわすか」

置き忘れられかけていた有村警部が、首を突っ込んだ。

「いかにも藤田です。警察のお人も居られましたか」

「大津警察の有村でごわす。いや、本署に呼びに行った応援隊が駆け付けちょれば、おいらだけで工夫の揉め事なぞすぐ片付けたんじゃが、間に合わんでな」

「さて、それはどうですかのう。巡査の言うことなんぞ聞く連中やないし、力仕事をやっとるから十人や二十人では抑えられやせんと思いますがの」

あっさりいなされて、有村は憮然とした。藤田の言う通り、応援の巡査が十人やそこら来ても、効き目はなかったろう。

「まあ、狭いが入ってくれ」

井上は藤田の一行を事務所に招じ入れた。やはり皆が入れば相当窮屈である。有村はお呼びでないと思ったのか、おいは署に戻る、念のため巡査を二人残していく、また何かあったらすぐ報せるようにと言って、さっさと帰って行った。

「実は、ちっとばかり面倒なことが起きちょる」

全員が肩を寄せ合うようにして卓を囲んだ。椅子が足りないので、藤田商店の社員は立ったままだ。小野寺は、横目でちらちらと宮園を見た。さっき吉兵衛から聞いた話は、まだ言うわけにはいかない。

「井上さんが面倒なこと、と言うとは穏やかじゃありませんのう」

真剣な顔になった藤田に、井上はこの十日ほどの間に起きた事件を語って聞かせた。藤田の顔が、次第に険しくなった。

「落盤は残念じゃが、純粋な事故じゃったんですな。しかし、火薬が盗られたちゅうのは、いかんですな」

藤田は国枝の方を向いた。

「量はどれほどです」

「ざっと六百ポンドです」

藤田が眉をひそめた。

「多いですな。相当な量を置いてあったんですか」

「ええ。岩盤がもっと固いと思っていたので、多めに用意していたんです。実際は思ったより掘り易くて、火薬はさほど使わずに済んでいたもので……」

ここに来てそれが徒《あだ》になるとは思わなかった、という嘆きが混じっていた。

「六百ポンドでどれほどのことができますかな。例えば、トンネルを崩せますか」

「そうですね、こういう地質ですし、やり方によってはかなり広範に崩すことはできると思います。丸ごと崩壊させるのは無理でしょうが」

「ふーむ……」藤田は腕組みをし、少しの間考え込んだ。

「それで、何者の仕業か見当はついておるんですか」

小野寺はぎくりとし、目を動かして草壁と宮園の様子を交互に窺った。草壁は眉ひとつ動かさないし、宮園は初めからずっと心配げな表情を浮かべたままだ。小野寺の眼力では、何も読み取れなかった。今のところ、小野寺の知る限り宮園がやったと言えるような証拠は全くない。単におまつと縁がある、というだけで事件とは無関係ということもあり得るか。いや、ならばおまつの徳三についての証言は何なのだ……。

「まだ、五里霧中ですな」

草壁が初めて口を開き、小野寺はさっぱり整理できない頭を押さえて耳をそば立てた。

「のう藤田さん、気を悪うせんでほしいんじゃが……」

井上が言いにくそうに切り出した。藤田はすぐにその意を察したらしく、自分の方から先を続けた。

「うちの用意した工夫連中のことですな。ご懸念は、わかっとります。実際、工夫は頭数を揃えるのにちっと無理をしとる。じゃから、無頼の者も相当混じっちょる。金で転ぶ奴は、なんぼでも居るでしょう。申し訳ないが、それが正直なところです」

藤田はそう言って深く頭を下げ、逃げも誤魔化しもしなかった。とは言え、自分の集めた工夫が犯人ということも充分あり得るとあっさり認めるのは、請負業者として無責任ではないかと小野寺は思った。だが井上は、藤田を責めなかった。

「いや、最初から何かと無理を言うてきたんはこっちじゃ。それはようわかっとるんで、頭を上げて下さい」

「済まん。稲村の奴が、もうちっと使えるかと思うたんじゃが、見込み違いじゃった」

「それより、こんな騒ぎですっかり言うのが遅うなってしもうたが、江口君は気の毒じゃったのう」

「おお、江口のことですか」

藤田がいかにも残念そうな顔になった。

「なかなか目端《めはし》の利く男で、期待しとったんじゃが、あんなことで死んでしまうとはのう。人の運命ちゅうのは、わからんもんじゃ」

「ほんに、のう」

江口の死が殺人であったことは、井上も草壁もこの場で言うつもりはないらしい。

「それで江口の後任の者じゃが、明日、ここに来る。延谷新平《のぶたにしんぺい》ちゅう男じゃ。こいつもまず仕事はできるんで、よろしゅうお願いします」

「おう、それは有難い」

「工夫の束ねの方も、稲村より使えそうな者を探してみましょう。こっちは時間がかかるかも知れんが」

「そっちのことはお任せする。お互いいろいろ大変じゃが、もう一息じゃ。とにかくこの工事を無事に終わらせるよう、皆で踏ん張ろう」

藤田を始め、その場に居た一同が改めて井上の言葉に頷いた。

「さて、では私は現場をひと回りさせてもらいます。さっきのこともあるんで、ちっと引き締めてやらにゃあならん」

「うん、お願いする」

それを潮に、皆が立ち上がった。井上は時計を見て言った。

「藤田さん、十二時四十六分の汽車に乗んなさるか」

「いや、ちょっとせわしいんで二時二十分のにします」

「そいじゃあ、乗る前に握り飯でも用意させるから、食うて行け。駅長室で待っとるから」

そう言いながら井上は、藤田に何やら目で合図を送った。それに気付いた小野寺は、ははあ、列車に乗る前に何か内密の話があるんだな、と理解した。

「そりゃあ、恐縮ですな。では、後ほど」

井上の合図を読み取ったらしい藤田は、そう言い置いて社員を連れ、事務所を出て行った。井上の方は、さっと室内を見渡して、国枝ら技手たちが現場へと出て行ったのを確かめてから振り向き、草壁と小野寺に声をかけた。

「君らも後で駅長室に来てくれ。一緒に話を聞いといてもらう方がええ」

小野寺は少なからず驚いた。井上と藤田の密談に、自分たちがどう関わるのか。だが、草壁は予期していたらしく、全く動じずに「承知しました」と返事した。


藤田が駅長室に来たのは、一時半を少し過ぎた頃であった。井上と草壁と小野寺は、用意させた握り飯を並べた卓の前で待っていた。村内駅長は所用で京都駅へ出向き、不在だった。

「おう、すまんのう。ま、座って飯でも」

井上が勧めた椅子に腰を下ろすと、藤田は早速握り飯に手を伸ばした。

「有難い。遠慮のう頂戴します」

一口頬張ってから、井上に先んじて藤田の方から聞いた。

「東京の方は、落ち着きましたか」

「まあ、そう簡単には行きゃあせん。この大津線は起業公債《きぎょうこうさい》も無事払い込まれて、百三十三万円ちょっとの予算を付けられたが、問題はこの後の敦賀線《つるが》じゃ。とりあえずこの前の起業公債から八十万円付けてもらっとるが、無論そんなもんでは足らん。ここへ来て工部卿の聞多さんが、塩津《しおつ》と敦賀の間に鉄道を引いても採算が合わんちゅうて、これ以上公債を出すのを渋っちょる。儂ゃあ、塩津やのうて米原《まいばら》まで引っ張れば、算盤《そろばん》は合うと思うとるが」

井上は握り飯を持ったまま、盛大に溜息をついた。塩津は琵琶湖《びわこ》の北岸である。そこから開港場の敦賀までの鉄道は、京都―大津間の次に建設する路線として準備に入っていた。しかし莫大な予算を消費する鉄道建設については、政府部内に慎重論が根強く残る。工部卿も慎重派であった。井上は、既に開通した鉄道の運営と大津線の建設工事に加え、そうした慎重論とも闘わねばならないのだ。苦労の絶えない仕事だ、と小野寺は畏敬と同情をもって井上を見つめていた。

「先日東京へ戻られたのも、その話を詰めるためですな」

「うむ。最初の火薬騒ぎでゆっくりできんようになったがの」

「工部大輔《たいふ》の山尾さんは、やはりまだ鉄道より道路が先、と言うとられますか」

井上は苦々しげに唇を嚙んだ。

「そうなんじゃ。敦賀線は棚上げにして、地方の諸県の道路をまず何とかするべきじゃ、と強く言うて回っとる。理屈はわからんでもないが、荷車と列車では輸送力が段違いじゃ、ちゅうことを山尾さんはようわかっとらんようじゃ」

「ふーむ」藤田は腕組みをして唸った。

「予算は簡単には付きそうにないですか」

「もともと貧乏なところへ、西南の役で大金を使《つこ》うてしもうとるからな。外国から金を引っ張る手もまだある、ちゅうて耳打ちしてくる奴も居るんじゃが……」

そう言いながら井上は苦笑する。

「前に私募債《しぼさい》で味噌を付けたからのう」

「ああ、ネルソン・レイの話ですな」

藤田は訳知り顔に頷いたが、事情を知らない草壁は怪訝な顔をした。

小野寺はいくらか知っている。新橋―横浜間建設のとき、費用を調達するため英国公使に紹介されたレイという人物に私募債の募集を依頼した。が、どうした行き違いかレイは日本国公債として募集をかけ、しかも日本側が支払う金利一割二分より低い九分の金利だった。金利の差額はレイの懐《ふところ》に入る寸法だ。詐欺《さぎ》とかではなく、日本側の不慣れとレイの抜け目なさによるものだが、これでは責任問題になってしまうので、すったもんだの末、なんとか契約解除に持って行ったのだ。井上はこの件には通訳として関わっただけで、責任者は伊藤博文と大隈重信《おおくましげのぶ》であるが、井上の頭にも苦い教訓として残っているはずだった。

「英国人は、日本の鉄道は金になる、と思うちょるんですな」

「それだけに、うっかりしておると骨までしゃぶられる。建築師長やったモレルみたいな立派な者も居るが、英国商人には油断がならん」

モレルは新橋―横浜間の建設を指揮した英国人で、開通を待たずに日本で死去したが、高潔な人柄を井上は尊敬してやまず、いまも度々話題に上らせていた。

「英国だけやない。アメリカからも金を出しちゃろう、ちゅう話が来とる。じゃがこっちは、鉄道敷設権の一部を代わりに寄越せ、ちゅうんじゃ。話にならん」

「ははあ、徳川幕府が約した話を、まだ諦めちょらん奴ばらが居るんですな」

維新前、アメリカは幕府に鉄道敷設の話を持ちかけ、許可されていた。だがそれは、鉄道用地も施設も運営権も、全てアメリカの鉄道会社の所有になることを意味し、日本側には利益の一部が渡されるのみで、国内にアメリカ領ができるようなものだ。新政府になってからもアメリカ側はこの約定《やくじょう》の実行を要求したが、英国公使パークスの、鉄道は自前でやるべきだ、そのための援助はするという助言を容れ、突っぱねたのである。その後もアメリカは、英国ばかりに鉄道をやらせるのは不公平だと何度も文句を付けてきていた。

「いずれにしても、タダで金をくれるような奴はどこにも居らん。外国の連中は、皆それぞれの思惑があるんじゃ。乗っかると、えらい目に遭う」

井上は天井を仰いだ。

「ま、その辺は押しの一手で何とかなるじゃろ。三条太政大臣《さんじょうだじょうだいじん》に直訴っちゅう手もある」

そこで井上は口調を変え、ぐっと卓に身を乗り出した。

「それよりも藤田さん、ややこしいのは薩摩の連中じゃ」

薩摩、のひと言に小野寺は肩をぴくりと震わせ、草壁にまた睨まれた。

「知っての通り、西南の役で西郷《さいごう》さんがあんなことになったうえ、大久保《おおくぼ》卿まで暗殺されて薩摩の勢いはどん底に落ちた。薩摩もんは、儂ら長州もんに政府を牛耳られてはかなわんと、巻き返しを図っちょる。それは今に始まったこっちゃないが、どうもこの頃、嫌な動きをしとるようでの」

「嫌な動き、ですか」

「うむ。あんたは聞多さんとだいぶ深く付き合《お》うとるじゃろ。有《あ》り体《てい》に言うと、あんたを嵌《は》めて聞多さんとその取り巻きを一網打尽にしよう、ちゅう企みがあるようでの。内務省警視局が何か仕掛けにかかっとるらしい」

「ああ、そのことですか」

藤田はさほど驚かなかった。

「贋札《にせさつ》のことでしょう。井上工部卿と私が組んで贋札で大儲けしたちゅう噂が、一部で流れとる。警視局に密告した奴が居るようじゃ。根も葉もない話じゃが、利用しようと思えばできますからのう」

去年、国庫に納められた金から贋札が多数見つかり、大騒ぎになったことを言っているのだろう、と小野寺は思った。しかし藤田が無関係なのであれば、そんな大事件の濡《ぬ》れ衣《ぎぬ》を着せてまで長州の足を引っ張るとはどういうことか。小野寺は怖気《おぞけ》をふるった。政府内の薩長の勢力争いは、国民の知らないところで相当過激化しているようだ。

「知っとったか。さすがじゃのう」

政商である藤田の情報収集力は半端ではない。さすがの井上も舌を巻いたようだ。

「だいぶきな臭くなっちょる。足元に気いつけんと」

「わかってます。しかし、用心しても向こうがその気ならいつでも逮捕できるでしょう。警視局は薩摩の牙城《がじょう》じゃ。伊藤内務卿にも止められますまい」

「おいおい、そんな気楽に言うなや」

「なァに、無実なんじゃから証拠なんぞあるわけがない。捕まっても、何カ月も経たんうちに放免するしかなくなる。今度の話は、焦った薩摩の勇み足、ちゅうことになります」

藤田はとうに先を読んで、逮捕したければしてみろ、という気らしい。

「私より井上さん、そちらも充分気を付けんと。今後の鉄道建設の方針で工部卿や山尾さんらと長州の者同士で揉めて、仲違《なかたが》いでも起こしたらそれこそ薩摩の思う壺です。奴ら、それを狙《ねろ》うちょるかも知れん」

「ああ、そっちは心配せんでええ。何のかんの言うても、みんな国のためになることじゃと信じて、それぞれ主張をしとるんじゃ。長州もん同士で言い合いになっても、薩摩に付け入られるような真似はせん」

そこで井上は、困ったもんだというように首を振った。

「それにしても、せっかく御一新を成し遂げて、さあこれからこの日本を列強に好き放題されんような国にしていこうちゅうときに、薩摩だ長州だと、儂らはやっとることが小さいのう。こういうのを島国根性、ちゅうんかのう」

「人間ちゅうのは、頭では理想を掲げても、どうしても目先のことに振り回されますから。その中をうまく泳ぎ回った奴が上に行く。結局、幕府が新政府に代わっても、その辺は変わらんのかも知れませんな。人間の性《さが》、ですかの」

藤田の台詞に、井上がまた笑った。

「そんなら、儂はこれ以上は上に行けんのう。儂は鉄道のことしかわからん不器用者じゃからのう」

愚痴《ぐち》のようにも聞こえるが、それが幸せと本人は思っていることが、その顔からありありと窺えた。

「それから藤田さん、もう一つ言うておかにゃならんことがある」

井上はまた真顔に戻った。

「他でもない、江口君のことじゃ。ありゃあ、事故やない。殺しじゃ」

「何ですと？」

藤田にとっては不意打ちであったろう。呆然とした表情が浮かんだ。

「殺しとはどういうことです」

「この草壁君が証しを見つけたんじゃ。おい、話してやってくれ」

井上に促され、草壁は下等車内で見つけた血痕について藤田に説明した。話を理解するにつれ、藤田の顔が次第に険しくなっていった。

「いったい誰が、どんな理由で江口を」

聞き終えた藤田は、呻くように言った。

「まだわかりません。逆に藤田社長にお尋ねしたいのですが、国枝技手の話によると、江口さんは急遽《きゅうきょ》あなたに報告しなければならないことを見つけたらしいのです。その時点で、この現場には大きな異変はありませんでした。泊まりの予定を変えてまで急ぎ報せるべきこととは、何でしょう。お心当たりはありませんか」

草壁の問いに、藤田は即座に答えた。

「わからん。皆目見当がつかん。少々の異変があったとしても、それは現場で片付ける話じゃ。よほどのことがない限り、私への報告は月次の定例のものでええ。江口はいったい、何を見つけたんじゃろうか」

「残念ながら、国枝技手には手掛かりになるようなことは言っていませんでした」

「その見つけたもののせいで、江口は殺された、ちゅうことか」

おそらくは、と草壁が言うと、藤田はうーむと唸ったまま腕組みし、瞑目《めいもく》した。一同は暗澹たる気分に包まれ、そのまま黙り込んでしまった。間もなく一同の耳に、折り返し二時二十分発になる列車の汽笛が聞こえてきた。

「やはりと言うか、江口の件については藤田も全く心当たりがないようじゃの」

藤田を送り出してホームから駅舎に戻る途中で、井上が残念そうに話しかけた。

「仕方ありません。正直、藤田社長が何か知っているとも思えませんでしたから」

草壁としては予想通りだったらしい。すぐに話を変えた。

「局長、最初に言ったはずですがね。長州と薩摩の争いに巻き込まれるのはご免だと」

草壁は、なじるように言った。

「ああ、確かにそうじゃったな」

井上が悪戯っぽく笑った。

「しかしもう乗りかかった舟じゃ。諦めてくれ」

そう言ってから井上は、声を落とした。

「この一連の事件、薩摩の思惑が絡んじょると思うか」

「何とも言えませんな」

やはり宮園への疑いは、もっと詳しいことがわかるまで話さないつもりらしい。

「薩摩の連中が、局長の失脚を狙ってこの工事を本気で潰しに来るということは、あり得ますか」

「ふむ、そりゃあないとは言えんが」井上は肩を竦めた。

「儂みたいな鉄道馬鹿の小者なんぞ失脚させても、薩摩の溜飲《りゅういん》は下がらんじゃろ」

「そうでしょうかねえ」

草壁は首を傾げたが、井上は大丈夫というように手を振って、さっさと工事事務所の方に行ってしまった。また現場で鶴嘴を振るうつもりかも知れない。

「宮園さんのこと、まだ言わなくて本当にいいんですか」

薩摩の存在が急に大きくなって、心配になった小野寺が聞いた。だが草壁は返事をせず、何か考えているようだ。「そうだな、まず裏付けを固めておいた方がいいか……」と独り言を呟くと、急に小野寺に向かって言った。

「次の汽車は三時何分だったかな」

「四十六分ですが、それが何か」

「よし、俺はその汽車で京都へ行ってくる。帰りは明日になると思う」

「え？　京都へ」

唐突だったが、何の用事かの見当はついた。

「もしかして、先斗町へ吉兵衛さんの話を確かめに行くんですか」

「ほう、いい勘してるじゃないか」

感心した、というふうに、草壁はちょっと眉を動かした。

「やっぱり。じゃあ、私も行きます」

「いや、君は残って、宮園君を見張ってくれ。何か変わった動きをしないか気を付けていてほしい」

「えっ、宮園さんが今夜、何かやるかも知れないんですか」

「いや、必ず何かやるというわけじゃない。ただ、できるだけ目を離さないよう頼む」

「夜通し、ですか」

「悪いが、そう願いたい。俺が帰ったら、後は昼寝していていいから」

「はあ。わかりました」

不寝番《ねずばん》というわけか。役目があるなら、ただ草壁の後をよくわからないままついて歩くよりはいいだろう。小野寺は、お任せを、とばかり大きく頷いた。

草壁を乗せた列車が出て行った後、小野寺は早速宮園の姿を捜した。人の見張りなどやったことはないが、草壁に請け合った以上、気付かれない距離で四六時中張り付くつもりだった。

とりあえず、工事事務所を覗く。宮園は居なかった。ならば坑道だろう、と思って坑口に向かった。坑口の周辺は相変わらず人の出入りが多く、今日も新しい支保工を運び込む坑夫と、トロッコを使ってズリを運び出す工夫たちが錯綜していた。

坑口を入ろうとして、はたと立ち止まった。坑道の奥まで行けば、小野寺の姿は嫌でも目立つ。気付かれずに見張るのは無理ではないか。これはどうしたものか。考え込んでいると、坑夫から邪魔だと怒鳴られた。

仕方なく、小野寺は坑口からだいぶ手前の小屋の陰に立った。トンネルの坑道には坑夫が大勢働いている。その目を盗んで何かするとも思えない。ならば、坑道から出てくるのを待って、それから見張っても良かろう。そう納得してじっと待っていると、ふいに後ろから肩を叩かれた。飛び上がりそうになって振り向くと、田所だった。

「こんなところに突っ立って、どうしたんだい」

「ああ、いえ、工事の様子をじっと監視してました。また何事かあってはいけないので」

我ながら苦しい説明だと思った。気付かれずに人を見張るというのは、存外難しいものだと改めて悟った。が、人のいい田所は特に疑念を持たなかったようだ。

「そりゃあご苦労だね。まあ、今日からは巡査も居てくれるようだし、少しは楽にしたまえ」

そう言って田所はもう一度ぽん、と肩を叩き、事務所の方へ戻って行った。資材置場の傍には、警棒を持った巡査が立ち番をしているのが見えた。そうだ、田所の言う通り、有村警部が残していった巡査が二人居るのだった。これなら、妨害を企む連中も下手には動けまい。

そう思ったところで、ぎくりとした。有村警部も、薩摩人だ。さっきの話でも出たように、内務省の警視局は薩摩の牙城である。薩摩がこの工事を潰す気なら、警察を利用することも考えられるのではないか。直接手を出さなくても、犯行に見て見ぬふりをしたり、犯人を逃がしたりといったことはできるはずだ。あの巡査たちは警備ではなく、犯行の手助けをするよう指示されているのかも知れない……。

背筋が寒くなってきた。この調子では、誰も信用できないではないか。草壁が一日居ないだけで、こうも不安になるとは思わなかった。

嘆息しながら考える。御家人の倅だった自分は、旧幕臣が世の中から時代遅れの遺物のように見られるのに反発して、新しい世の中で役に立てること、特に時代の最も先を行く鉄道の仕事がしたいと思い、必死で頑張った。念願かなって鉄道局に入ったが、初めての工事現場での仕事が、何と八丁堀の助手だ。最も新しい職場に勤めたはずが、御家人に戻ったようになってしまった。しかし、それは井上局長からの直々の命なのである。いったい自分は、ついているのかついていないのか。

そんな様々な思いを頭の中で反芻《はんすう》していると、目の端に宮園が坑口から出てくる姿が映った。慌てて体を引っ込める。宮園は何も気付かずに、小野寺の三間ばかり前をすたすたと通り過ぎていった。小野寺はその後ろ姿を目で追った。間もなく宮園の姿は、工事事務所の中に消えた。そのとき、事務所の横に吊るしてある鐘が鳴らされた。五時の作業終わりの合図だ。工夫の何人かが立ち止まり、踵を返して鶴嘴などの工具を返しに動き始めた。

小野寺はひとまずほっとした。今日は無事に作業が終わった。だが、問題は夜だ。夜陰に乗じて何かされないよう、寝ずに用心しなければならない。

間もなく井上も戻って来た。だいぶ汗をかいている。昨夜あんなことがあったのに現場で働くなんて、と思ったが、井上としては自分が変わらず現場へ出て皆を叱咤激励することで、事件の動揺を抑えるつもりなのかも知れない、と思い直した。

「何、草壁君は京都へ行ったのか」

小野寺から聞いた井上は、草壁が何か摑んだと思ったのだろう。ニヤリとして「なるほど」と呟いた。

「わかった。儂は明日、大阪の本局へ顔出しするから、こっちへは来ん。草壁が戻ったらそう言うといてくれ」

井上はそう言い置くと、さっさと五時二十分の汽車に乗り込んで行ってしまった。

宮園は、国枝や田所と一緒に賄いが用意した晩飯を済ませると、自分の官舎に帰った。小野寺はそれを確かめたあと、自分の官舎に入って裏の窓を細目に開けた。そこからは、好都合なことに宮園の官舎の戸口が見える。今夜は月明かりがあるので、夜中に宮園がこっそり官舎を出ようとしてもすぐわかる。小野寺はそこで一晩中腰を据えて見張るつもりだった。

宮園は、たまに峠屋に行くこともあるが、今夜はその様子はない。そう言えば、人前でおまつと宮園が二人で話しているところは、見たことがなかった。今までは気にも留めなかったが、おまつと近しい様子を見せないよう、注意していたのではなかろうか。おまつと宮園は、共犯なのだろうか。しかし、なぜそんなことを。いやいや、慌てるな。宮園が妨害を実行したとはまだ決められないと、何度も自分に言い聞かせたではないか。様々な考えが次々に浮かび、小野寺の頭の中をぐるぐると回った。

鶏《にわとり》の声で、我に返った。外はもう、明るくなりかけている。小野寺は飛び上がった。一生の不覚、いつの間にか寝入っていた。時計を確かめると、朝の五時だった。顔から血の気が引く。もし自分が寝ている間に、宮園が何か仕掛けていたら。まさか盗まれた火薬を……。

宮園の官舎の戸がガラリと開き、宮園本人が表に出て来た。戸口の前で、大きく伸びをしている。肩に手拭いを掛けているので、裏の井戸へ顔を洗いに行くのだろう。夜中に何かをやった様子はなく、いつも通りの穏やかな朝の光景だ。小野寺は、ほうっと息を吐いて全身の力を抜いた。

「あ、小野寺さん、おはようございます」

窓から見ている小野寺に気付いた宮園が、屈託なく挨拶をしてきた。

「あ、どうも、おはようございます」

小野寺は、少しばかり間の抜けた挨拶を返した。

「今朝は早いんですね」

「ええ、まあ、いろんなことが続けて起きるんで、いろいろ考えるとよく寝られなくて」

「そうですか……草壁さんは、まだお寝《やす》みですか」

「いえ、その……実は所用で、昨日の夕方から出かけています。今日中には戻りますが」

一瞬、宮園の表情が陰ったような気がした。気のせいだろうか、それとも草壁が居ないことに警戒心を起こしたのか。

「ああ、草壁さんもお忙しいんですね」

そう言った宮園の顔には、もう陰りは見えなかった。


作業はいつも通り、八時に始まった。火薬を盗まれたうえ権治が殺され、六輔が大怪我をしてからまだ二日なのだが、もうずいぶん経った気がする。工事は予定通り進める一方で、昨日から工夫を十人ほど火薬の捜索に充てているのだが、具合は芳《かんば》しくなかった。

「丸一日捜してあかんかったんや。どっか現場の外へ運び出されたんと違いますかなあ」

時間の無駄では、と言いたそうな稲村に、国枝は苛立った顔を向けた。

「六百ポンドの火薬だぞ。見つからんから仕方ない、で済まされるものか」

稲村は慌てて、すんまへん、と謝った。昨日、大乱闘寸前の現場から、君子《くんし》危うきにとばかりに退散していた負い目もあるだろう。

「朝から巡査が来てまた巡回してくれてはいるが、彼らは何を見つけ出すべきかよくわかってないようだしな」

国枝は、資材置場から駅の引上線までの間を、ゆっくり行ったり来たりしている巡査に目を向け、残念そうに言った。

「それでも巡査の姿が常に見える、ということは牽制《けんせい》にはなるでしょう」

小野寺が言うと、国枝は「それはそうだな」と同意した。

「草壁さんは、京都へ行ったのかい。何を調べようというんだ。もしかして、六輔さんのところか」

「ええ、その辺は、返ってきたら本人から聞きましょう。夕方までには戻ると思います」

国枝はもう少し聞きたそうだったが、小野寺としてはそれ以上言えないので、曖昧に逃げた。宮園はもう坑道に入っている。この後は、またしばらく坑口を見張るぐらいしかすることがなかった。

藤田が言っていた江口の後任の男は、昨日藤田の一行が乗ってきたのと同じ十一時九分着の列車でやって来た。

「お世話になります。藤田商店の延谷でございます」

眼鏡をかけた小柄で柔和そうな延谷は、いかにも商家の番頭風の趣《おもむき》である。生前の江口も、このような感じだったのだろう。

一通り挨拶を済ませた延谷は、ゆっくり休憩も取らずに「それでは、失礼して始めさしてもらいます」と告げると、鞄から帳面を出して資材置場に入って行った。よほど仕事好きと見える。

小野寺はしばらく、帳面をつけたり材木を勘定したりする延谷の後ろ姿を見ていたが、二十分もすると飽きてしまった。このまま資材置場に居ても仕方がないので、一度くらい坑道の中に入って様子を見て来ようか、と思い、ぶらぶらと坑口へ向かった。

坑口に近付くと、ちょうど宮園と植木が連れ立って出て来るところだった。小野寺は、おや、と思った。昼食の休憩には少し早い。それに、二人とも何やら難しい顔をしている。近寄って、声をかけてみた。

「どうしたんです。何かありましたか」

宮園が振り向き、渋面のままひと言だけ答えた。

「岩盤に当たったようなんです」

「岩盤に?」

「詳しくはあちらの方で」

宮園が工事事務所を目で示し、小野寺は二人について行った。

「何だ。あまりいい話じゃなさそうだな」

事務所で机に向かっていた国枝も、宮園と植木の顔を見て察したらしい。とりあえず座るように言ってから、報告を求めた。

「岩盤です。坑道の断面一杯あるようです。厚さはわかりませんが」

「鶴嘴を当ててみたが、ありゃァあかんな。まあ、ちょっと見てんか」

植木が言い足した。熟練の坑夫頭が言うのだから、だいぶ厄介なのだろう。

「そうか。東口の方は、少なくとも昨日までは岩盤に当たっていない。おそらく、それほどの厚さはないだろう。手掘りで少しずつでも、崩せんか」

「そら無理やろな。時がかかり過ぎるわ。下手したら、正月迎えても掘り抜かれへんで」

「まあそう早々と決めてかかるな。もうじき昼だ。午後から切羽へ行って、よく調べてからどうするか決めようじゃないか」

「あの……やっぱり火薬を使うことになるんでしょうか」

おずおずと小野寺が聞いた。国枝は困った顔で応じた。

「正直、そうしたくはないんだが。一昨日の夜中のことがあるからね」

盗まれた火薬は依然見つかっていない。犯人がどうするつもりかはまだ判然としないが、ここで火薬を使用するのは何らかの危険を呼び込むことになる、と国枝も感じているのだ。

「とにかく、その岩盤をよく調べてからだ。火薬を使うかどうかはそれから決めよう」


午後、昼食を終えた技手たちと植木は、切羽へ向かった。小野寺もその後を追った。坑道の中では、先を掘り進めなくなった坑夫たちが何組かに分かれてたむろし、小野寺たちに視線を注いでいた。彼らも成り行きが気になるらしい。

切羽は一見すると前と変わらないように見える。一行はランプを掲げて、掘り進んでいる頂設導坑に上り、先端に到達した。国枝が手を伸ばし、切羽に露出している岩肌を撫でた。それから小型のハンマーを持つと、岩盤を叩いた。そしてちょっと首を捻り、何カ所かを順に叩いていった。

「どうでしょうか。どうしても手掘りでは駄目ですか」

ハンマーを下ろした国枝に、小野寺は聞いてみた。技手見習の小野寺は、基礎知識はあるものの実地は初めてで、何とも判断はできなかった。国枝は残念そうにかぶりを振った。

「どうも駄目だね。これは仕方あるまい。宮園君、発破の段取りをしてくれ」

「わかりました」

小野寺はぎょっとした。宮園に段取りをさせるということは、どこにどれだけ火薬を仕掛けるのか、宮園が決めるということだ。もしトンネルを破壊するつもりなら、必要な分よりはるかに大量の火薬を仕掛けるようにすれば……。

そこで小野寺はまた思い直した。そう単純にはいかないだろう。宮園にやらせっ放しということはなく、国枝が段取りを確認したうえで許可を出すはずだ。国枝の目を誤魔化して大量の火薬を仕掛けるなど、まず無理である。まったく、自分はかなりの心配性であるらしい。

「どうした小野寺君、心配かね」

ランプの光で国枝に顔色を読まれたらしい。小野寺は心配をそのまま話すことにした。

「ええ。発破をやるとすると、それに乗じてあの犯人たちが盗んだ火薬を使ってくるんじゃないかと気になりまして」

「うーん、私も気にはなるんだが」

国枝は額に手を当てた。

「そうは言っても、火薬が見つかるか犯人が捕まるかするまで発破を待つわけにはいかん。一日か二日なら待てるが、先行きはわからんだろう。銀山の連中や工夫を大勢遊ばせておくわけにもいかん。遊ばせておいたら、また喧嘩騒ぎが起きそうだ。無論、工期も遅らせるわけにはいかん。いかんことだらけだよ」

「それはそうですが……」

国枝は安心させるように小野寺の肩を叩いた。

「なあに、人手は余ってるんだ。信用できる銀山の連中を揃えて、坑道に誰も出入りできんようにさせよう」

確かに、銀山の坑夫は発破が終わるまで仕事ができないから、その間彼らに見張りをさせるのはいい考えだ。銀山の連中は寄せ集めの工夫と違って身元も確かだし、自分たちが働く坑道を破壊する計画に手を貸す者など、居るはずがない。

「それやったら、任してもらおかい。儂らの坑道は、儂らが守る」

植木が頼もしく言って、胸を叩いた。

坑道を出ると、植木は早速、見張りの手配のために組頭を呼んだ。国枝と宮園と田所は、発破の検討をするため工事事務所に戻った。国枝らと三人で仕事をしている限り、宮園を見張る必要はあるまい。小野寺は、また資材置場の方へと歩いて行った。

資材置場では、延谷が帳面を開いたまま、積み上げられた煉瓦の山の前で何やらしきりに首を捻っていた。やはり仕事熱心な男なんだな、と思って見ていると、何だか様子が変だ。

「延谷さん、何か気になることでもあるんですか」

小野寺が声をかけると、延谷はびくっと首を竦めて振り向いた。

「ああ、びっくりした。ええと、小野寺はんでしたな。すんまへん」

延谷はよほど気になることがあったらしく、驚き過ぎた照れ隠しに咳払いをした。

「ずいぶん熱心なようですが、煉瓦がどうかしましたか」

「いや、それがどうも、数が合わんのです」

「数が合わない？　盗まれた、ということですか」

煉瓦はトンネルの壁面に巻き立てるもので、その工程がまだ本格的に始まっていないため、運び込まれたもののほとんど使われていない。数個ずつまとめて紐で縛られ、目の前で四つの山に積み上げられている煉瓦は、全然減っていないように見えた。ただ、煉瓦は有用なので盗られる危険は大いにある。てっきり帳簿に載っている数量より減ったのを発見して困っているのだと思ったが、延谷の答えはその逆だった。

「いえ、無《の》うなったんと違《ちゃ》います。増えとるんですわ」

「増えてる？　どういうことです」

「それがわからんから困っとるんですわ。見とくんなはれ。煉瓦の山が四つ、おまっしゃろ。ほんまやったら、三つでええはずですねん」

「煉瓦が山一つ分、多すぎるって言うんですか」

小野寺は呆れ返った。そんな話は聞いたことがない。

「間違って二重に送り出した分があったんじゃないですか。でなきゃ、予定より早く届いてしまったのがあったとか」

「へえ、わてもそのどっちかやろと思うんですけど、こっちの手元の帳面では、ちゃんとなっとるんで、どこが間違《まちご》うとるんかと困り果ててますんや。大阪の店の方へ、もういっぺん確かめなしゃあないなあ」

仕事熱心な上に几帳面な性分らしく、延谷はすっかり困惑していた。だが、小野寺にできることはなさそうだ。よく調べて下さいとだけ言って、その場を離れた。盗まれるより増えた方が良さそうなものだが、そうもいかないのだろう。いろいろと妙なことが起きるものだと、小野寺は首を振った。

第九章　発破用意

草壁は、三時四十一分着の列車で帰って来た。駅で迎えた小野寺は、その顔を見て思い通りの収穫があったのだと悟った。

「よう、小野寺君。うまく運んだぜ」

上機嫌の草壁は、小野寺の肩をぽん、と叩き、官舎で話そう、と言って駅を出た。

「宮園君はどんな様子だい」

「ええ、普段と変わりません。怪しい動きは全くないです」

草壁はそうか、と軽く頷いただけだった。見張ってくれとは言ったものの、念のため、というぐらいの意味だったようだ。小野寺はいささか拍子抜けした。

「先斗町の方だがな。吉兵衛さんの話の通りだった。御一新前、おまつさんには男が居た。薩摩の侍だ。名前は宮園一成《かずなり》。御一新の一年前、京都で斬られて命を落としてる。新選組《しんせんぐみ》の仕業、っていう噂だが、はっきりせん」

「宮園一成って……宮園さんの兄さんですか」

「弟が三人いたらしいが、名前まではわからん。しかし、薩摩出身の役人が、宮園一成の弟が京都で鉄道の仕事をしている、と言ってたそうだ。ほぼ間違いあるまい。たぶん、同じ筋からおまつの耳にも入ったんだろう」

「やっぱり、そうだったんですね」

「役人に言い寄られて手酷《てひど》く袖にした、っていうのも本当だ。相手は京都府庁のお偉方だったらしい。その役人、相当怒ってそれこそ店を潰しかねない有様だったんで、おまつも店に迷惑がかかると仕方なく辞めたんだ」

「呆れた役人ですねえ」

「まったくだが、そういう輩も珍しくはないな。で、おまつは芸者をやめてから、知り合いの料理屋を手伝ってたそうなんだが、どうもそこで宮園君の噂を聞いて一度は様子を見に来たらしい。その後、一旦戻ってからすぐに暇をもらって、この大谷に店を出したんだ」

「ちょっと慌ただしいですね。何か考えがあったんでしょうか」

「その辺は、料理屋の女将にも詳しいことは言わないままだ。推察するしかないな」

「そろそろ本人に聞くべきじゃないでしょうか。徳三を資材置場で見たっていう話も問い質《ただ》さなきゃなりません」

「うん、わかってる。だが、もう少し後にしよう」

「はあ……まあいいですが。でも、こんな話をよく先斗町で聞き出せましたね。さすがは八丁堀です」

小野寺は素直に感心したつもりだったが、草壁は笑って頭を掻いた。

「いやいや、俺なんかがいきなり行ったところで、相手にしてもらえんよ。上客に露払いを頼んだのさ」

「上客？　京都の旦那衆に知り合いでも居るんですか」

「なあに、京都の駅長だよ。井上局長が京都からここまでの各駅に、俺たちに協力しろと通達を出してくれてたんで、話は早かった」

「何だ、そういうことですか」

駅長と言えば、その町の名士に違いない。京都の花街でも、それなりに顔が利くだろう。

「それから、七条の病院へ行って六輔さんを見舞ってきた。運び込まれたときは危なかったが、もう心配はないそうだ。徳三さんがずっと付いてる。あの人もだいぶ安心してたよ」

「あっ、そうでしたか。それは良かった」

小野寺もそう聞いてほっとした。

「それで……」小野寺が尋ねようとすると、草壁の方から先に言った。

「ああ、駄目だ。六輔さんは犯人の顔は見ていないそうだ。権治が襲われて声を上げたんで、振り向いて駆け寄ろうとしたら、脇から刺されたってことだ。暗かったし、あっという間だったんで、気が付いたらもう病院だったらしい」

「そうですか。まあ仕方ありませんね」

正直、期待してはいなかったが、もしやという気もなくはなかったのだ。

「そうだ、帰り際に徳三さんが、ぼそっとこんなことを言ってたよ。六輔は結局、鉄道に助けられたんやな、ってね」

「鉄道に助けられた、ですか」

小野寺は意外な気がした。あれだけ鉄道を敵視していた徳三が、そんな台詞を吐くとは。

「ああ。確かにあの臨時列車がなければ、六輔さんは死んでた。医者もそう言ってる。徳三さんもそのことは痛いほどわかってるんだ」

そうか。六輔には悪いが、このことで徳三が鉄道の効用を理解してくれたのなら、それは嬉しいことに違いなかった。

「もう徳三さんは、今までほど鉄道を目の敵《かたき》にはしないかも知れませんね」

安心した小野寺はそう呟くように言ってから、工事の話に移った。

「トンネルの方ですが、今朝、岩盤に当たりました。どうも発破をやらなくてはならないようです」

「はっぱ？」そういう用語に疎い草壁は、首を傾げた。

「火薬を使って岩盤を崩すことです。つまりは、爆破ですね」

「爆破って……その岩に火薬を仕掛けて吹っ飛ばすのか」

草壁が目を丸くした。小野寺は笑って打ち消した。

「そんな景気よくドカンと吹き飛ばしたら、トンネルが崩れてしまいます。岩盤に何本か細い穴を掘って、そこに火薬を詰めて一斉に爆発させるんです。そうすると岩盤に亀裂が入って、割れて砕けるんです」

「ふうん、なるほど。なかなか面倒なようだな」

「宮園さんがその手配をします。国枝さんが監督してますから、妙なことは起こらないと思いますが」

「しかし、火薬だろう」草壁は顔をしかめた。

「盗んだ火薬を使うなら、その爆破のときに合わせるのが一番好都合じゃないか」

「ええ、国枝さんもそれを心配してまして。植木さんが銀山の坑夫を集めて、徹底的に見張ることになっています。切羽の岩盤に近付けなければ、少なくとも爆破に関しては手を出せないでしょう」

「理屈はそうだが……相手もそのぐらいは考えるだろうから、何かこっちの思い付かないような手を打って来るかも知れん。用心に越したことはない」

「ええ、みんな承知してます。でも、岩盤を崩さない限りトンネルは貫通できないんですから、やるしかありません」

「そうか。仕方あるまい。どこかに穴がないか、考えてみよう」

草壁は不承不承という感じで了解した。そこで小野寺は、延谷のことを思い出した。

「あ、そうそう、江口さんの後任の延谷さんて人が来ました。いかにも勘定方という感じで、やたら生真面目な様子の人ですよ。江口さんよりさらに堅そうだ、なんて言ってる人も居ました」

「へえ。まあ仕事柄、堅物なのに越したことはないだろうな」

草壁は、これにはあまり興味を示さない。

「そうですね。そう言えば、資材置場で変なことを言ってました。何でも、煉瓦が一山《ひとやま》多すぎる、とか」

「煉瓦が多すぎる?」

草壁の目が、急に鋭くなった。

「ええ。ここに届けた量から言うと山三つ分のはずが、四つ分あるとかで。まあ、発送するときに何か間違いがあったんでしょう。少ないよりいいじゃないかって言ったんですが、延谷さんは気になってしょうがないようで、一人でしきりに唸ってましたよ」

「そうか。そりゃあ面白い。頗《すこぶ》る面白いな」

小野寺は笑い話のつもりで言ったのだが、面白いと言う草壁の顔は、真剣そのものだった。

翌日の朝には、井上も現場に戻って来た。国枝から発破の件を聞いた井上は、早速岩盤を見てみると言い、技手たちを従えて坑道に向かった。草壁と小野寺も一行に加わった。

「ほう、こいつか。手強《てごわ》そうじゃの」

切羽に着いた井上は、平手で岩盤を叩いた。周囲では、既に火薬を詰める穴を掘る作業が始まっていて、宮園が指示した位置に坑夫たちが鏨を当て、ハンマーを振るっていた。

「鏨だけで充分な深さの穴を掘れるんですか」

作業を見ていた草壁が聞いた。宮園が壁際に並べてある道具を指差した。

「あのハンドドリルも使います。結構役に立ちますよ」

「はんどりる？」英語が出たので、草壁は渋い顔をした。

「先が螺旋状《らせん》になってる錐《きり》のようなものです。把手《とって》を握ってぐるぐる回しながら掘っていくんですよ」

「ははあ、なるほど」

珍しがって見ている草壁の横から、井上が口を出した。

「削岩機がありゃあ良かったのになあ。修繕中じゃしょうがない」

「いや、削岩機は使わんでも問題ないでしょう。今ある道具で充分いけそうです」

「そうか。ならええが」

「それで局長、私の計算では、この岩盤さえ抜いてしまえばもう障害はないはずです。突破した後は十日もせずに貫通できると思います」

「おお、そうか。十日せずに貫通か。思うたより早いの」

国枝の言葉に、井上の顔がぱっと輝いた。

「ここ何日かで聞いた中では、一番ええ話じゃ。ようやく見えて来たか」

言葉通り、井上は喜色満面になった。だが、そんな井上に水を差すように草壁は堅苦しい顔を向けた。

「局長、盗まれた火薬のことがまだ片付いていないのをお忘れなく」

「おお、そうじゃ」井上も表情を引き締めた。

「この岩盤をやっつければトンネルは完成したも同然。工事を邪魔しようとするなら、この発破を仕掛けるときが確かにラスト・チャンスじゃな」

「らすとちゃんす？」

「英語で最後の機会、という意味じゃ。国枝、その辺の手配りは抜かりないな？」

「はい、作業する者以外に、坑夫を五人、この周りに張り付けます。坑道には五十フィートごとに張り番を立て、三人一組の巡回を一時間ごとに出します。坑口では植木さんと組頭が出入りを調べ、大津警察の巡査にも立ってもらいます。念のため、東口にも張り番を立てて怪しい奴を入れるなと言ってあります」

国枝は手配の内容を滔々と説明した。恐ろしく厳重だ、と小野寺は感心した。これなら、文字通り水も漏らさぬ警戒ぶりと言えそうだ。草壁も局長も、文句はあるまい。

「うむ、それだけやれば充分じゃろう」

果たして井上は、満足そうに頷いた。草壁も納得しているようだ。

「坑道全体は既に点検済みですし、これだけの監視の目をくぐって細工をするのは、まずもって不可能でしょう」

国枝はそう言って胸を張った。手配するうちにすっかり自信を持ったようだ。

「よし、わかった。みんな充分過ぎるほどわかっておると思うが、ここが正念場じゃ。どうか気合入れてやってくれ。頼んだぞ」

井上の言葉に、技手たちも草壁も小野寺も、作業中の坑夫たちもが一斉に、大声で「はい」と応えた。

その夜、真夜中過ぎ。草壁と小野寺は、資材置場の奥に積まれた材木の陰にうずくまっていた。少し前の方には、延谷の頭を悩ませた煉瓦の山が四つ、淡い月明かりの下で黒い影になっている。

「本当に夜通し待つんですか」

ここで腰を据えてからまだ一時間ほどしか経っていないのに、早くも焦《じ》れてきた小野寺が念を押すように聞いた。

「ああ、待つとも。向こうが動くとすれば、絶好の機会だ。ここの不寝番《ねずばん》は引き上げているし、みんなの注意は坑道に向いてるからな」

泰然として、必要なら半年でも一年でも待つような構えでいる草壁が答えた。火薬が盗まれてからずっと三人付けられていた不寝番は、坑道の警戒を最優先するという理由で取りやめになっていた。実は煉瓦の話を聞いてから、草壁が国枝にそう提案したのだ。犯人の動く隙を作るためであった。そして今までの不寝番に代わり、草壁と小野寺が隠れて待ち構えているという寸法だった。

「何度も聞きますが、あの煉瓦に何があるんです。わけのわからないまま見張っている身にもなってください」

「こっちも何度も言うが、俺だって証拠を握っているわけじゃない。現場を押さえるまで、辛抱してくれ」

実りのない問答を繰り返し、小野寺は憮然とした。時々助手役の自分にも腹の内を見せないことがあるのは、悪い癖だ。八丁堀とは、そういうものなのだろうか。

隠れて待つ身ではそうそう話し声を響かせるわけにもいかず、小野寺はそれきり黙った。時間の流れがひどく遅く感じられる。懐中時計を見ようにも暗すぎてわからないので、ただじりじりしながら座っているしかなかった。

十時間も経った気がしたが、実際には小一時間でしかなかっただろう。草壁が突然、肘で小野寺をつついた。びくっとして目を凝らす。黒い人影が、辺りを窺うようにゆっくりと、こちらに近付いて来るところだった。小野寺は息を呑んだ。本当に現れるとは。

じっと見ていると、その黒い影は煉瓦の山の前に来て、山の影に溶け込んでしまった。だが、気配で何かの動きを始めたのがわかった。今度は目でなく耳を凝らす。煉瓦が擦《こす》れるゴリッという音と、重い物を地面に置く音が交互に聞こえた。

十五分ほど待って、草壁が小野寺の腕を叩いた。動き出す合図だ。小野寺は懐からマッチを出して地面に置いてあったランプに灯を点けた。ランプの周りがぱっと明るくなり、煉瓦の山で仕事をしていた黒い影が、それに気付いて凍りつくのがわかった。草壁と小野寺は、ランプを持って立ち上がった。

「この暗さで一人で煉瓦の山を崩すのは大変だろう。しかも最後に元通りにするとなりゃ、夜が明けちまうぜ」

草壁は影をランプで照らした。光を向けられた相手が、顔を背ける。だが、誰であるかはすぐにわかった。宮園であった。

「やっぱりここだったたな」

草壁はランプを煉瓦の山の方に向けてから言った。煉瓦の山は頂上から半分ほどがなくなり、地面には紐で縛られた煉瓦の固まりが幾つも、乱雑に置かれていた。半分の背丈になった山の中からは、樽の天辺が顔を出していた。それに気付いた小野寺は、仰天して声を上げた。

「あれって、火薬樽ですか！　こんなところに隠してあったなんて」

煉瓦の山は、火薬小屋から二十間と離れていなかった。

宮園は観念した様子で、二人の顔を見た。

「私のことを、気付いておられたんですか」

草壁がさも当然のように頷くと、宮園の顔が歪んだ。

「でも、権治さんや六輔さんを襲って火薬を盗んだのは私じゃない。その前のときもです。信じて下さい」

宮園は絞り出すような声で言った。小野寺は今さら何を言うんだ、と思ったが、草壁は「わかってる」と応じて頷いた。そこで小野寺は、草壁が最初に火薬が消えてまた戻って来たとき、盗んだのと返したのは別人だと言っていたのを思い出した。

「それじゃその、宮園さんはその火薬を返そうとしていたと言うんですか」

「この前のときもね。君が返したんだろ」

草壁が言うと、宮園は安堵したように「はい」と答えた。

「それじゃあ、盗ったのは誰なんです」

小野寺の問いに、草壁がひと言付け足した。

「そいつがこの一連の妨害を仕掛けた奴だ。宮園さん、君は知ってるね。君もそいつらに指図されてたはずだから」

「はい。それは……」

宮園が言いかけたところで、宮園の背後にいきなり人影が現れた。気配を感じた宮園が振り向き、息を呑む。草壁がランプを突き出し、人影の顔が見えた。工夫組頭の市助だった。どうやら、小野寺たちの反対側に積まれていた丸太の後ろに潜んでいたらしい。

「やっぱりおのれは、裏切っとったな。さんざん銭貰《もろ》といて、ふざけた奴《や》っちゃ」

凍りつく宮園から、市助は草壁に視線を移した。

「東京の偉いさんも、この兄ちゃんに目ぇ付けとったんかい。さすがに頭は悪うないのう」

市助は、懐から出した手で顎を掻きながら、薄笑いを浮かべた。

「この兄ちゃんだけ始末するはずやったんやけどなあ。居合わせてしもたら、しゃあないわ。お前らも揃うて消えてもらおかい。崩れた材木の下敷き、ちゅうのが似合いやろ」

「ほう、穏やかじゃないねえ。我々三人とも、始末しようってのかい」

草壁は動じた風もなく受け流した。市助は少しは苛立ったようだが、浮かんだ笑みはそのままだ。

「へえ、江戸の八丁堀か何か知らんけど、度胸は多少はあるようやな。けど言うといたるわ。お前みたいなんは、とうに時代遅れや。さっさとあの世へ去《い》んでまうんが似合《にお》うとるで」

「まあ、それほど時代には遅れてないつもりだがね。ところで、親分は出て来ないのか」

「何やと」市助が目を怒らせた。

「やれやれ、せっかく親分が直々に出てくると思ったのに、半端な小者《こもの》で間に合わせか。宮園君、こう言っちゃ何だが、君、だいぶ舐《な》められているね」

「我《わり》ゃ、偉そうな口叩くなや！」

半端な小者と言われたのがだいぶ気に障ったらしい。後ろの方に、「おい、出て来いや」と呼ばわった。その声に応じて、黒い人影があちこちの資材の陰から姿を現した。全部で、ざっと十人。小野寺はさすがにぞくっとした。御家人の生まれで一応は侍だが、腕の方はからっきしだ。十二、三のとき道場に通ってみたが全然ものにならず、算盤の方がよほど得意だった。御一新で剣術の用がなくなり、ほっとしていたのだが、まさかこんな場面に遭遇するとは。思わず草壁に寄り添った。宮園は震えているように見える。暗くてわからないが、顔面は蒼白だろう。

「暴れられんうちにいてまえ」

市助が指図し、人影が前に出た。小野寺は大声で助けを呼ぼうかと思った。だが声が届くかわからないし、一声上げたら忽ち押さえ込まれてしまうだろう。草壁は何を考えているのか、ただじっとしている。

躊躇《ちゅうちょ》している場合ではない、とにかく叫んでみようと思ったとき、人影のうち二人が、さっと動いた。咄嗟《とっさ》に身構える。だが、その二人の動きは予想と違い、市助の両脇に出るとその腕をぐいっと摑んだ。

「なっ、何やお前ら。何しとるんや」

市助が、仰天した声を上げた。だが両脇の二人は、市助の腕をがっちり押さえて放さない。じたばたもがく市助に、残りの人影の中から一人が進み出て、嘲《あざけ》るように言った。

「阿呆か。お前の手下《てか》なんぞ、皆その辺の裏手でのびとるわい」

植木の声だ。草壁がランプの光を当てる。間違いなく植木の顔だった。市助が目を剝いた。

「生憎《あいにく》やけどな、暗がりは儂らの方がずっと慣れとるんや」

人影は全部銀山の坑夫で、市助配下の工夫たちは隠れて指図を待っているうちに彼らに片付けられたらしい。市助は声も出ないようで、口をぱくぱくさせて喘《あえ》いでいた。

「あのう、草壁さん。これはみんな、草壁さんが手配りしていたんですか」

力が抜けてしまった小野寺は、問い詰めるように聞いた。

「うん。動くならここの不寝番がいなくなった今夜だろうし、宮園君が動けば工夫連中も動くだろうと思ってね。植木さんには話しておいた」

「酷いじゃないですか。ひと言、言っておいてくれれば……おかげで寿命が縮みましたよ」

「いやすまん。正直、蓋を開けてみないとどう転ぶかわからなかったしね。しかし君、存外胆が小さいねえ」

そう言って笑う草壁を、小野寺は思い切り睨みつけた。

「さて宮園さん、君に指図していたのはこの組頭に指図しているのと同じ男だね」

わかり切ったことに念を押す調子で、草壁が聞いた。宮園が頷いた。

「そうです。お察しの通り、稲村です」

稲村か。小野寺も納得して、大きく頷いた。最初から胡散臭い奴だとは思っていたのだ。

国枝の指示で火薬を捜索していたのは、専ら稲村配下の工夫だ。今思えば、盗人《ぬすっと》に蔵の番をさせたようなものだった。

「稲村と工夫たちが宮園さんを巻き込んでやったことだと、いつからわかってたんです」

「ここへ来てすぐさ」

「何ですって？　どういうことです」

「まあ焦るなよ。後でゆっくり説明するから。いまは火薬と稲村の始末が先だ」

啞然とする小野寺を尻目に、草壁はしれっとそう言った。

「ほな、稲村を引っ張ってきますわ」

植木はそう告げると、坑夫を三人ほど連れて稲村が寝泊まりしている小屋の方へ向かった。

それを見送った草壁は、すっかりうなだれている宮園の肩を叩いた。

「さあ、朝になる前に君がやりかけた仕事を片付けようじゃないか」

宮園は素直に「はい」と返事し、小野寺と坑夫も加わって、積まれた煉瓦を取り除《の》けにかかった。

「前に盗まれた火薬樽も、ここに隠してあったのかい」

「そうです。稲村が得意げに漏らしたのを聞いたんです」

「一人で返すのは大変だったろう」

「ええ、重いですからね。仕方なく、転がしました。へとへとになりましたよ」

「今回も同じ場所を使うなんて、君を嵌める罠だとは思わなかったのかい」

草壁が捕らえられた連中に顎をしゃくって見せると、宮園は面目なさそうな顔になった。

「正直、同じ場所は使わないだろうと思っていたんですが、煉瓦の山が増えているのに気が付いて……前はひと樽だったので、山が増えるほどではなかったですから。六樽も隠したから山が増えたんだとすぐ思って、やっぱりここだったかと、つい逸ってしまいました」

「それにしても、今夜は一人で樽六つを戻すつもりだったんですか」

小野寺は少し呆れ気味に問うた。盗んで隠すのは十人以上でやったようだから一時間もかからなかったろうが、一人ではとんでもない重労働だ。

「大変なのはわかってましたが、やるしかなかったんです。火薬を使われてしまったら、取り返しがつきませんから」

それならなぜ稲村に手を貸したんだ。宮園がやった妨害は何と何で、何を阻止しようとしたんだ。思わず問い詰めそうになった小野寺に、草壁の厳しい視線が突き刺さった。その話は今ここではやめておけ、と目が語っていた。小野寺は黙って煉瓦を下ろす作業を続けた。

程なく、稲村を捕らえに行った植木たちが戻って来た。だが、捕らえられた稲村の姿はない。その様子を見た小野寺は、事がうまく運ばなかったのを悟った。

「あきまへん。逃げられました」

植木がいかにも残念そうに言った。

「そうですか。一足遅かったか」

草壁は仕方ない、と首を振った。それでも表情は自信ありげだ。逃げ切れはしないと思っているのだろう。

「いや、それが一足でもなさそうですんや」

草壁の表情が、怪訝なものに変わった。

「あいつのねぐらを見た感じでは、どうも何時間も前に消えてしもうたようなんですわ。夜具も使うた様子があらへん。もうだいぶ遠くへ行っとるかも知れまへん」

「何時間も前？」

草壁は眉をひそめた。小野寺も首を捻った。てっきり市助が捕らえられる様子に気付いて逃げたと思ったのだが、それなら宮園が火薬を取り出そうとするずっと前に姿を消したことになる。初めから、今夜逃げるのは予定に入っていたのだろうか。

草壁は振り向いて、ほぼ姿を現している火薬樽の方を見た。急に眼差《まなざ》しが厳しくなった。

「小野寺君、樽を動かせるか」

「え？　ええ、手前の煉瓦をもう少し取れば出せますが」

「ちょっと急いでくれ」

「あ、はあ」

小野寺はよくわからないまま、坑夫の一人と一緒に煉瓦をどけ、樽に手をかけた。

「よし、一、二の三で手前にずらしましょう。それ、一、二の」
三、で二人がかりで力を込めた。これでも重い樽を動かすのはぎりぎりだろう。そう思ったが、手応えは全然違った。樽は撥ね飛ばされるように動き、その場に転がった。しっかり留めてあるはずの蓋が外れた。
「えっ……これはいったい」

小野寺と宮園は、呆然として樽を見つめた。草壁の表情は、ひどく険しいものになった。

樽は、空っぽだった。

第十章　トンネルを守れ

「まったく、何ちゅうことじゃ。まさか宮園が、のう」

翌朝、報告を聞いた井上は頭を抱えた。

「鉄道でもってこの国を良うする、ちゅうことには人一倍熱意を持っとったのに、どういうわけなんじゃ」

「それがですね。昨夜話を聞いてみたら、弟さんのためだったんです」

井上と同じく落ち込んだ顔色の国枝が答えた。夜中に草壁と小野寺が彼を起こして事の顚《てん》末《まつ》を話したときには、今の井上以上に衝撃を受けていたのだ。

「弟？　弟がどうした」

「はあ。宮園君の弟は、神戸で役人をやってたんですが、外国から油を輸入する商いに加わらないかと誘われて、投資をしたようで。ところが、そんな商いの話はなかった。早い話が、詐欺にやられたんです。それで、借りた金が返せず役所も辞めざるを得なくなったとか。宮園君もひどく心配したんですが、父祖伝来の土地も担保に取られて、返済の当てがない。そんな様子をどこかで聞きつけて、稲村がすり寄って来たんです」

「ははあ。借金を肩代わりしてやるから、言うことを聞けというわけか。よくある話じゃ」

井上は舌打ちをした。

「それで稲村の言うままに、工事の妨害に手を貸すことになった。妨害の手段は技手である宮園君の考えに任されたので、基準杭をずらしたり数字をいじったりしたそうです」

国枝が続ける説明を聞いて、井上は首を傾げた。

「ふうん。しかしどうもやり方がいい加減じゃな。基準杭や図面の数字を一目でわかるほど大きく動かすというのは。もっと目立たない触り方でも、効果は充分あったろうに」

「そこです。宮園さんは、わざと目立つような改ざんの仕方をしたんです。取り返しのつかないことになる前に、他の技手が気付くようにね」

ここで草壁が口を挟み、井上は眉を上げた。

「なに？　宮園は、わざと見つかるやり方をしたちゅうのか」

「そうです。宮園さんは、借金の手前稲村に手は貸すが、やはりこの国の鉄道の将来を潰すようなことは断じてしたくなかったんです。稲村は技術には素人ですから、本当の意図に気付かれることはないと踏んだんですよ」

「ああ、なるほど。そういうことか」

井上が目を細めた。

「それで火薬も一人で返そうとしたりしたんじゃな。そう聞くと、だいぶ救われるのう」

「それでも、不逞《ふてい》の輩に手を貸した事実は消えません。このまま工事に関わらせるわけにはいかないので、官舎で謹慎させています」

国枝が水を差すように言ったが、その顔にも苦渋が見えた。

「そうか。仕方あるまいの」

井上の言い方は、小野寺には少し寂しげに聞こえた。それから井上は、ふいに何事か気付いたように顔を強張らせた。

「あいつも武家の出じゃ。おかしなことを考えんように、誰か付けとけ」

「はい、承知しています。下働きの者が見ています」

自殺の危険については、国枝もよくわかっているのだ。

「よし。くれぐれも、気を付けえよ」

そのとき工事事務所の戸が開き、「失礼します」の声と共に、田所がおまつを連れて入って来た。

「おう、来てくれたか」

井上はおまつに椅子に座るよう手で示すと、国枝、草壁、小野寺を除く全員に席を外すよう命じた。おまつを呼んで来た田所は不満げな顔をしたが、渋々従った。

「さて、ご足労願ってすまんのう。やはり事情を聞かせてもらわんといかんので」

井上の言葉に、おまつは黙って頭を下げた。宮園が捕らえられたと聞き、十歳も老け込んだようなやつれた姿になっている。

「先斗町でのことは調べさせてもらいました。宮園さんの兄上とのことも」

草壁が言うと、おまつはびくっと肩を震わせたが、神妙に頷いた。

「先斗町を出た後に働いていた料理屋で、宮園さんの消息を聞いたんですね」

「はい。お客さんで来はった薩摩のお方から」

そう答える声は消え入りそうで、いつもの快活さは微塵も感じられなかった。

「それから一度、ここへ様子を見に来たそうですが」

「はい。確かに参りました」

「そのとき、宮園さんに会ったんですか」

「いいえ。お顔は見ましたけど、声はおかけせえしまへんどした。ご迷惑かもと思いましたんで。せやけど……」

おまつは俯いていた顔を上げ、躊躇いがちに続けた。

「お顔は、お会いしとった頃のお兄様に生き写しでした。それで、すぐにわかったんどす」

「そうですか。生き写しでしたか」

草壁は何か納得したように、二度ばかり頷いた。

「それで、先斗町の頃の客に野山吉兵衛さんが居たのを思い出して、店を出すのに頼ったんですね」

「はい。無理申しましたけど、聞き入れてくれはって……お金も少しばかり、貸していただきました」

小野寺は吉兵衛の顔を思い浮かべた。あの人物は愛想は言わないが、頼って来た者を突き放すようなことはしないのだ。それはおまつも徳三も同じだった。

「さて、では最初に火薬が盗まれた晩です。あなたは徳三さんと六輔さんらしい姿を見たと言った。あれは嘘ですね」

草壁は徳三のことに話を移した。おまつはまた頷いた。

「ほんまに、浅知恵で申し訳ないことをいたしました。そのことが廻り回って、権治さんと六輔さんが、あないなことに……ほんまに、何てお詫びしたらええか」

確かに、おまつの証言で疑いをかけられた徳三たちが、疑いを晴らそうと不寝番《ねずばん》をやってあの結果を招いたのだ。おまつが責任を感じるのも無理はなかった。が、それを責めるのも酷だろう。

「それは、宮園さんから疑いをそらすためですか」

「はい」

「では、あなたは宮園さんが火薬を盗んだと思っていたんですね。実際に火薬を盗んだのは、稲村配下の工夫です。金で雇われたら何でもする連中ですよ。どうして宮園さんだと？」

「は、はい、それは……」

おまつは言いにくそうに身じろぎした。草壁は待たずにそのまま続けた。

「いや、想像はついています。あなたは、何度か一人で店に来た宮園さんに、兄上と自分のことを話したんですね」

おまつはまた肩を震わせたが、素直に話を認めた。

「そうどす。何や宮園はん、昼間と違《ちご》うて一人で飲んだはるときはえろう辛《つろ》そうなご様子やったんで、見てたら堪らんようになって……それでお兄様とのご縁をお話しして、何か力になれるんやったら、て申し上げたんどす。そしたら、びっくりしはりましたけど……」

そこで口籠るおまつに代わり、草壁が先を言った。

「宮園さんは、腹に抱えていた悩み事を打ち明けた。つまり、稲村にさせられていることを」

「はい、おっしゃる通りどす」

おまつはまた目を伏せた。そのときの宮園の苦しむ様子を、思い出したのだろう。

「うちがあんなことを言うたのがすぐ宮園はんに知れて、宮園はんはうちに、なんでそんなことをて、えらい怒って言わはりました。せやけど、何としてもお力になりたい、て申し上げたら、許してくれはりまして……それで……」

「その晩、火薬を戻すために不寝番に酒を飲ませて手を貸したんですね」

「そうどす。ほんま言うたら、お酒に眠とうなる薬を少しだけ入れました」

「やっぱりね。酒だけじゃない気がしてましたよ」

「ほんまに申し訳ございまへん。せやけど、宮園はんはその後は一切うちに何もさせはらしまへんどした。うちが何て言うても、もう関わるな、て」

宮園としては、おまつに手伝わせたことで、余計に自らの負い目が増してしまったのだろう。だから昨夜は、無理しても一人でやろうとしたのだ。

「そうですか。いや、よく話してくれました。今日はもういいが、全てが片付くまでこの地を離れないで下さい。それだけお願いします」

おまつは、驚いたように草壁を見た。もっと厳しい処分をされると思ったのだろう。だが井上も草壁の言う通りにしなさいと言ったので、おまつは戸惑いつつも深々と頭を下げた。井上は戸口から顔を出して田所を呼び、おまつを送るように言った。田所は蚊帳《かや》の外に置かれて面白くなさそうだったが、命じられた通りにおまつに付き添った。おまつは何度も振り返っては井上と草壁に礼をした。

「あとで吉兵衛さんに、おまつさんを見てくれるよう頼んでおきます」

草壁が抜かりなくそう言い、井上は「頼む」と応じた。

「それにしても、おまつさんはどうしてそこまで。いくら昔いい仲だった相手の弟とはいえ、御一新前の話ですし」

小野寺がぼそりと疑問を口にすると、井上と草壁は顔を見合わせた。それから井上は首を傾げ、呆れたように言った。

「小野寺。君は馬鹿か」

「はあっ？」さすがに小野寺は憤然とした。

「いきなり馬鹿はないでしょう。いくら局長でも酷いです。何なんですか」

その反応を見て、草壁がくっと笑った。

「いや小野寺君、局長が言われるのはね、君は男女の機微に疎すぎる、ってことだよ」

「そういうことじゃ。兄に生き写し、というあたりでわからんか」

「え？　それってその……あ！　もしやおまつさんは、宮園さんに……」

小野寺がようやく察したらしいのを見た井上と草壁は、もう一度顔を見合わせて溜息をついた。

「小野寺、君はさっさと嫁を貰うた方が良さそうじゃのう」

からかわれた小野寺が赤くなったり青くなったりしていると、勢いよく戸が開けられて有村警部が現れた。

「局長閣下、遅《おそ》うなって申し訳ございもはん。権治殺しの犯人を捕らえたちゅうのは、ほんのこちですか」

「おう、やっと来たか。奴はのう、北山市助ちゅう工夫の組頭じゃ。捕まえて締め上げたら、割にあっさり殺しを白状しおった。手下十人と一緒にふん縛《じば》って、小屋の一つに閉じ込めたよ。君のところの巡査が張り番をしちょる」

「はッ、閣下の手を煩わせ、恐縮至極……」

「いや、儂やない。この草壁と小野寺が、捕まえたんじゃ」

「え？　はァ、左様で」

有村は疑うような目で草壁を見た。草壁は肩を竦めた。

「奴は捕らえましたが、指図をしていた稲村は取り逃がしました。それに、結局火薬は見つかっていません。まだ解決したわけじゃない」

「稲村は、京都警察にも連絡して網を張っておる。逃げ切れはせん。しかし火薬が見つからんとは、どういうこってごわすか」

「樽は見つかったんですが、中身は移し替えられていて空でした。してやられましたよ」

草壁は昨夜の顚末を話して聞かせた。聞き終えた有村は、首を捻った。

「そいなら、稲村は宮園が火薬樽を戻しに来《く》っと承知で、樽だけ煉瓦の中に置いて市助に待ち伏せさせとったたち、こういうことですか。そいで、汚れ仕事は市助にさせち自分はさっさ逃げた、と」

「昨夜《ゆうべ》のことだけ見れば、そうなります」

「解《げ》せんな。せっかく火薬をうまく隠したのに、それを使わんうちに逃げた、ちゅうんですか。しかも逃げたんは市助の捕まる前じゃ。早々に逃げる理由がわからん」

「言われる通りです。火薬が見つかれば、その辺もわかるかも知れませんが」

「市助は、火薬の隠し場所を知らんのですか」

「そうなんです。火薬は稲村が箱に詰め替えて荷車で運んで行ったそうで」

「こいは、いけんなっとるとですか」

「あまり考えたくはないが、市助以外に火薬で何かしようとしている稲村の配下がまだ居るんじゃないかと、心配しています。藤田社長も認めているように、工夫は寄せ集めですから何者が潜んでいてもおかしくない」

「うーむ……」

有村は唸り声を上げた。事件が片付いたのかと思って飛んできてみたら、火中の栗を拾いに来たような立場になってしまったのだ。

「そもそも稲村ちゅう奴は、何でこんな事件を起こしたんでしょうか」

警部たる者が口に出すにはいささか素人じみた疑問だが、井上も同調して首を振った。

「それがまた、謎なんじゃ。稲村には、工事を潰して得になる理由がない。寧ろ工事がうまくいった方が、今後の商売には都合がええはずじゃ。誰かに大金で雇われたとしか思えん」

「黒幕が居る、ちゅうことですな」

有村はしたり顔で頷いた。

「閣下、これは政治の話になりもすか」

「さあな。儂の口からは何とも言えん」

井上が不機嫌に返事したので、有村は慌てて引き下がった。

「ところで国枝、発破は十一時じゃったな」

井上が国枝の方を向き、確かめるように言った。国枝が、はっと背筋を伸ばす。

「そうです。準備は整っています」

「十一時九分の列車が着く前に片付けよう。乗客が見ている前でトンネルから煙が吹き出すのは、避けといた方がいいからのう」

確かに発破を知らない素人が見ると、爆発事故でもあったのかと思うかも知れない。音が聞こえるかどうかはわからないが、見栄えは良くないだろう。

「発破？　そいは、火薬を使うちゅうこつですか」

有村が驚いて言った。さすがに発破が何かは知っているらしい。

「そうじゃ。岩盤に当たったんで、崩さんといかんのでな」

「じゃっどん、盗まれた火薬がいつ使われるかわからんのにそれは……」

有村の心配は、この場の全員が共有していた。

「それは儂らが一番よくわかっちょる。それでも、トンネルを完成させるにはやらにゃあならんのじゃ」

「警部さん、火薬が盗まれてからずっと、トンネルの内外には番人を立ててる。発破が決まってからは、トンネルには顔の知れた銀山の坑夫と我々技手以外、誰も入れないようにしています。怪しい奴は、トンネルに近付くこともできない。危険なことは承知している。だが、これは我々のトンネルだ。必ず守ります」

国枝が有村に面と向かい、力強く言い切った。この場に居る井上や技手たちの思いを、国枝の言葉は代弁していた。有村はさすがにそれ以上言えなかったようで、黙ってしまった。

坑道の一番奥で岩盤の前に立った草壁は、感心した様子であちこちに視線を向けていた。岩盤に何本も穿たれた穴には既に火薬が詰められ、導火線がそこから延びていた。

「ふうん、こういう風にするんだな」

確かめるような呟きが、草壁の口から漏れた。いつもと違って子供のように目を輝かせている草壁が、小野寺には何だか微笑ましく思えた。

「さあ、そろそろ坑道から出て下さい。あと十五分で点火します」

国枝に促され、草壁と小野寺は坑口へと向かった。国枝と発破係の坑夫たちは、坑道内に設けられた待避所で爆発をやり過ごすことになる。

「これでもう遺漏《いろう》はないな」

わかっているはずだが、まだ気になるようで草壁が言った。

「大丈夫ですよ。坑道の中は徹底的に調べて、何も仕掛けられていないと納得したじゃありませんか。技手と銀山の人たち以外、誰もこの中へ入っていないのは確かです。これ以上心配しても仕方ありません」

そうまで小野寺に言われて、草壁も黙った。それでも坑口を出るとき、草壁は坑内を二度振り返った。

坑口の周辺には、坑夫たちが集まっていた。有村と彼の連れて来た巡査たちも、坑口に近付く者がいないか目を光らせている。その外側には、手の空いた工夫の他、非番の駅員や、近所の住民も居た。みんな、最後の発破だと聞いて見物に来ているのだ。昨日から泊まり込んでいる藤田商店の延谷の他、矢島まで来ていた。

「用事で京都に来てたんですが、京都駅で発破と聞いて見に来ましたんや。削岩機の修理が間に合わんで、えらいすんまへんでした」

「そうですか。削岩機は使えなくても大丈夫だったようですよ。矢島さん、見物はいいですが、これ以上は絶対近付かないで下さい」

よくわかりましたと一礼する矢島と延谷を後に残し、小野寺は坑口の脇に陣取った。巡査と坑夫が見張っているので、見物はそれ以上寄って来ないが、無関係の人間が意外に多い。しかしまあ、帰れと言うわけにもいかないし、害はあるまい。

そんなことを思ったとき、坑内から「点火用ー意ッ」と叫ぶ声が微かに聞こえた。さらに続けて「点火、退避ーッ」という声も聞こえた。いよいよだ、と思い懐中時計を出して見る。十一時ちょうど。時計に蓋をし、そのまま息を殺して待つ。やがて坑道の奥からくぐもった爆発音が聞こえ、しばらく時を置いて坑口から、埃混《ほこり》じりの煙がもやもやと出て来た。

「ふむ、無事に終わったようだな」

草壁が呟き、同時に見物から拍手が起こった。見物の間からは、もっと派手なんかと思うた、などと無責任な呟きも聞こえた。素人が花火のようなものを期待していたとしたら、確かに地味には違いない。

無関係の見物は早々に散り始めたが、坑口の人々はそのまま待った。数分経ったかと思った頃、国枝が坑道の奥から走って来た。

「ようし、うまくいった。発破は成功だ」

坑口に出るなり、喜色満面になった国枝がそう叫んだ。坑口に居た人々は、一様に安堵の表情を浮かべた。

「それじゃ、岩盤は崩せたんですね」

小野寺が確かめると、国枝は力を込めて「うん」と返事した。

「行ってみて確認するが、計算通り崩れたようだ。これで貫通も見えたぞ」

国枝は弾むように言って小野寺の背中をどんと叩き、傍らに居た田所を見つけて指示を飛ばした。

「すぐズリ出しにかかろう。トロッコを入れてくれ」

「わかりました」

田所は頷き、手前で待機していたトロッコに合図を送った。その様子を見ながら、草壁が小野寺に聞いた。

「これで終わりか。うまくいったようだな」

ちょうど後方から、汽車の汽笛が聞こえた。十一時九分の汽車が到着するらしい。予定通り、汽車の到着までに発破は片付いたわけだ。

「ええ。とりあえず爆破は計算通りにいったようです。後は発破で崩れた岩や土をズリ出しして、ひびの入った部分を手掘りでさらに崩していきます。あ、その前に安全は確認しますよ。もし点火しなかった火薬が残っていて事後に爆発したりしたら、大変ですから」

「そうか。まずは一安心だな」

そう言ってすぐ、どうしたわけか草壁の表情が固まった。

「あれ、どうかしましたか、草壁さん」

不思議に思って小野寺がその顔を覗き込むと、草壁は近付いて来るトロッコの方をじっと見つめていた。

「事後に……」

トロッコから目を離さずに、草壁はそう呟いた。いったい何だ、と小野寺が不審に思ったとき、草壁はいきなりトロッコを指差した。

「あのトロッコを押してる連中、銀山の坑夫じゃないな」

「え？」

小野寺はトロッコを改めて見た。五台ほど繋がったトロッコを、五人が押している。草壁が言うように、それは銀山の者ではない。

「ええ、そうです。トロッコは銀山の領分ではないんで、線路工夫が扱うことになってます。あれ、草壁さん、何をするんです」

草壁はいきなり前に出ると、手を出してトロッコを押し止《とど》めた。トロッコを押していた工夫ばかりか、田所も驚いて草壁を見つめた。

「ちょっとトロッコの中を見せろ」

工夫たちが、立ちすくんだ。これには、小野寺も何か異様なものを感じた。草壁は工夫を押しのけるようにしてトロッコの中を見た。そして一瞥するなり、「小野寺君、田所さん」と大声で呼んだ。工夫がじりじり後ろに下がる。

「何です。どうしました」

駆け寄った小野寺と田所に、草壁はトロッコの中を示して聞いた。

「ズリ出しに入るトロッコには、初めからこんなに土が積んであるものなのか」

言われて覗き込むと、確かにトロッコの中には土が半分ほど入っている。

「え、こんなことはありません。ズリ出しに行くなら、当然空っぽで……」

言いかけた小野寺は、土の端から異様なものが顔を出しているのに気付いた。それは、導火線の先端だった。間髪を容れずに小野寺は坑口を振り向き、そこに居る坑夫や巡査に向かって大声で、「大変だ！　来てくれ」と叫んだ。

草壁はトロッコに手を突っ込み、土をさっと払った。一払いでその下にある木の板が現れた。ただの板、と言うより蓋をした、という感じだ。その板を摑んで、放り出した。板の下には黒色火薬が一杯に詰められ、導火線はその中に突っ込まれていた。

「火薬だッ！」

それを目にした田所が、仰天して叫んだ。こちらに駆け寄って来る巡査の一人が声に気付き、笛を咥《くわ》えて吹いた。ピリリッという甲高い音に、付近に居合わせた誰もが驚いてこちらを見た。工夫たちは身を翻《ひるがえ》し、逃げようとした。一番手前に居た一人の腕を、草壁がむんずと摑んだ。

「おい、誰に言われた。トンネルの中でこれに火を点けるつもりだったのか」

「い、いや、俺らは、ただその……」

摑まれた工夫は目を白黒させた。思う言葉が出て来ない様子だ。他の工夫のうち、あと三人は駆け付けた巡査が取り押さえた。

「お、俺らは兄貴に言われて……」

辛うじてそう言うと、草壁に捕まった工夫は助けを求めるように後ろを見た。が、そこに相手は居ない。小野寺は前方を指差して叫んだ。

「草壁さん、あいつだ！」

一目散に逃げて行く工夫の後ろ姿が見えた。草壁は了解すると、すぐさま工夫を追い始めた。小野寺も後に続く。

「こらあっ、待てえっ、待たんか！」

ようやく追いついてきた有村警部が、小野寺の脇で叫んだ。無論、待つわけはない。工夫はだいぶ先を行き、駅構内を駆けていた。ちょうど機関車が連結を外して客車の京都側に出るため、機回し線に入って来た。その運転台から首を突き出してこの逃走劇を驚きの目で見ているカートライトの顔が、ちらりと見えた。

「くそっ、あいつ逃げ切りそうだ」

巡査の一人が走りながら、吐き捨てるように言った。工夫は思いのほか足が速い。追いつくどころか、小野寺たちは引き離されていた。カートライトの機関車は、その横の機回し線を蒸気を噴き上げながらずんずん進んで行く。あの機関車に乗れればすぐ追いつけたのに、と小野寺は埒《らち》もないことを思った。

瞬《まばた》きするうちに機関車は逃げる工夫に追いついた。その刹那《せつな》である。カートライトが運転台から身を乗り出し、追い越しざまに手にしたスコップをさっと一振りした。スコップはまともに工夫の後頭部を捉え、工夫は忽ち昏倒した。カートライトはすぐさま運転台に引っ込み、機関車は何事もなかったかのように機回し線から本線に戻っていった。

草壁と有村たちは、倒れた工夫の腕を摑んで引き上げ、縛り上げた。工夫はまだ朦朧《もうろう》としている。小野寺は工夫を彼らに任せ、機回し線の脇を走って、客車に連結を終えた機関車に駆け寄った。

「ミスタ・カートライト!」

大声で呼ばわると、カートライトが顔を出した。何の用だという表情だ。

「ありがとうございました。おかげで犯人を捕らえることができました」

英語でそう礼を述べると、カートライトはわかったというように軽く手を上げた。

「でも、どうして手を貸してくれたんですか」

普段は、気に入らなければ余計な仕事は一切しない男である。小野寺の問いかけには笑みも見せず、ただ肩を竦めてこう言った。

「なあに、俺の機関車にぶつかられちゃ困るからさ」

それから、ちょっと片目をつぶって言い足した。

「それに俺の国でも、警官に追われて走ってる奴は悪者と相場が決まってるんでね」

「まったく、あの稲村めは何ちゅうことをしよるんじゃ」

火薬の顚末を聞いた井上は、憤懣《ふんまん》やる方ないという顔で吐き捨てた。

「ズリ出しのトロッコに火薬を仕掛けて、発破が成功して油断しとる隙を狙うとは、ほんに悪知恵の働く奴じゃのう」

「危ないところでした。気付かなければ、点火しなかった火薬が後から爆発した事故、とされてしまいかねないところでした」

国枝も苦い顔をしている。発破の前にはあれだけ警戒したのに、事後を狙われるとは考えもしなかった自分にも、腹を立てているのかも知れない。

「いや、それはないでしょう。奴らが仕掛けようとしたものに比べたら、発破の火薬量は大したことはない。爆発の大きさが全然違いますよ」

小野寺は常識的なことを述べたつもりだったが、国枝は表情を緩めなかった。

「それはそうだが、見物していた者も新聞記者も素人だ。我々の失敗、と書いた方がわかり易くて売れるなら、そういう風に噂するだろうし記事も書くだろう」

「とにかく稲村を捕まえて、なぜこんなことをしたのか理由を聞かんことには、話にならん。警察は何をしちょるんじゃ」

有村警部は巡査たちの尻を蹴飛ばしているが、稲村は見つかっていない。列車に乗るのは目撃されていないので徒歩で逃げたのに違いなく、街道筋にも捜索の手を伸ばしているのだが、手掛かりはまだなかった。その有村の様子を見る限り、彼が薩摩による長州追い落としの陰謀のお先棒を担いでいるとは、小野寺には到底思えなかった。

「捕まえた工夫は何も知らんのか」

「残念ながら。逃げてカートライトに殴り倒された奴が、連中の頭です。稲村から金を貰って、あと四人を集めたそうです。受けた指図は、火薬を積んだトロッコを押して坑道に入り、一番奥まで行って導火線に火を点けて逃げて来い、終わったらもっと金をやるから、ということだったんです」

草壁の説明を聞いて、国枝が目を剝いた。

「ええ？　逃げて来いも何も、あの導火線は二、三寸の長さしかない。点火したらあっという間にドカンですよ」

「つまり、何も知らんど素人の工夫を騙して、口封じに一緒くたに吹っ飛ばす肚だったんじゃな。血も涙もない奴じゃのう」

井上は憤然として、卓を叩いた。

「それにしても草壁君、ようトロッコの仕掛けを見抜いてくれた。さすが八丁堀でも一番の切れ者じゃ。あんたに来てもらった儂の目に狂いはなかったのう」

井上はここで改めて草壁を持ち上げたが、当の草壁はその賛辞が鬱陶《うっとう》しいとでもいうように、しかめ面をしていた。

「先ほど局長が言われたように、稲村を捕まえて全部吐かせるまでは安心できませんよ」

「うん、その通りですが、トンネルは間もなく貫通します。奴らにはもう仕掛けの道具がないし、時間も尽きかけてる。これ以上はもう妨害はできないのでは」

国枝が念を押すように言ったが、草壁は完全には賛同しなかった。

「ええ、英語でラスト・チャンスでしたか、奴らは確かにこの逢坂山では機会を逸したかも知れません。しかし、鉄道工事はこれで終いではないでしょう。もっと難しい工事が控えているんじゃありませんか」

その言葉に、井上と国枝は虚を衝かれたようだ。

「柳ケ瀬《やなせ》トンネルか？ まさか次はあっちを狙うと？」

次に井上が建設を目論《もくろ》む敦賀と米原を結ぶ鉄道は、柳ケ瀬の峠をトンネルで越える予定である。そのトンネルは、逢坂山の倍以上の長さになると見込まれていた。これに失敗すれば、逢坂山が成功してもあれは運が良かったから、易しい工事だったからできたのだと言われるかも知れない。日本独自の鉄道を順調に育てていくには、柳ケ瀬も越えなければならない山なのである。

「その柳ケ瀬とやらがどういうものか知りませんが、それもあり得る、ということです。ここで禍根を断っておかないと、この先何があるかわかりません」

草壁の警告に、井上と国枝は腕組みをして、うーむと唸った。

突然、そこへ聞き覚えのない大声が響き渡った。

「おうい、ちょ、ちょっと、えらいことや。あ、良かった、ちょうど巡査も居るやないか。早《はよ》う来てくれ、ほんまにえらいことやねん」

工事事務所に居合わせた人々は、何事かと一斉に戸口に目を向けた。戸口の外では、神主姿の四十くらいの痩せた男が、居合わせた巡査に何事かまくし立てている。聞き慣れない大声は、その神官のものであった。

「どうしたんです。何事ですか」

国枝が呼びかけると、うろたえている神官に代わって、話を聞いていた巡査が答えた。

「はっ、どうやらこの先の逢坂峠にある関蟬丸《せきせみまる》神社の脇の藪《やぶ》の中で、首吊り死体が見つかったそうです。こちらはそこの神官で」

「何、首吊りだって？」

草壁が立ち上がった。

「どうしてここへ知らせに来たんだ。まさかその死体、ここに関わりのある者なのか」

「そ、そうですんや。ここの現場近くで何べんもお見かけしたことのある人ですわ。確か、線路工事の工夫の人らに指図してはるお方のようで」

「何じゃと！」

井上も国枝も小野寺も、飛び上がった。巡査も事の重大さを察したようだ。警部を呼んで来ますと叫んで駆け出していった。

「そりゃあどこじゃ。案内してくれ」

どたどたと血相変えて飛び出して来た井上たちに、今度は神官の方が度肝を抜かれたらしく、目を剝いた。

「え、ええ？　あ、いや、こっちです。ついて来とくんなはれ」

有村警部も到着し、神官を先頭に立てた一行は、急ぎ足で神社へ向かった。

長い石段を駆け上り、神官の指さす方向に目をやると、そこは鬱蒼《うっそう》たる林である。

「あそこ、あの木の裏側ですわ」

それは特に目立たない普通の杉の木のようだが、よく見ると確かに、裏側に長い布袋《ぬのぶくろ》のようなものがぶら下がっている。下草をかき分けて近付くと、紛れもなく人間であることがわかった。草壁が先に立って木の裏側に回り、上を見上げた。そして溜息をついた。小野寺はその後から恐る恐る進み出て、草壁の見上げているものにそうっと目を向けた。

「うわあ……」

思わず声が漏れ、顔を背けた。胃の中から何かこみ上げてくるのを、懸命に抑える。それは稲村の首吊り死体だった。顔は歪んでいるが、間違いない。着ているものも、昨日と同じ羽織に股引だった。首筋には輪になった縄が食い込み、縄の端は地面から十尺ほどの太い枝に掛けられてから幹に結ばれていた。

「うーむ、遅かったか」

井上が死体を見て呻いた。これでもう、稲村がなぜこんなことに手を染めたか聞くことはできない。

有村警部が地面から一尺ほど浮いている死体に近寄り、ざっと検分してから巡査に縄をほどいて下ろすよう命じた。

「逃げ切れない、と観念したんでしょうか」

縄を外されて横たえられた死体を見て、国枝が呟くように言った。

「いや、違いますね」

首筋を調べていた草壁が、きっぱりと言った。

「違う？」有村が眉を逆立てた。

「ご覧なさい。縄の食い込んだ跡が二本ある。一本は斜め、一本は水平に近い。同じくらいの背丈の誰かに、後ろから縄で絞められたんですよ。絞め殺してから吊るして首吊りを装った。珍しくもないやり口です。私も以前に一度、扱ったことがある」

「おお、なるほど。さすが八丁堀の目は誤魔化せんのう」

井上がいたく感心した様子でしきりに頷いた。有村はこの口出しに苛立った顔を見せたが、すぐ草壁の言う通りだと認めた。

「それに、稲村は事が露見する前に姿をくらましてる。充分逃げ切れたはずで、自死する必要などありません」

「黒幕に口を塞がれた、ちゅうわけか」

草壁に一本取られたのを取り返すつもりか、有村が腕組みしながら神官に言った。

「昨夜《ゆうべ》は何か怪しい物音などは聞かんかったか」

「はい、儂らはここの反対側の社務所でぐっすり寝ておりましたんで。けど、夕方六時に見回ったときは、何もありまへんでした」

神官の返答に、有村は思った通りだというように大きく頷いた。

「殺しは昨夜遅くのことでごわすな。黒幕の手先の仕業ちするると、こん大谷界隈《かいわい》でよそ者が目立たず動き回るには、やはり工夫に紛れ込むのが一番じゃ。すぐ工夫を調べもそう」

「しかし、工事に関わっとる者はこの大谷の現場だけでも二百人は下らんぞ。一人ずつ調べておっては、埒が明かんじゃろう」

「局長の言われる通りです。それに工夫の誰かが犯人なら、とっくに逃げてしまったでしょう」

草壁が溜息をついて言った。

「では、どうする」考えに詰まった様子の井上が聞いた。

「黒幕の方から探り出すしかありますまい」

「当てはあるのか」

「正直、ありません。いまは動くより、まず考えるときです」

草壁はそれだけ言うと、さっと一同に背を向け、すたすたと歩み去った。残された井上たちは、何も言えずにただその後ろ姿を見送った。

「ああ、ちょっと草壁さん、待って下さい」

小野寺一人が慌てて草壁を追い、石段を駆け下りて行った。

第十一章　一枚の切符

窓から差し込んだ晩夏の夕陽が、安物の畳とその上に寝転がった草壁の背中を炙《あぶ》っている。部屋の隅で膝を抱えた小野寺は、湧き上がって来る苛立ちをどうにか抑え込んで、草壁をじっと睨んでいた。

神社から官舎に戻った後は、握り飯を二つばかり齧《かじ》っただけで、草壁はこの四時間というものずっと畳に寝そべったままだ。眠ってはいないが、時々寝返りを打つだけで何も喋ろうとはしなかった。「まず考えるとき」と言っていた以上、こうして事件のことを一から考えているのだろうが、しびれを切らした小野寺が「あのう、草壁さん」と話しかけようとしても、顔も向けずに「ちょっと黙っててくれ」と遮られてしまう。

仕方がないので、小野寺も自分で考えてみた。黒幕はいったい誰か。最も怪しいのは薩摩だ。鉄道局は、草壁も指摘したように長州閥と見なされている。鉄道局の失点は長州の失点、と薩摩の連中は考えているだろう。稲村を金で雇うのは簡単だし、宮園の弟のことも同じ薩摩の者なら誰かが知っていて当然だ……。

だがしかし、と小野寺は思う。鉄道局は政府部内でも中枢《ちゅうすう》からはかなり遠い。井上局長は政治的な野心をほとんど持たない技術屋で、同じ井上でも工部卿の井上馨に比べれば影響力はだいぶ小さい。そんなところを攻めても、薩摩の復権にどれほど役立つだろうか。

薩摩以外でも、井上工部卿や山尾工部大輔らは井上局長の方針には賛成していない。しかしそれは主に予算の配分という金の問題で、そのためにこの工事を潰そうとするとは思えない。

ならば、他に誰が考えられるか。爆破を行ってまで工事を失敗に終わらせたい者。どうも思い浮かばない。まさか、鉄道を敵視する闇の秘密結社でもできたのだろうか。

馬鹿馬鹿しい、と頭を振る。これでは駄目だ。すっかり煮詰まってしまった。しかしこのくらいまでは、草壁も当然考えているだろう。四時間もじっとしているということは、それよりも先を考えているに違いない。だがその「先」は、小野寺の頭では思い付けない。

「あー、駄目だ。頭が回らない」

頭を掻きむしりながら、つい声が出た。

「だったら、外でも散歩してきたらどうだい」

草壁が寝転んだまま、ぶつぶつと言った。つまり、邪魔だからしばらく出て行ってくれという意味だろう。小野寺は、いささかむっとした。

「散歩なんか結構です。私は私なりに考えますから」

そう言い返すと、草壁はただ「そうか」とだけ言って、また自分の思考に戻った。

私なりに考える、と言ってはみたものの、小野寺の頭の中は堂々巡りのまま、三十分経っても一時間経っても先に進まなかった。日が暮れて晩飯も届いたが、食べる間も無言が続いた。食べ終えた草壁はまた横になった。時間だけが、ただ静かに過ぎて行く。

「あの、草壁さん」小野寺はふいに、草壁の背中に向かって話しかけた。

「一度聞いてみたかったんですが……草壁さんほどの頭と腕がある人はそう居ないのに、どうしてどこにも勤めようとしないんです。何か考えがあるんですか」

どうして今それを聞こうと思ったのか、小野寺にもよくわからなかった。沈黙の時間が重くなりすぎたからかも知れない。草壁からは、たぶん返事はないだろうと思った。

だが、一分近くも経ってから、草壁は背中を向けたままでぼそりと言った。

「考えってもんでもないが」

「えっ」小野寺は驚いて問い返した。「何かあったんですか」

それからまた一分ほどの間を置いて、草壁は話し始めた。

「戊辰の戦の終わり頃だ。薩長の官軍がもうそこまで迫ってるって、江戸では誰もが浮足立ってた。奉行所もな。そんな中、殺しがあった。難しいもんじゃない。些細《ささい》な喧嘩から始まった、単純な殺しだ。だが、殺された奴の知り合いに、薩摩藩出入りの商人が居た。奉行所は、適当に理由を付けてそいつをしょっ引いた。薩長の手先が江戸に潜り込んでいて、官軍と示し合わせて蜂起《ほうき》するんじゃねえかと奉行所は戦々恐々だった。それで、殺しの方はそっちのけで、その商人に薩摩と繋がりのある奴を吐かせて、一網打尽にしようと考えた」

そんな話になると思っていなかった小野寺は、ひどく驚いた。

「その商人、殺しの下手人ではなかったんですね」

「ああ。薩摩に関わる者を、理由もなくしょっ引くわけにはいかねえ。下手すりゃ蜂起を煽《あお》るって思ったんだ。で、渡りに船で殺しの疑いをかけたのさ。だが、いくら責めても吐かねえ。当たり前だ、何も知らねえんだから。御定法《ごじょうほう》では拷問には老中《ろうじゅう》の許しが必要なんだが、あの時はもうお構いなしだった。で、結局責め殺しちまったんだ。俺が、こいつは下手人じゃねえって何度上に言っても無駄だった。誰もまともに考えられなくなってた」

「うわ……酷い話ですねえ」

「ああ、酷《ひで》え話だ。役所に限らず、大きな組織は一度変な方向に走り出すと止められなくなっちまう。それで宮仕えに嫌気がさしたんだ。騒動が収まって江戸の町が落ち着いたら同心なんか辞めるつもりだったが、奉行所の方が先に潰れちまった」

そんなことがあったのか。草壁が浪人暮らしを続けるのも、どこか斜に構えた態度を取るのも、それを聞けば腑に落ちた。なぜ話す気になったのかはわからないが、草壁もいつかは誰かに聞かせたかったのではないか、そんな気がした。

その後はまた、沈黙が訪れた。前よりさらに重い沈黙だ。何となく責任を感じた小野寺は、気分を変えようと別の話を振った。

「そう言えば草壁さん、昼に局長たちに、この逢坂山が無事に終わっても犯人を捕らえない限り、次の柳ケ瀬も危ないように言っておられましたね。本当に、犯人はそこまでやると思うんですか」

「ああ。いつまでも続けるとは言わん。しかし、ここまでやった以上、次の機会ぐらいは狙うと思っておいた方がいい」

草壁は釘を刺すような言い方をした。

「柳ケ瀬っていうのは、ここより大変なのか」

「ええ、そりゃあもう。長さが逢坂山の倍以上、というだけでなく、冬場は深い雪の中です。工事の苦労は倍では済まないでしょう」

「この工事でも充分大ごとだと思ったのに、さらなる大ごとにすぐさま挑戦しようっていうのか。局長も疲れを知らんお人だな」

草壁が感心したように言い、小野寺は自分もそれに関わるだろうことを思って、ちょっと誇らしくなった。

「局長たちにとっては、鉄道の延伸《えんしん》は待ったなしですから。でもこの柳ケ瀬、実はまだ局長たちの頭の中にあるだけですがね。この路線、まだ許可が下りていないし正式な測量もしてないんです」

「何だ、そうなのか。でも、井上さんは何が何でもやる気なんだな」

「そうなんです。気が早いと言うか、例の削岩機、もうこの現場では間に合わないから、修理できたら柳ケ瀬に回すよう手配したらしいですよ。矢島さんが言ってました」

「そうか、削岩機か。もう忘れてたな……」

そう呟いた後、草壁は急にまた黙り込んだ。どうしたのかと思って声をかけてみたが、返事はない。また一人で思考の世界に入ってしまったようだ。小野寺は話しかけるのを諦めた。

どうやらそのまま寝てしまったらしい。気が付くと、もう明るくなっていた。時計を見ると、七時を少し過ぎたところだった。起き上がって部屋を見回したが、草壁の姿がない。さっさと起きて、工夫が来る前にまた現場を見に行ったのだろうか。

表に出て大きく伸びをし、顔を洗ってから小野寺もぶらぶらと散歩に出た。朝の爽やかな空気は思考の助けになるのではと思ったが、これと言って新しい考えは浮かんでこなかった。

駅前に出ると、村内駅長が気付いて近寄って来た。

「おはようございます、駅長」

「やあ、おはよう。なあ小野寺君、草壁さんはどこへ行ったのかね」

朝の挨拶としては、意外だった。むしろ小野寺の方から、草壁さんを見ませんでしたかと聞こうと思っていたのに。

「いえ、知りません。その辺に居ませんか」

「いや、その辺も何も、六時四十六分の始発列車に乗って行ったよ。それでどこへ行くのかと思ったんだが、君も知らんのか」

「列車に乗った？」

小野寺はびっくりして目を見開いた。昨夜は何もそんなことは言っていなかったのに。どこまでの切符を買ったのかと聞きかけたが、草壁は鉄道局の鑑札を持っているので、どこへ行くにも切符は不要だ。いったい自分を置いて、一人で何をしようというのだろう。小野寺は怒る前に首を捻った。

「それから妙なことを聞いとったぞ」

「妙なこと、とは」

「ああ。途中の駅から乗った客が大阪へ行くのかどうか、車掌にはどうやってわかるのか、ってね。そりゃあ、切符を見せてもらうか直接その客に聞くしかない、と答えたら、すごく満足そうな顔をしとった。どういうことかね」

どういうことかねと言われても、小野寺にはさっぱり見当もつかなかった。


八時九分着の列車で、井上が着いた。いつもより一本早い。いよいよ貫通が近いとなって気が逸っているのだろう。井上は列車から降りて小野寺に気付くと、手招きした。

「はい、局長。おはようございます。今日はお早いですね」

「うむ。おい、草壁君は一人で何しに行ったんじゃ」

「え？　どうしてご存知なのです」

「どうしてって君、さっき汽車に乗るとき、京都駅で会《お》うたんじゃ。向こうは七時二十五分の下りで神戸へ行きよったぞ」

「えっ、神戸ですか」

てっきり京都へ行ったものと思っていたが、さらに乗り継いで神戸に向かったとは、予想外だった。

「いったい神戸に何の用事が……」

「だからそれを儂が聞いとるんじゃないか。何だ、お前さんも知らんのか。ははあ、置いてきぼりを食ったな」

井上に嗤《わら》われ、小野寺は赤くなった。

「昨日の午後からずっと、犯人について考えていたんです。たぶん、何かを思い付いたんでしょう」

「で、何を思い付いたのかお前さんにはわからんと」

「はあ……面目ありません」

正直なところ、神戸にまつわることは何一つ思い浮かばなかった。

「ふうん。まあいい、遅くとも明日には帰ると言うておったからな。果報は寝て待てじゃ」

井上は苛立った様子もなく、意気揚々と工事事務所の方へ歩いて行った。小野寺は溜息をついた。いくら寝ていたとは言え、自分に何も告げずに出かけるとは、未だに信用されていないのだろうか。だがそれより、今まで草壁と同じものを見てきたはずなのに、神戸に何があるかまだ気付けない自分に腹が立った。

結局、草壁はその日は戻って来なかった。小野寺は一日中、トンネル坑口と駅と資材置場の間を行ったり来たりしながら、悶々《もんもん》として過ごした。神戸のことを考えると頭が回らなくなり、とうとう下手な考え休むに似たりと蓋をしてしまった。

そんな小野寺とは違って、トンネル掘りの坑夫たちは皆、意気軒昂《いきけんこう》であった。国枝が貫通まで数日と断言したので、銀山の外での自分たちの初めての大仕事もいよいよ大詰めだと高揚《こうよう》しているのだ。火薬を使う作業はもうないため、余分な火薬は今日中に貨車で撤収するはずである。念のため見張り番はあちこちに置かれたままだが、さらに大きな妨害が仕掛けられるとは、もう誰も思ってはいなかった。

線路工夫たちの方は銀山の連中とは違って、いつもと変わりない様子で黙々と作業を行っていた。坑口までの路盤はもう完成し、あとは周辺の土工とトンネル内の路盤工事、そして本線レールの敷設だ。工夫の仕事は、まだ半年以上は続くのである。彼らの中から、稲村に雇われて犯行に手を染めた連中が何人も捕縛されているが、誰も意に介していないようだ。所詮はここで会っただけのよそ者たちである。ここでの仕事が終われば、すぐに散って行く。隣で働く男が罪人であろうと何者であろうと、彼らにとってはどうでもいいことなのだろう。

小野寺は改めて足場に囲われた坑口を見上げた。日本で初めて掘られた鉄道用の山岳トンネルである。これほどの代物を、外国人技師の力を一切借りずに貫通まで持って来られたのだ。

（やれば、できるものなんだ）

時期尚早だと声高に叫んでいた慎重派は、これを見て黙るしかないだろう。井上局長は正しかった。これで柳ケ瀬のトンネルも無事に完成させられたら、もう外国の技術に頼ろうという者はいなくなる。自分たちで、必要と思うところどこへでも、線路を延ばしていくことができるのだ。局長の言うように、機関車を自前で作れる日も遠くないかも知れない。全ては、ここから始まるのだ。そして自分はいま、その始まりの場に立っている。小野寺の気分も、次第に高揚してきた。


草壁が戻ったのは、翌日の昼前だった。そしてその戻り方は、意表を衝いていた。

「あれ……草壁さん！　いったいどこから来たんです」

街道を歩いて駅前に近付いて来る草壁に気付き、小野寺は驚いて声を上げた。汽車で神戸へ行ったのに、まさか歩いて戻るとは思わなかったのだ。

「よう、小野寺君。置いてって悪かったな」

草壁は小野寺に向かって軽く手を上げると、陽気に言った。

「悪かったな、じゃありませんよ。何でひと言、言ってくれなかったんです」

「すまんね。だいぶよく寝てたから起こすのも何だと思ってね。それに、考えが固まらないうちは一人で動いた方がいいと思ったんだ」

つまり、考えをまとめながら動くのに邪魔されたくなかったわけか。小野寺は不満だったが、これ以上文句を言っても仕方がない。

「まあいいです。それで、どうしてまた歩いて戻るなんてことに」

「いや、山科まで汽車で来て、そこから歩いて来たのさ」

「山科？　そんなところで降りて、何をしてたんです」

大谷の一つ京都寄りの駅だ。酔狂にもひと駅分歩いて来たと言うのか。

「どうしても確かめたいことがあってね。おかげさまで、首尾よくいったよ」

草壁は満足そうな笑みを浮かべ、懐から何かを出して掌《てのひら》に載せ、小野寺に見せた。

「え……？　何ですかこれ。切符じゃないですか」

草壁が出したのは、一枚の乗車券だった。見たところ、使用済みのようだ。これが何だと言うのか。

「これ、草壁さんが乗って来た切符ですか。鑑札があるのに、どうして切符を」

「違う違う、日付を見たまえ」

そう言われて覗き込むと、確かに今日のものではない。

「あれ、二十日も前のですね。山科駅で見つけたんですか」

「ああ。回収した切符、着札《ちゃくさつ》と言うらしいね。その中から見つけ出したんだ。あと十日もすれば処分されるそうだから、間に合って良かったよ」

「はあ。それで、これには何か意味があるんですか」

焦れったくなってきた小野寺に、草壁は悪戯っぽい笑みを向けた。

「何だい、日付を見てもわからないか？　少しは考えたまえ」

小馬鹿にされたようでむっとした小野寺だったが、しばらくその切符を見つめるうち、はっと思い出した。

「あ、これ、江口さんが殺された日……」

「正解だ」草壁がニヤリとした。

「おう、戻ったか。神戸で何をやっとったんじゃ」

工事事務所で一人昼食の弁当を食べていた井上が、入って来た草壁に期待を込めた目を向けた。国枝たちは、昼休みも惜しんで工事の追い込みに立ち会っているらしい。

「神戸くんだりまで出向いたからには、何か摑んだんじゃろ。勿体つけんと、教えてくれ」

せっかちに聞いてくる井上に、まあ待って下さいと手を振って草壁は椅子に腰を下ろした。

「いやあ、神戸駅ではすっかり時間を取られてしまいました。鑑札を見せて話を聞こうとしたんですが、私の役目について神戸駅は何も知らなかったんですね。胡散臭い目で見られて、初めは相手にしてもらえませんでしたよ。京都駅へ電信で問い合わせてもらう間、だいぶ待たされました」

「そうか。君のことはここから京都までの各駅にしか言うておらんかったからな。しかし神戸駅で何を調べたんじゃ。知りたいことはわかったのか」

「ええ、わかりました。神戸駅で調べたのは、ごく簡単なことですから」

「神戸の用事というのは、それだけか」

「いや、他にも二、三件。どちらかと言うと、駅よりそっちの方が重要でしたが」

「ほう。そりゃあ、どういう話なんじゃ」

「まあちょっと、長い話になってしまいますんで……」

「構わんぞ。その長い話とやらで黒幕の見当はついたんか」

「ええ、黒幕と言いますか、犯人はわかりました」

あまりにもあっさりと草壁が言ったので、井上は飲みかけた茶を吹き出した。

「犯人がわかった？　誰なんじゃそいつは！　薩摩か。それともまさか……」

「局長、滅多なことを大声でおっしゃらないで下さい」

それまで黙って草壁の傍らに控えていた小野寺が、慌てて井上を制した。そこで井上は、初めて小野寺に気付いたかのように顔を向けた。

「何じゃ小野寺、君は犯人を聞いたのか」

「はあ、ついさっきですが。しかし、まさかと思いまして、その……」

「ええい焦れったい。さっさと言うてみい」

身を乗り出して急かす井上に、草壁はまあまあと再び手を振った。

「正直、言葉だけではわかりにくいかと。明日の午後にでも、関わった方々御一同にお集まり願いましょう。そこでお話しします。ちょっと狭いですが、この会議用の卓を外に出して椅子だけ並べれば、何とか入れるでしょう」

「おいおい、いったい何人呼ぶつもりじゃ」

草壁は順に名前を挙げていった。井上の目が丸くなった。

「ほとんど皆じゃないか。宮園もか」

「ええ、そのつもりです。それから他に二名、鉄道の職員を呼びたいんですが」

「鉄道の者を？　誰と誰じゃ」

「一人は山科駅の出改札掛《がかり》です」

「ふむ。それは電信で呼べばすぐ来る。もう一人は」

怪訝な顔をしつつも請け合う井上に頭を下げてから、草壁は言った。

「江口さんが殺された列車に乗っていた、車掌です」


卓を外へ出しただけでは足りず、仕事用の机も脇に寄せた。それで十五人分ほどの椅子がどうにか並べられた。窮屈だが、この大谷の現場には、駅も含めてこの事務所以上に広い建物がないのである。

草壁は、興行師よろしく入り口に立って人々を迎え入れた。草壁にしてはずいぶん愛想がいいな、と小野寺は思った。犯人を突き止めて浮き立っているのか、或《あ》るいは犯人を油断させるための芝居だろうか。

宮園は、田所に連れられて入って来た。あれ以来、ずっと官舎に閉じこもったままで、食事もろくにとっていないのか、ひどくやつれている。草壁を見ると、両手を揃えて深々と頭を下げた。

田所に支えられるように宮園が座ると、井上が現れた。宮園は井上の顔を見るなり、はっとして目を伏せた。そして、そのまま崩れるように床に膝を落とし、その場に土下座した。

「局長、申し訳ありません。何ともお詫びの申しようもありません。本当に馬鹿なことをしました」

肩を震わせて謝罪する宮園の肩に、井上の手が置かれた。

「今はええ。草壁君に全てを聞いてからじゃ」

井上は宮園に椅子に戻るよう促し、宮園は涙ながらに頷いた。

宮園が席につき、井上が中央に座ると、次にやって来たのは意外な人物だった。

「あの、電信で呼ばれたんやけど、ここでええんか」

そう言いながら落ち着きなく周囲を見回しているのは、徳三だった。まだ京都の病院で六輔に付き添っていたはずだが、草壁が呼び出したのだ。

「やあ徳三さん、呼び立ててすまない。あんたにもぜひ聞いておいてほしかったんでね。そこへ座って」

草壁に椅子を示され、徳三は自分が場違いだと感じているのか、自信なげな様子で端っこの椅子を選んで座った。以前に鉄道に関わる全てに向けていた敵意は、ほとんど感じられない。何だかひと回り小さくなったようにさえ思えた。やはり六輔が鉄道に救われたことで、憑《つ》き物が落ちたようだ。

おまつも現れた。店を閉めたまま宮園同様閉じこもっていたのだが、顔色は悪いものの足取りはしっかりしていた。さすがに先斗町で鍛えられ、戊辰の戦を経てその後も一人で人生を歩んできただけに、芯は強いようだ。先に座っていた面々に黙って一礼すると、臆することなく宮園の隣に座った。宮園は驚いたような表情を一瞬見せたが、何も言わなかった。

それから残りの人々が、ばらばらと入って来た。国枝はまだ坑道の現場が気になるようだが、おとなしく席についた。その後に植木が続いた。大阪から呼ばれた藤田商店の延谷と、出先の神戸から呼び戻された矢島は、何で自分たちがと思っているのだろう、怪訝な顔をしながら到着した。最後に村内駅長と有村警部が、二人の鉄道職員を連れて入室した。

工事事務所に、草壁と小野寺を入れて十五人が集まった。草壁は一同を改めて見回し、望む顔ぶれが揃っていることを確かめると、満足の笑みを浮かべた。

「さて皆さん、本日は急なお呼び立てにも拘《かか》わらず、集まっていただいて恐縮です。ご都合もおありでしょうから、すぐに本題に入りましょう。これから、この数カ月のうちにこの大谷の工事現場で起きた事件全ての顚末を、明らかにしていきたいと思います」

第十二章　ただ鐵《くろがね》の道を行く

「お気付きの方も居られたでしょうが、今度の一連の事件は、どうもちぐはぐでした」

全員の注視を受け、前に立った草壁は、学校教師のように一同を眺め渡してから、ゆっくりと、明瞭《めいりょう》な声で話し始めた。

「石を落としたり足場を壊したりという荒っぽい仕事と、図面の改ざんというような繊細な仕事とが同居していたのです。明らかに手口が違う。荒い方は腕力があれば誰でもできるが、繊細な方は技手しかできない。それゆえ、実行犯は二組居る、ということは最初から容易に想像できました」

草壁が宮園に目をやると、宮園は目を伏せた。

「その技手については、国枝さんの話を聞いて資材置場を見てから、宮園さんだということはすぐにわかりました」

「すぐにわかったんですか」

国枝が目を丸くした。草壁は「ええ」と頷いて続けた。

「誰かが楔を抜いて材木の山を崩し、宮園さんが大怪我をするところだった、ということでしたが、真っ暗ならともかくまだ明るいうちに、人気《ひとけ》のない資材置場で全く気付かれずに宮園さんに近付くのはまず無理です。自作自演だった、と考えるのが一番理に適《かな》っています」

草壁が改めて宮園に目をやると、宮園は俯いたまま「おっしゃる通りです」と呟くように言った。

「国枝さんが戸棚に入れておいた足場の縄の切れ端を捨てたのも、あなたですね」

「はい」

「結構です。さて、それでは荒っぽい仕事の方は誰の仕業か。これは幾らでも考えられました。線路工夫でも、徳三さんたち鉄道嫌いの人たちでも、誰でもあり得ます」

徳三がそれを聞き、むっとした顔で「おい、儂らは……」と言いかけたが、草壁は、わかっていますと手で制した。

「ここで一つ、注目すべきことがあります。ごく単純で明白なことですが」

単純で明白、と言われて国枝が首を傾げた。

「何です、それは」

「トンネル工事は、こちら大谷の西口と、大津側の東口で同時に行われています。徳三さんたちは、どちら側にも入り込むことができる。徳三さんは大谷に住んでいるが、権治さんは大津側の人ですから。にも拘わらず、事件は全て西口で起こり、東口では何も起きていない。しかも、事件を調べるため私たちが西口に腰を据えた後はこっちを避けて東口で事を起こそうとするのが自然なのに、その後も依然として事件が起きるのは西口ばかり。ならば答えは明らかです。犯人は、西口に居るのは普通だが東口で目撃されたら不自然に映る人間だ、ということです。これは徳三さんたちには当てはまらない」

国枝が、あっという顔になった。確かに、見落としやすいが明快だ。

「ほな、あんたは初めから儂らを疑《うたご》うてへんかったんか」

徳三が驚いた様子で言うと、草壁は笑みを浮かべた。

「全く疑っていなかった、とまでは言いませんが、火薬が最初に盗まれたとき、おまつさんが徳三さんと六輔さんらしい人影を見た、と話したところで、ほぼ潔白だと思いましたよ。あれはあまりにも都合が良過ぎる証言でしたし、いくら月明かりがあってもあの距離で人影が誰に似ているかなんて、わかるはずがないですから」

名指しされたおまつは、青ざめた顔で徳三に向かって「ほんまに申し訳おへんどした」と、震えるような声で詫びた。徳三は少し戸惑ったようだが、「まあええわい」と言って横を向いた。

「さて、徳三さんたちを除くと、怪しいのは線路工夫ということになる。銀山の人たちが自分や仲間の命を危険に晒《さら》すような真似はしないでしょうから。それに何度も指摘されているように、工夫は寄せ集めで出入りが多い。工事妨害をやろうとする者が紛れ込むのは簡単ですし、既に現場に居る工夫を手先として雇うこともできる。しかし、西口で働く工夫を差配する稲村の目を誤魔化して、そういうことをするのは簡単ではない。となれば、稲村が一枚嚙んでいると考えるのがわかり易い」

「ということは、だいぶ前から稲村を疑っておったわけか」

井上が得心した様子で口を挟み、草壁が頷きを返した。

「そうです。我々がここへ来た最初の晩、稲村は正直者を装って、一連の事件が事故ではなく妨害だと断じ、鉄道反対派が犯人だと我々に刷り込もうとしました。見え透いてましたよ」

「やはり、工事を邪魔したい奴に雇われておったんじゃな」

「その通りです。そして稲村は宮園さんの弱みを握り、脅して工事を妨害させた。しかし宮園さんは、ただ言いなりになったわけでなく、発見されやすい工作をして実際には工事が滞《とどこお》らないようにした。そうですね？」

ここでまた宮園は、「はい」と小さな声で肯定した。

「一方、素人の稲村が思い付くのは、工夫を使って石を落とすとか足場を壊すとか、支保工に使う材木に不良品を交ぜるとか、そんな単純なことばかりだった。ですがこんなことでは大した効果は上がりません。結局、局長を苛立たせただけで役には立たず、工事は遅れることなく進みました」

井上が、ふんと鼻を鳴らした。

「そしてある時点から、妨害の様相が変わります。火薬に手を出したのです。一度目は宮園さんのおかげで火薬は戻りましたが、稲村たちはもう一度やった。このときは、盗みの妨げになる見張りの権治さんと六輔さんを襲い、殺しにまで手を染めた。そのうえ、宮園さんがまた邪魔すると踏んで、彼を始末するため待ち伏せもしていました。急激にやり口が凶悪になってきたのです」

徳三が唇を嚙み、宮園は体を硬くした。井上が問うた。

「それはつまり、トンネルの貫通が近付いて来たので、奴らが焦ったっちゅうことか」

「局長、さすがですな。まさに、そういうことです。妨害が思ったように運ばないので、雇い主が稲村の尻を叩いたんです」

「それじゃあ、そいつは稲村に繫ぎを取った、ちゅうことじゃな。手紙でも送って来たか」

「いえ、手紙は証拠が残ります。直接会いに来たのです」

「直接来た？」井上が驚いて声を上げた。

「村内らは気付かんかったのか」

「鉄道で来た、とは言っていません」

「なら……歩いて来たんか。泊まれば気付かれたろうし、日帰りは大変そうじゃが」

怪訝な顔をする井上に、草壁は断言した。

「歩いたのは山科駅からです。その人物は、一つ手前の山科まで汽車で来て、後は歩いたんです。大谷駅で顔を見られないようにするために」

井上始め何人かが、うーむと唸った。

「それで……そいつが最後に稲村の口を塞いだんじゃな。誰なんじゃ、そいつは。工事の妨害で何を狙っとったんじゃ」

「最初は薩摩の意を受けた何者かと思いました。しかし薩摩が本気で鉄道局の足を引っ張るつもりなら、幾らでもやりようはある。稲村を使って中途半端な妨害をやるなど、似つかわしくない。何より、最後の爆破は、何十人も死傷者が出ることを承知でやろうとした。いくら何でも、無辜《むこ》の民を大勢死傷させるような真似を薩摩がやってくるとは思えません」

井上はその言葉に、うむと頷いた。井上も、政治の世界でいかに争っても、この国のためにという志《こころざし》は同じはずの薩摩の連中がそんなことをするとは、やはり信じられなかったのだろう。

「黒幕の推測は、そんなわけで少々行き詰まりました。さてそれでは、別の切り口から考えてみることにします」

「別の切り口？」井上と国枝が首を傾げた。

「この一連の事件の中で、一つだけ異質なものがあります。おわかりですか」

言われて井上は少しばかり考えた。そして、すぐに膝を打った。

「そうか。江口殺しじゃな。あれだけは、工事の妨害と直接関わりがない」

「殺し？　江口さんは殺されはったんですか！」

そのことは聞いていなかったらしい延谷が、仰天して大声を出した。徳三とおまつも驚きを隠せないようだ。

「そうです。そこで江口さんが殺された日に戻りましょう。江口さんは国枝さんに、妙なことを目撃したのですぐに本店に伺いを立てた方が良さそうだ、終列車で大阪へ帰る、こう言っていたんでしたね」

「ええ、そうです」国枝が、それが何か、というように返事した。

「江口さんが見たという、本店に帰らねばならないようなこととは何だと思います」

「そりゃあ、稲村が雇った工夫に工事の妨害について指図しているところを見た、ちゅうことじゃないんか」

この件については自分も考えていたらしい井上が、また口を出した。

「私も一時はそう思いました。しかし、それなら国枝さんに言わなかったのはなぜでしょう。稲村は雇われ業者、要するに下請けです。稲村が何か企んでいるから気を付けろと国枝さんに告げるのに、本店にお伺いを立てる必要はありますまい」

「なるほど、確かにそうだ……待てよ……あ、もしや、黒幕の人物が稲村に指図しているところを見たのでは？　草壁さん、さっき黒幕が稲村に直接話しに来た、と言いましたよね」

国枝が勢い込んで言い、草壁が笑みを見せた。

「なかなか鋭いですね」

「つまり、その黒幕と言うのは江口さんが知っている人物だった、ということになりますね。黒幕は正体を見られたことに気付いて、江口さんの口を塞いだ」

国枝は腕組みして大きく頷いた。

「せやけど、うちの本店に尋ねないかんような人て、想像つきまへんわ」

延谷が困惑した顔で言った。隣の矢島も戸惑っている。

「それはね、それが黒幕なら、藤田商店の信用に関わるような人、ということですよ」

草壁はそう言って、わかったようなわからないような顔をしている一同の前に、懐から一枚の切符を出して掲げた。小野寺が昨日見せてもらったものであった。

「さてこの切符、山科駅で昨日見つけてきたものです。江口さんが殺された日の日付の着札です。切符の表に何と書いてあるか読めますね？」

国枝が覗き込んで、読み上げた。

「神戸から山科行き、か」それから目を見開いた。

「犯人はこの切符で山科まで来たと言うんですか。つまり犯人は、神戸から来た、と」

「その通り。そしてこの中にただ一人、その日に神戸に居たのがわかっている人が居ます。自分でそう言ったのです」

そう言いながら草壁は、そのただ一人の人物に鋭い視線を向けた。

「なっ、何やそれ。そんな切符一枚が証拠になるちゅうんか。そんな阿呆な」

その人物は真っ赤になって立ち上がろうとした。が、有村警部に腕を押さえられた。草壁は薄笑いを浮かべて、諭《さと》すようにその人物に言った。

「まあそう慌てないで。証拠はもっとあります。ゆっくり説明させてもらいますよ、矢島さん」

小野寺は冷ややかに矢島を見つめた。昨日、草壁から彼の名を聞いたときは、俄かには信じられなかった。大雑把《おおざっぱ》に理由を聞いて、一応は納得したものの、詳細を全て聞いたわけではない。これから草壁がどう説明するのか、小野寺自身も興味津々だった。

「この神戸から山科への切符ですが」

手にした切符を軽く振りながら草壁が続けた。

「山科は大谷よりは住んでいる人は多いが、ほとんど農家だし汽車に乗る人も多くはない。あの日は仮開業してまだ何日も経っていませんでした。珍しがって汽車に乗った人は何人も居ますが、大抵は京都までで、大阪まで行った人は数えるほどです。神戸となると、さらに少ない。同様に、神戸から山科に用事があって汽車で来る人など、まず居ません。神戸駅で確かめたのですが、あの日に売った山科までの切符は、これ一枚きりだそうです」

小野寺は内心で頷いた。鉄道に詳しい人間なら、そんな目立つ切符を買わずに京都までの切符で一旦降り、京都で改めて山科までの切符を買い直したろう。矢島はそこまでは思い至らなかったのだ。

「江口さんに密会を気付かれたと思ったあなたと稲村は、江口さんを尾《つ》けて、終列車で大阪へ帰る話をしているのを聞いた。藤田社長に自分たちのことを知られたら一大事です。幸い江口さんは、あなたのことを国枝さんに話さなかった。藤田の社員が工事を潰そうとしているなどと鉄道局の人には言えませんからね。となると、江口さんさえ始末すればあなたは安全です。しかし大谷から同じ汽車に乗るわけにいかない。そこで稲村配下の工夫と共に山科まで取って返し、終列車を待って乗り込んだのです」

草壁はそこで言葉を切り、村内の隣に座っていた鉄道員に声をかけた。

「その晩のことを話して下さい」

鉄道員は、わかりましたと言って立ち上がった。

「山科駅の出改札掛をしとります、和田山《わだやま》と申します。あの晩、終列車の出る前、急ぎ足で来られたお客が三人居ました。工夫らしい二人が京都まで、商人風の一人が大阪までの切符を買われました。下り終列車には乗る人が少なくて、その日乗ったのもその三人だけです。切符の販売記録を見てすぐ思い出しました」

「その三人の顔は覚えていませんか」

「申し訳ありません、顔までは。ですが、商人風のお客は例の神戸からの切符でその日の昼に下車した人だろうと思いました」

「どの車両に乗ったかは、わかりませんか」

「列車が来たときは改札に立って、ホームに背を向けておりましたんで、どの車両に乗ったかはわかりません。出発合図を出した助役も、それは覚えていないそうです。そもそも、お客がどの車両に乗り込んだかを見ているのは車掌で、我々駅員はそれほど気にしません」

和田山駅員はすまなそうに頭を掻き、矢島が嚙みついた。

「ほ、ほれ見てみい。誰も何も、覚えとりゃせんやないか！」

だが草壁は動じない。

「では、車掌さんの話を聞いてみましょう」

草壁に促され、もう一人の鉄道員が和田山に替わって立った。

「入江《いりえ》と申します。あの日の下り最終、第一一七列車の車掌として乗務しとりました。山科駅に着いたとき、ホームに出たらお客が一人近付いて来て、時間表と大阪の地図を出して、京都での接続と翌日の帰りのことをいろいろと聞いてこられたんです。正直、どうでもいいような話が多かったんですが、発車間際まで付き合《お》うとりました。そのお客は、最後尾車両の車掌室のすぐ前に乗り込みました」

「他に乗った客は居ませんでしたか」

「それが、そのお客に付ききりだったんで、さっき山科の和田山さんが言った残る二人のお客は、乗ったことにさえ気付きませんでした」

「なるほど。それで、あなたが相手したそのお客はここに居ますか」

「ええ。あの人です。間違いありません」

入江車掌は、真っ直ぐ矢島を指差した。矢島の顔が蒼白になった。

「皆さん、もうおわかりですね。矢島さんはつまらない話で車掌の注意を自分に向け、工夫二人は駅員の目が自分たちに向いていない隙を見て、江口さんの乗った車両に乗り込んだのです。工夫たちは改札を入ってから、列車が着くときには車掌から見えにくい駅舎の陰に隠れていたんでしょう」

小野寺は、あっと思った。ようやく思い出した。最初にこの車掌に話を聞いたとき、確かに山科で大阪へ行く商人風の客が乗ったと言っていた。直接話をしない限り、その客が大阪へ行くことは車掌にはわからない。一昨日《おととい》、草壁が出がけに村内に確かめたのは、このことだったのだ。初めから車掌だけでなく山科の駅員にも話を聞いていれば、もっと早くに気付けただろうに、さすがの草壁も当初はそこまで考えなかったのだ。

「危ない橋ですが、急ごしらえの段取りとしてはうまくいきました。そして次の稲荷駅で誰も乗って来ないことを確かめてから、江口さんを殴って殺した。鉄橋に差しかかったときに死体を投げ捨て、鉄橋を渡り終えた後、自分たちも飛び降りて逃げました。連中が開けっ放しにした扉を見て、警察は江口さんが自分で扉を開けて落ちたと思ったんです」

一同はその説明に、感心したように聞き入った。だがそこで、国枝がふと疑問を呈した。

「もし江口君の車両に他の客が居たら、どうするつもりだったんでしょう」

草壁は頷いてそれに答えた。

「そのときは別の機会を狙ったでしょう。大阪へ着いてから藤田商店までの道で襲って、物盗りの仕業に見せかける手もある。とにかく、江口さんが本店に着かないようにさえすればいいんです」

「何や、何を言うとるんや！　車掌の話だけで、わいを犯人やちゅうんか！」

矢島が叫び声を上げた。草壁は冷ややかに切り返した。

「それじゃあ、神戸に居るはずが山科まで来て何をしてたか、言ってみたまえ」

矢島はぐっと言葉に詰まった。そしてそれ以上はもう反論しようとしなかった。ただ拳を握り締め、ぶるぶると震えていた。

「いったい、いつわかったんじゃ」

井上が、魔術でも見たような顔で聞いた。草壁は、平然とした顔で答えた。

「三日前、稲村の死体を見つけた後、官舎でずっと考え続けていたとき、小野寺君がふっと削岩機の話を出したんです。それで急に思い出しました。あの削岩機は二台とも、ここをやられたら駄目だという核心の部分を狙って、しかも修理できる程度に壊されていた。削岩機のことを良く知っていないとあんな壊し方はできない。技手ならできるかも知れないが、宮園さんも含め技手の皆さんは壊された削岩機を見て、明らかに困惑していた。演技には見えませんでした。でも考えてみると、もう一人詳しい人が居たんです。つまり、削岩機を納入した矢島さんです」

「なるほど、道理じゃが……矢島も儂らが削岩機を全然使っとらんのを知っとったんではないのか。何でそんなもんをわざわざ壊す」

「私もそれが気になったんです。あれを壊して矢島さんに得るものがあるのか。でも考えてみて下さい。削岩機が壊れたら、修理の手配に誰を呼びます?」

「あっ、そうか」井上より先に、国枝が答えを見つけた。

「矢島は、削岩機の修理に事寄せて、堂々とこの現場に出入りできるようになった。それが狙いだったんですね」

「その通りです。稲村の尻を叩くのに、何度もこっそりと訪れるわけにはいかんでしょうからね。江口さんに見られた密会のとき、ついでに壊して行ったんです」

「それにしても、こっそり稲村のところに来るなら、顔見知りの江口さんが来ている日を選ばなくてもいいのに……」

国枝はそう呟いて首を傾げたが、延谷が口を挟んだ。

「いや、ちょっと待って下さい。初めはそういう予定やなかったはずや」

それを聞いて、国枝はすぐに思い出したらしく「あっ」と叫んだ。

「そうだった。江口君はあのとき、初めの予定より一日繰り上げて来ていたんだ。矢島はそのことを知らなかったんだな」

「よく気付きましたね。そう、江口さんが居たのは計算外だったんです」

そう言ってから草壁は、思い出したように矢島を見た。

「そうだ矢島さん、あんた我々とおまつさんの店に行ったとき、あんたの不用意なひと言が原因で線路工夫と銀山の連中が大喧嘩になりかけたけど、あれも妨害工作の一環としてわざと言ったんじゃないのかな」

矢島はその問いには答えず、そっぽを向いた。草壁はそれを肯定と捉えたらしく、ニヤリとして深く頷いた。

「でも、車掌に素顔を晒して覚えられるとは、ちょっと不用心じゃないですか」

国枝がふと思ったらしいことを口にした。草壁は国枝の方に顔を戻し、笑みを浮かべた。

「確かに。しかし、車掌さんは工事現場で何が起きているか、ほとんど知りません。矢島さんの名前も、無論知らない。山科駅で会った人物は、車掌さんにとってはただ乗客の一人というだけです。百歩譲って江口さんの事件と関係あると思われても、神戸に居たことになっている自分の素性が割れることはないと踏んだんでしょう。顔を覚えられても、次に乗るとき顔を見られないよう注意することはできますしね。さっきも言ったように急ごしらえの段取りですから、その辺は割り切らざるを得なかったのです」

草壁はまた矢島をちらりと見た。やはり矢島は黙ったままだった。

「おいおい草壁君、肝心な話がまだじゃぞ。いったいこの矢島に、工事を潰してどんな得があるんじゃ。そこがようわからん。まあ、本人に吐かせりゃええんかも知れんが」

井上は横を向いて矢島をじろりと睨みつけながら、最大の問題を指摘した。小野寺もその部分はまだ聞いていない。思わず身を乗り出した。

「ええ、そこが最大の疑問でした。実は神戸に行ったのは、それを確かめるのが大事な目的だったんです」

「答えは神戸にあった、ちゅうことか?」

まだよくわからない様子の井上が、首を捻る。

「そうです。さらに上に黒幕が居たんです。矢島さんは、そいつの口車に乗った」

「なんと、まだ上が居ったのか」

井上のみならず皆が、ええっという顔になった。

「どこの何者じゃ。矢島とはどういう関わりじゃ」

「矢島さんが藤田商店で扱っていた仕事、この前藤田社長が来られたとき局長が話されていたこと、日本人だけの手で行っている鉄道工事が頓挫《とんざ》して得する者。考え合わせると、何か見えて来ませんか?」

井上は草壁の投げかけた言葉について、少しの間思案していた。そして間もなく眉を吊り上げ、唸り声を上げた。

「アメリカか……」

一同の間から静かなどよめきが起き、小野寺は唖然とした。なんと、外国人の企みだったのか。草壁は井上に向かって頷いた。

「藤田商店の取引先で削岩機の輸入元は、神戸のブリッグス商会です。この会社の親会社は、アメリカ本土で鉄道関係の機械類を扱う大会社です。そこがアメリカの鉄道投資家の意を受けて、我が国の鉄道利権を押さえようと動いた。そういうことでしょう」

「あいつら、まだ諦めておらんかったか」

徳川幕府の約した鉄道利権を渡すようしつこく迫っていたアメリカの態度を思い出してか、井上は苦虫を噛み潰したような顔をした。

「さすがにブリッグス商会では門前払いを食いましたが、藤田商店の神戸店では、藤田社長と局長の名前を出したらいろいろと話してくれました。ブリッグスの経営者一族で、神戸の支配人をやっているシオドア・ブリッグスという男と矢島さんが、会社に告げずに何度も内内で会合を持っていたらしいこと、矢島さんが近いうち独立する気だとかで、神戸店の社員何人かに内緒で声掛けしていたこと、江口さんが殺された日、神戸に来ていた矢島さんの姿が昼頃から見えなかったこと、などをね」

草壁は一歩前に出て、矢島の正面に立ち、見下ろした。額から汗が噴き出している矢島は、目を合わせようとしなかった。

「矢島さん、観念したらどうだ。あんたはシオドア・ブリッグスからトンネル工事を失敗させる話を持ちかけられ、うまくいったら独立に手を貸し、ブリッグス商会が商売の面倒を見るとか何とかいうような、甘い約束に乗っちまったんだろう。宮園さんの弟が詐欺に遭ったことも、ブリッグスから聞いたんだな。違うか」

矢島は目を伏せたまま、わなわなと震えていた。が、やがて口を開き、絞り出すように声を出した。

「藤田は、もう終わりなんや……」

「何だって？」

「藤田社長は、もうじき贋札の件で逮捕されるんや。藤田商店はもう終いや。せやから……せやから、わいは己の才覚で生き残ろうとしたんや。それのどこが悪い。どこが悪いんや」

最後は叫ぶような声になった。その場の誰もが言葉を失った。やにわに延谷が立ち上がると、矢島の胸ぐらを摑んだ。

「阿呆かおのれは！」

延谷の怒声が響き渡った。

「贋札のことは儂も噂で聞いとるわい。せやけど、社長は無実や。それは誰でもよう知っとる。逮捕されたかて、最後に大恥かくんは薩摩の連中や。藤田商店はこんなことで終わったりせえへん。お前、そんなこともわからへんのか！」

同じ藤田商店の社員に罵倒され、矢島は呆然とした。草壁はその様子を見て延谷を制し、再び矢島に迫った。

「あんたはブリッグスの口車に乗り、工事の妨害を仕掛けるために、藤田が潰れたら自分が後の面倒を見るとか言って稲村を抱き込んだ。結局は思惑通り行かず、稲村の手下の組頭や工夫が次々に捕まってしまったが、稲村さえ消せば自分まで手繰《たぐ》られることはないと考えた。そこでうまく逃がしてやると思わせ稲村を神社に呼び出し、絞め殺した。認めるな？」

矢島には、もはや抵抗の気力は残っていないようだった。ただ黙って、小さく首を縦に振った。腕組みした井上が、「大馬鹿者が……」と呟いた。その顔は、怒っていると言うよりどこか悲しんでいるように見えた。

草壁は有村警部に目を移した。有村が頷く。草壁は視線を転じ、「小野寺君」と呼びかけた。小野寺も頷き、戸を開けて外で待機していた巡査を呼び入れた。

有村と巡査は矢島の両脇を持ち上げて立たせ、井上に「それでは局長閣下、失礼いたします」と一礼した。矢島を挟んで出て行こうとしたとき、有村はふと気付いたように振り返って、草壁と目を合わせた。それから口元に小さく笑みを浮かべると、草壁に向かって敬礼した。それからさっと身を翻し、胸を反らして工事事務所を出て行った。

「じゃが、どうも納得のいかんところもあるな」

矢島が連行され、残った誰もが気が抜けたような様子で座り込んでいる中、井上が言った。

「我が国の政府自身が鉄道を敷いて経営していくという方針は、英国も賛同しちょる。もう固まった話なんじゃ。工事が失敗しようが儂がクビになろうが、覆《くつがえ》すのはかなり難しい。あの企みが成功しても、アメリカが利権を得られたとは思えんがのう」

「たぶん、ブリッグスもそれは承知していたでしょう」

草壁は肩を竦めた。

「もし本当に利権を取り戻せる見込みがあるなら、公使館ぐるみで政府の上の方に直接圧力をかけたでしょう。矢島みたいな小者をわざわざ使うとは思えません。まあ、投資家から頼まれた以上はやるだけやってみよう、という程度だったんじゃないでしょうか」

「駄目でもともと、ちゅうことじゃったんか」

井上が呆れたような顔になった。

「ええ。運よく成功すれば矢島にくれてやる報酬など大したものではないし、失敗してもブリッグスの懐は痛みませんからね。事故が頻発すれば、これまで指導してきた英国の信用を貶《おとし》めて、アメリカもいくらか商売に食い込めるかも知れません。それに奴らにとっちゃ、我我日本人が巻き込まれて何人死のうとどうでもいい話でしょう」

「くそっ、あいつらめ……。しかし、そんな一介の商人の、程度の低い企みにさんざん振り回されるとはのう。つくづく小さいのう、儂らは」

井上は天井を仰いで嘆息した。

「しかもブリッグスは捕らえられん。万一うまく捕らえられても、領事裁判権に引っ掛かるからのう」

日本に駐在する外国人は、日本で罪を犯しても裁判権が各国領事館にあるため、日本の司法機関では裁くことができない。そのため有罪のはずが無罪にされたり、処罰がひどく軽かったり、ということが頻発していた。政府はこれを正そうと条約改正に躍起《やっき》になっているが、今のところ改正の目処《めど》は立っていなかった。

「国が大きく強くならなければ、どうにもならんということですか」

草壁の目が険しくなった。だが政府高官である井上は、草壁よりずっとそう思う機会が多いのだろう。悟り切ったような顔で笑みを見せた。

「なあに、儂らは儂らにできるやり方で、しっぺ返しを食らわしてやるさ」

「しっぺ返し？　そんな方法があるのですか」

「鉄道工事を日本人の手だけで立派に完成させ、お前たちよりも儂らの方がうまくできるぞ、と見せつけてやることじゃ。それが一番のしっぺ返しよ」

「なるほど、そういうことですか」

「いつの日か、儂らが作った機関車を奴らが拝み倒して買いに来るようにしてやる。そうしたら、痛快じゃろう」

草壁の顔にも笑みが広がり、井上は呵々と大笑した。

「草壁君、ようやってくれた！　心から礼を言う。本当に助かった」

井上はいきなり大声で言うと、草壁の両肩を思い切り強く摑んだ。不意打ちを食らった草壁は、目を瞬いて「いや、そんな……」と言いかけたが、井上はそれを遮って畳みかけた。

「ようし、これから京都へ飲みに行くぞ。小野寺、君も付き合え」

「は？　私もですか。しかし局長、まだ日も高いですが……」

「なあに構わん。飲まにゃあ、やっておれるか。国枝、村内、後は任せる」

そう言い放って、井上は有無を言わせず困惑顔の草壁の腕を引っ張り、外へ押し出した。出がけに小野寺は、ちらりと振り返って宮園の様子を見た。宮園は俯いて嗚咽《おえつ》を漏らし、国枝がその肩に手を置いて励ましの言葉をかけていた。国枝の反対側では、おまつがぴったりと宮園に寄り添っている。小野寺は頰を緩め、井上の催促の声に呼ばれて表に出て行った。


「トンネルはあと一両日で貫通するんじゃから、帰る前に見て行けばええのに」

翌日の昼前、十一時二十分発の列車に乗り込む草壁に、井上が残念そうに言った。草壁は笑って首を振った。

「事件が片付いた以上、小野寺君と違って私はここに居ても無駄飯食いですからね」

「まったく偏屈と言うか、せっかちな男じゃのう」

「よく言われますよ」

中等車の窓から半身を乗り出した草壁が、ニヤリとして切り返した。井上が、ふんと肩を竦める。

「昨日も言うたが、このまま鉄道局に勤める気は本当にないんか。鉄道が苦手なら東京市庁でも警視局でも、どこでも口を利くぞ。君の腕は、埋もれさせておくには勿体なさすぎる」

「何度でも言いますが、そう言ってもらえるのは大変有難いけれど、私は宮仕えはもうこりごりなんです。このまま気ままが一番いい」

そう言ってから、付け足した。

「でも局長、あなたは気に入ったから、もし必要なら声をかけて下さい。いつでも手を貸しますよ」

ずいぶんな物言いだが、井上も小野寺も、もう頓着しなくなっていた。

「はっ、やっぱり立派な偏屈じゃ」

苦笑する井上に替わって、国枝が前に出た。

「草壁さん、帰りの横浜までの船は鉄道局で手配しました。大阪の本局で鑑札を返すとき、報酬と一緒に切符を受け取って下さい」

「やあ国枝さん、いろいろどうも」

礼を言う草壁に、国枝が続けた。

「それから、有村警部から報せがありました。前に捕らえた稲村配下の組頭の市助という男、江口さん殺しをやった工夫二人の素性を吐いたそうです。京都の警察へ連絡してすぐ手配をかけたそうですから、おっつけ捕まるでしょう」

「おお、吐きましたか。その工夫は、稲村を除けば矢島が首謀者だったことを知っているただ二人の証人です。そいつらが捕まれば、矢島も一切の言い逃れができなくなる」

「うん、これでまずは安心じゃのう」

井上が満足げに頷いた。

「もう一つ気がかりなのは、宮園さんですが……」

「あいつのことは心配せんでええ。しばらく謹慎させとくが、猫の手も借りたい中、技手は貴重じゃ。柳ケ瀬かどこか、また次の現場で仕事させるつもりじゃ。幸い、支える女子《おなご》も居るわけじゃしの」

「そうですか。それは良かった」草壁は表情を和ませた。

「しかし局長、私のことを言うならあなたも偏屈ですよ。その気があれば、工部卿や内務卿のように上を目指すこともできるでしょうに」

「ふん、前も言うたろう。儂は政治が苦手じゃ。儂みたいに不器用な者《もん》は、政治なんちゅう魑魅魍魎《ちみもうりよう》の世界に踏み込まん方がええ。ああいうことは、伊藤さんや聞多さんに任せときゃええんじゃ」

「伊藤内務卿も井上工部卿も魑魅魍魎の類いですか。局長も酷いですね」

「ま、儂はただ鐵《くろがね》の道を行くのみじゃ」

草壁と井上は、顔を見合わせて笑った。

「おい小野寺君、東京へ戻ったら遊びに来たまえ。君にはだいぶ世話になったからな、一杯ぐらい奢らせてもらおうじゃないか」

「一杯だけですか？　偏屈はもう仕方ないですから、せめて太っ腹になって下さいよ」

小野寺が言い返すと、草壁と井上がまた大笑した。

村内が懐中時計に目をやった。発車時刻が近付いたようだ。小野寺はすぐ隣の機関車の方を見た。運転台からカートライトが顔を出している。カートライトはこちらに気付くと、ちょっと何か考えるような目をした。それから久保田火夫の方を振り向き、いきなり日本語で言った。

「クボタ、山科まで運転しろ」

「えっ！」久保田が驚きの声を上げた。

「私が、ですか」

「心配ない。お前ならできる。いつまでも俺に頼るな。自信を持て」

「イ……イエス・サー」

久保田はカートライトと席を交替し、緊張の面持ちでハンドルに手をかけた。カートライトはちらりとこちらを見て、軽く頷いた。井上が満足そうな笑みを浮かべた。

村内が懐中時計から顔を上げ、信号を確認して発車合図を送った。久保田が汽笛を鳴らし、ブレーキを外して加減弁ハンドルをぐっと引いた。白い蒸気が噴き上がり、汽車がゆっくりと動き出す。

「それじゃあ草壁君、また会おう！」

井上が大きく手を振り、国枝と小野寺も手を上げた。草壁は手を振り返しかけたが、思い直したようにさっと手を動かし、鉄道風の敬礼をした。これを見たホームの面々は、一斉に敬礼を返した。敬礼で送られた列車は、輝く二条《ふたすじ》の鐵の道を、久保田の運転で次第に速度を上げながら、京都に向けて遠ざかって行った。

あとがき

機会に恵まれて自らの小説を世に出させていただき、作家の末席のそのまた末席を汚すようになってから一年半余りになります。一方、鉄道会社のサラリーマンとしての経歴は三十有余年。鉄道趣味歴は小学校に遡《さかのぼ》って四十五年です。鉄道が日々の生活に密着した身近な存在である（実はそういう国は結構少ないのです）日本では、鉄道ミステリというジャンルがほぼ確立されており、鉄道に長く関わってきた人間がミステリを書くならば、やはりいずれは鉄道モノを、と考えていたのですが、このたび東京創元社様からのお誘いもあり、勢いに任せて一気に書いたのが本作です。

鉄道に絡むミステリは、その作品が書かれた時代の鉄道の姿を体現しており、古典の名作に登場する夜行の長距離急行列車や機関車に牽《ひ》かれた鈍行列車には、ノスタルジーをかきたてられます。ですが、日本にミステリ小説が登場する前の、明治初期の鉄道を扱ったものはやはり少ない。資料が多くないことも理由でしょうか。そんな鉄道の黎明《れいめい》期にあえて物語を設定するという無謀な試みを、今回は行っています。

舞台は一八七九年、掘削中の逢坂山トンネルの現場です。日本最初の鉄道が開業してまだ七年、技術は全て外国に頼っており、お雇い外国人の指導を受けていました。鉄道局長の井上勝は、京都―大津間の鉄道建設に際し、日本人だけの力で鉄道を作り上げることを目指します。この区間にある逢坂山トンネルは、日本初の山岳鉄道トンネルであると共に、日本人だけで工事が成し遂げられた画期的なものでした。懐疑論を押し切って工事を行った井上の力の入れようは並大抵ではなく、自ら現場に何度も出向き、脚絆《きゃはん》姿で激励して回ったといいます。

そんな逢坂山の工事で、事件が発生したらどうなったでしょうか。鉄道工事に情熱を傾ける井上であれば、きっと自ら動いて解決を図《はか》ったに違いありません。当時は鉄道に関する理解も、一般の人々はおろか政府中枢《ちゅうすう》にさえ浸透していませんでした。新しい技術には、金がかかります。当然、予算の取り合いも起きるし、周囲の様々な人々の思惑も交錯します。何らかの目に見える事件が発生したとしても、不思議ではなかったのです。ですが、当時の鉄道技師たちには、工事を完遂して自らの手で線路を日本各地に延ばし、外国に頼らない立派な鉄道を作り上げるんだという熱い思いが溢れていたことでしょう。鉄道に従事する者の一人として、先人たちの働きに頭が下がる思いです。

二〇一五年、英国にクラス八〇〇という高速鉄道車両が船積みされて到着しました。老朽化した都市間急行列車の車両置き換えのためで、製造は日立《ひたち》製作所です。既に大量発注されており、数年後には、鉄道発祥の地でありかつて日本に鉄道のイロハを教えた英国の各地を、この日本製車両が駆け回ることになります。天上の井上勝は、この様子をどんな目で見ているでしょうか。

なお、本作は史実を下敷きにしたフィクションです。工事の状況など細部については、史実と異なる部分も多々あり、ストーリーの都合で改変したところもありますが、何とぞご寛《かん》恕《じょ》のほどお願い申し上げます。最後に、本作を出すに当たってご尽力いただきました、担当の泉元彩希さんを始めとする東京創元社の皆様に厚く御礼申し上げます。

二〇一七年四月

山本巧次

【参考文献】

『新日本鉄道史　上』　川上幸義　鉄道図書刊行会　一九六七年七月
『一〇〇年の国鉄車両　1』　日本国有鉄道工作局・車両設計事務所　交友社　一九七四年三月
『一〇〇年の国鉄車両　2』　同右　一九七四年五月
『鉄道の語る日本の近代』　原田勝正　そしえて　一九七七年十一月
『鉄道技術の日本史』　小島英俊　中央公論新社　二〇一五年三月
『日本鉄道史　幕末・明治篇』　老川慶喜　中央公論新社　二〇一四年五月
『井上勝　職掌は唯クロカネの道作に候』　老川慶喜　ミネルヴァ書房　二〇一三年十月
『「動く大地」の鉄道トンネル』　峯﨑淳　交通新聞社　二〇一一年十月
『発掘！　明治初頭の列車時刻』　曽田英夫　交通新聞社　二〇一六年八月
『生野銀山史の概説』　シルバー生野　二〇〇一年四月

解説

香山二三郎

二〇一九年末から始まった新型コロナウイルスの流行で、大打撃を受けた日本の交通網。鉄道も例外ではなく、数少ない黒字路線、東海道《とうかいどう》新幹線も一時はがら空《あ》きだったという。まさに一九六四年の開業以来の危機。いや、日本の鉄道そのものが開業以来の危機に直面したのである。

でも、ピンチはチャンスなどともいうではないか。この際日本の鉄道のあり方を見直すいい機会ともいえよう。そのためにはまず、歴史を知るところから始めるのが筋というものである。日本の鉄道の事始めは一八七二年（明治五年）、新橋《しんばし》―横浜《よこはま》間の開業をもって嚆矢《こうし》とする。イギリスで世界で始めて鉄道が敷かれたのは一九世紀初め。ジョージ・スチーブンソンが開発した蒸気機関車による本格的な軌道鉄道が開業したのは一八二五年だから、日本はその四十数年後に鎖国を解いてわずか四年で追いつけたことになる。かなり速い対応だったと思われるが、それというのも明治維新後、日本が西欧社会に早く追いつこうとしていたからにほかなるまい。

以後、日本各地で急ピッチで鉄道建設が進められていくが、万事が快調だったわけではない。さてそこで紹介したいのが、本書である。その当時の鉄道敷設《ふせつ》の現場とはいかなるものであったのか。史実をベースにミステリーのスタイルで描いてみせたのが、この作品である。全国の鉄道ファンはもとより、なかなか旅行に出られず鬱々《うつうつ》としている皆様にもぜひお試しいただきたい一冊なのだ。

時は御一新《ごいっしん》から一二年後の一八七九年（明治十二年）八月、工部省鉄道局技手見習の小野寺乙松は局長・井上勝の命で元北町奉行所の定廻《じょうまわ》り同心・草壁賢吾のもとを訪れる。草壁は八丁堀にこの人ありと謳《うた》われた切れ者だったが、薩長《さっちょう》の新政府に仕える気はないと浪人暮しをしていた。しかし小野寺が御家人の息子であるのを知ると、渋々井上との会合を承諾する。井上によると、京都―大津《おおつ》間に建設中の逢坂山《おうさかやま》トンネルの工事現場で測量記録の改ざんや落石事故、資材置場での材木や坑口の足場の崩壊など不審な出来事が相次いでいた。長州閥《ちょうしゅう》の井上は薩摩《さつま》閥が牛耳《ぎゅうじ》る警察を信用しておらず、さりとて外国人技手抜きでの鉄道建設を失敗させるわけにもいかない。これから日本のあちこちで産業を興すためには鉄道は不可欠だと語り、窮余の策として、切れ者の草壁を捜査に雇うというのだ。

その六日後、井上とともに現場を訪れた草壁と小野寺は、工事の請負会社・藤田商店の江口辰由が列車から転落死したことを知らされる。警察は事故死扱いしたが、真相は不明。草壁たちは現場の総監督・国枝喜一郎から事情を聴取。その夜、現場の線路工夫を束ねる稲村庄吉や掘削に携わる生野《いくの》銀山の坑夫頭・植木伊之助が様子うかがいに現れるが、その後国枝から、改めて地元には鉄道開通を喜ばぬ者もいることや、工夫グループと坑夫グループの対立が顕在化していること、そして江口が妙なことを目撃したといっていたことなどが伝えられる。翌日、転落事故のあった客車を調べ出血の痕跡を発見した草壁は、江口が殺されたことを示唆するが……。

明治開化期を背景に実在の著名人をちりばめて描いた伝奇ミステリーといえば、坂口安吾が種をまき山田風太郎が耕した明治開化もの。本書はそこにさらに鉄道という題材を加味した長篇ミステリーだ。日本に鉄道が開通して七年、さらに日本初の山岳鉄道トンネル工事現場で事件が起きるという着想にまず拍手。っていうか、恥ずかしながら筆者は逢坂山トンネルが日本初の山岳トンネルであること自体、初めて知った。初読時、逢坂山トンネルなら東海道本線で何度か通ったことがあるぞと思ったが、それは新逢坂山トンネル（一九二一年開通）。本書で建設中のトンネルはそれよりちょっと南寄り、現在の京阪電鉄京津線の逢坂山トンネルと並行する形で掘られた。実はこの当時の京都―大津間は今とはルートが大きく異《こと》なる。東京方面からいうと、旧ルートは大津の一つ手前の膳所《ぜぜ》駅から南下を始め、現在の名《めい》神《しん》高速道路と並行する形で進み、やがて現ＪＲ奈良線に合流、そのまま北上して京都へ向かっていた。

東海道本線の旧ルートといえば、現御殿場《ごてんば》線が有名だが、京都―大津間も今とはかなり違っていたのだ。それもまた、初めて知る事実であったことを明かしておく。

いやもしかして、著者もそれを知って本書の着想を得たのでは。その点について、著者いわく「鉄道ミステリに関しては様々な先人の素晴らしい作品が数多く出ています。何かあまり先例のないもの、と考えたところ、明治の鉄道を扱ったものはさすがに少なかったので、それならばいっそ鉄道黎明《れいめい》期の話を、と思い至った次第です」（『開化鐵道《てつどう》探偵』刊行記念スペシャルインタビュー／Ｗｅｂミステリーズ！／東京創元社）とのことで、どうやら違ったみたい。ただ、「現代の鉄道は高度にシステム化されていますが、明治初期の鉄道は人間があらゆる部分に直に関わる、いわば生身の代物です。ならば、そこにいろんなドラマが入れられるのではないかと。また、この時期には、国の発展のため鉄道を普及させ、何とか欧米の水準に近づこうとしていた情熱あふれる先人たちがいたことがわかっています。そんな部分も描けたら、と思いました。ただ、この時代についてはやはり資料が少ないので、結構往生する羽目になりましたが」（同）。

という次第で、逢坂山トンネルの建設は史実だし、鉄道局長の井上勝や藤田商店の藤田伝三郎も実在の人物だが、想像力で補った部分もかなりあるようだ。それにしては、建設現場の描写といい、リアルこの上ないが、それもそのはず、単行本あとがきにも記されていたように、本書執筆時、著者は鉄道会社に勤務する現役鉄道マンだったし、「鉄道趣味歴は小学校に遡《さかのぼ》って四十五年」。筆者などとは年季が違うのである。

それは鉄道シーンだけでなく、背景に描かれる当時の社会事情の描写にも立ち現れていよう。西郷隆盛らによる西南戦争からわずか二年、井上局長が薩長の権力抗争に敏感なのも当然のことで、鉄道建設で商売に支障が出ると反対する人々の抵抗劇やら、寄せ集めの線路工夫と熟練の鉱山坑夫の対立劇なども、その場に居合わせたかのような臨場感にあふれている。ミステリー抜きでも、本書が楽しめるゆえんだ。

いやいや、ミステリー抜きだなんていってはいけない。なにぶん鉄道黎明期のことゆえ、科学にものをいわせた仕掛けや捜査術は使えないが、鉄道通らしいサスペンスや社会派趣向が堪能できよう。怪しげな関係者の登場に合わせて建設の妨害行為や嫌がらせが連続する前半から、人命にかかわる事故や事件にエスカレートしていく後半への展開もさることながら、火薬樽が消えたり現れたり、煉瓦《れんが》の山がいつの間にか増えたりするあたりからは古典的なユーモアや優雅ささえ感じさせられる。

古典といえば、主役の草壁&小野寺のコンビは典型的なホームズ&ワトソン型といえよう。草壁が鋭い洞察力をそなえていることは明らかだが、小野寺はまだまだうぶなところあり。真価を発揮するのはこれからというべきか。本書に続くシリーズ第二作『開化鐵道探偵 第一〇二列車の謎』(東京創元社)はすでに刊行済。本作の六年後、草壁と小野寺は埼玉県の大《おお》宮《みや》駅で脱線した貨物列車から発見された千両箱の謎を追うことになる。この機会にぜひご一読を。

最後にプロフィール紹介。著者の山本巧次は一九六〇年、和歌山県生まれ。中央大学法学部卒業後、鉄道会社に勤務。二〇一五年、第一三回「このミステリーがすごい!」大賞の隠し玉として『大江戸科学捜査 八丁堀のおゆう』(宝島社文庫)で作家デビュー。

八丁堀のおゆうシリーズは現代のＯＬが江戸時代にタイムスリップして事件捜査に当たる時代ミステリー。著書は他に『阪堺《はんかい》電車１７７号の追憶』（ハヤカワ文庫ＪＡ）、『途中下車はできません』（小学館）、『希望と殺意はレールに乗って　アメかぶ探偵の事件簿』（講談社）等の鉄道ものや『軍艦探偵』（ハルキ文庫）、『江戸の闇風　黒桔梗《くろききょう》　裏草紙』（幻冬舎時代小説文庫）等がある。

ちなみに好きな鉄道ミステリーはというと、「鉄道ミステリは世界にありますが、ダイヤが正確な日本では時刻表トリック系、コンパートメント式客車の多い欧州では密室トリック系、西部劇の伝統あるアメリカでは列車ジャックなどの襲撃アクション系が多いようです。それぞれの代表として、鮎川哲也『黒いトランク』、アガサ・クリスティ『オリエント急行の殺人』、ジョン・ゴーディ『サブウェイ・パニック』を挙げさせていただきます」（『開化鐵道探偵』刊行記念スペシャルインタビュー）。いちばん好きな作家はジェフリー・ディーヴァーとのことである。

本書は二〇一七年、小社より刊行された『開化鐵道探偵』の改題・文庫化です。

検印
廃止

著者紹介　1960年和歌山県生まれ。中央大学法学部卒。第13回「このミステリーがすごい！」大賞の隠し玉となった『大江戸科学捜査 八丁堀のおゆう』で2015年にデビュー。18年、『阪堺電車177号の追憶』で第6回大阪ほんま本大賞を受賞。他の著作に『軍艦探偵』『早房希美の謎解き急行』などがある。

開化鉄道探偵

2021年2月12日　初版

著者　山《やま》 本《もと》 巧《こう》 次《じ》

発行所　(株)　東京創元社
代表者　渋谷健太郎

162-0814/東京都新宿区新小川町1-5
電話　03・3268・8231-営業部
03・3268・8204-編集部
URL　http://www.tsogen.co.jp
萩原印刷・本間製本

ISBN978-4-488-43921-7　C0193